一念终生

01

风沙将我吹向你

总攻大人 / 著

贵州出版集团
贵州人民出版社

图书在版编目（ＣＩＰ）数据

风沙将我吹向你 / 总攻大人著. -- 贵阳 : 贵州人民出版社，

2016.9（2020.3重印）

ISBN 978-7-221-13477-6

Ⅰ.①风… Ⅱ.①总… Ⅲ.①长篇小说—中国—当代

Ⅳ.①I247.5

中国版本图书馆CIP数据核字(2016)第211051号

风沙将我吹向你

总攻大人　著

出 版 人	苏　桦
出版统筹	陈继光
选题策划	胡晨艳
责任编辑	陈田田
流程编辑	黄蕙心
特约编辑	陈　思
装帧设计	颜小曼
封面绘制	蘑菇君
出版发行	贵州人民出版社（贵阳市观山湖区会展东路SOHO办公区A座，邮编：550081）
印　　刷	三河市华东印刷有限公司
开　　本	880×1230毫米　1/32
字　　数	282千字
印　　张	9
版　　次	2016年11月第1版
印　　次	2016年11月第1次印刷
	2020年3月第2次印刷
书　　号	ISBN 978-7-221-13477-6
定　　价	45.00元

目录

风沙将我吹向你

第一章
001\ 风沙之城

第二章
023\ 凌沧古墓

第三章
041\ 文物失窃案

第四章
066\ 你想追求我?

第五章
082\ 心意萌动

第六章
099\ 美丽的诱惑

第七章
121\ 前度重现

第八章
141\ 白鹿山下的苗寨

目录

风 沙 将 我 吹 向 你

第九章
158\ 龙门古墓

第十章
174\ 影子人谜团

第十一章
187\ 祭祀新娘

第十二章
200\ 消失的小樱

第十三章
218\ 跟我结婚

第十四章
233\ 雪山之巅 "我爱你"

第十五章
246\ 守着衣冠冢的男人

第十六章
263\ 我们

第一章 ✦
风沙之城

候机室里，身材窈窕的女孩侧坐在沙发上，正拿着手机玩连连看。

或许是成绩不错，她勾唇笑了，红唇轻抿，性感里透着矛盾的典雅，黑色的鬈发遮掩着她少半张脸，即便她生得风情万种，却又有种让人不敢冒犯的气质。

恰到好处的风韵，脖颈纤细，腰身也纤细，白皙的肤色，这样的女人简直越看越美。

旁边一起坐着的同事小乔盯着她发了一会儿呆，放下水杯感慨："瑶瑶，你怎么长得这么漂亮呢？也难怪你能俘获容少爷的心。"

丁瑶望向小乔，莞尔笑道："你应该感慨的是，容嘉勋能得到我的垂青。"

小乔拖长腔调："能不能分享点经验？比如怎么钓金龟？"

丁瑶换了个姿势坐，候机室里的男人们的眼神便转了个方向，动作之整齐真是看得人哭笑不得。

笔记本有信息传来的响声，小乔低头一看，惊讶地抬头说："瑶瑶，星光模特那个死秃头在给你发消息哎，你不是对他唯恐避之不及吗？怎么忽然有联系了？"

丁瑶接过电脑淡淡地说："我妹妹刚大学毕业，一心想当模特，知道我认识死秃头，非要我跟他说说，想进星光模特经纪公司，怎么都不听劝。我爸妈没办法，也让我帮忙张罗一下。"

小乔咂舌："你对你妹可真好。"

"好？"丁瑶挑挑眉，眯眼说，"等她真入了行就会知道模特圈有多不好混，尤其是死秃头的模特公司。"

小乔恍然："对啊，那死秃头色心可大着呢，他手下的模特哪个不得被揩点油？瑶瑶，我收回刚才的话，你可真忍心下手。"

丁瑶随意地说："放心，我自有分寸，想动我丁瑶的妹妹，也得看我答不答应。"

小乔双手朝天道："女王大人，我真想晚生几个月，也当你妹妹。"

丁瑶柔柔一笑，妩媚的眼睛弯成月牙形，性感却不轻浮。

女神……大抵如此。

"饿了，要吃点什么吗？我出去买。"小乔摸了摸肚子，拿起钱包准备出去。

丁瑶摇了摇头，拿出手机要打电话，小乔撇撇嘴，自己去了。

丁瑶正要拨出电话，手机就先响了，上面写着"容嘉勋"三个字。

按下接听键，还不待她说什么，那边就有个年轻低沉的男声说："瑶瑶。"

丁瑶"嗯"了一声，看着手腕上的链子笑了笑。这是她准备送给容嘉勋的两周年礼物。她在《国家地理》杂志做编辑，这次出差本来得一个月才能回去，按理说是赶不上他们两周年的，但为了不让容嘉勋失望，她通宵加快了工作进度，虽然很累，但也值得。

丁瑶和容嘉勋在一起两年了，两人感情一直很好，虽然偶尔因为两人工作都很忙，聚少离多，但从来不曾因此吵架，反而越来越亲密，这是她非常喜欢的相处状态。

不出意外，他们应该会在明年初举行婚礼，丁瑶约莫着，这次回去过两周年，容嘉勋会跟她求婚吧？只是，容嘉勋的语气听起来好像不太高兴。

电话那头的男人叹了口气，像在克制什么，丁瑶微微蹙眉，低声说："嘉勋，你怎么了？"

容嘉勋沉默片刻，道："瑶瑶，你什么时候回来？"

丁瑶下意识觉得他是以为她没办法回去和他一起过他们的两周年，所以才不高兴，忽然就升起一股微妙的心情，想要给他一个惊喜，于是就用和他一样难过的语气说："还要好几天，估计得月底了，抱歉啊嘉勋，我们的两周年纪念日恐怕不能在一起过了。"

容嘉勋似乎喘了口气，嗓音沙哑道："没事。"

他非常轻地说："瑶瑶，有件事我得告诉你，我接下里的话可能会伤害到你，但你记住，你是这个世界上我最不想伤害的那个人。"

丁瑶愣住："嘉勋，你……"

容嘉勋打断她说："瑶瑶，对不起，我们分手吧。"

丁瑶的手机直接掉在了地上，她僵在那儿，诧异地看着摔在地上的手机，通话还在继续。

小乔回来看见这一幕吓了一跳，赶忙加快脚步跑过去问："怎么了瑶瑶，你没事吧？"

丁瑶匆忙地蹲下捡起手机，放到耳边，容嘉勋却已经挂了电话。

"怎么了？瑶瑶你倒是说话啊，哎你怎么哭了，出什么事儿了？"小乔着急地把她扶起来，急促地问。

丁瑶倏地回神，抹了抹眼眶，居然流泪了，太失态了。

"没事啊，"丁瑶用袖口抹干眼泪，找了个毫无说服力的借口，"没事，沙子迷眼睛了。"

小乔无奈："小姐，拜托，这里是晋安又不是承安，哪儿来的风沙啊？再说了，飞机场到处都关得严严实实，风沙要怎么吹进来？"

丁瑶勉强笑笑，不知该怎么解释，幸好这时她们的航班开始登机了，她拉着小乔说："登机了，上去再说。"

小乔没办法，只好随她去了。小乔很清楚，上了飞机丁瑶也什么都不会说，她就是这种性格，别看她外表好像坚不可摧的雅典娜，可真有什么不痛快从来不告诉别人，都是自己憋在心里，就是不想让别人替她担心。除了美丽之外，她还心地善良。

回程的路途本来很长，可等飞机落地的时候，丁瑶却有点嫌飞行时间太短。她还没想好自己和容嘉勋之间到底要怎么办。

"瑶瑶，你一个人可以吗？"机场出口处，小乔担心地看着她。

丁瑶笑着说："我又不是小孩子，没事的，你快回去吧。"

小乔拗不过她，只好自己先坐出租车回去。

丁瑶看着那辆车远去，心里十分惆怅。

回去，还是不回去，这是一个问题。

思来想去，似乎还是该回去问个究竟，就算真的要分手，也得把自己放在他家里的行李拿走。

做了决定，丁瑶打车前往江城紫檀别墅区，她手里握着家里的钥匙，不确定自己是否要用钥匙开门。如果她和容嘉勋真的要分手，那么那栋房子也不能算是她的家了。

别人的家，直接开门进去就不太礼貌了。

车子慢慢地停在别墅前面，丁瑶透过车窗看去，房子还是那栋房子，花园还是很茂盛，和她离开时没两样，可无波无澜的半个月过去，人却变得完全不一样了。

说来也可笑，她从来没想过自己也会有被人抛弃的那一天，虽然容嘉勋很优秀，可自打决定和他在一起那天，丁瑶就告诉自己无论何时都不要妄自菲薄，但如今还是有点受打击。

丁瑶最终还是没用钥匙开门，她开了外面的铁门进去，站在房门前按了门铃，等着容嘉勋来开门。现在是傍晚六点多，他已经下班了，应该会在家里。

事实也不出丁瑶所料，她实在太了解容嘉勋，只是当他真的开了门，看到他的人，她还是有点难过。

"我回来了。"

丁瑶说话时有些许哽咽，她自己都没察觉，她的手紧紧攥着行李箱的拉杆，看上去很不好。

容嘉勋看到她，先是惊讶，随后是心疼。那样一个女人，从不会透露一丁点软弱，现在却变成这个样子，他真是罪无可恕。

容嘉勋手足无措地要给她抹眼泪，可紧接着一个声音在他背后响起，他所有的动作都停止了。

"嘉勋，谁啊？"

一个穿着浴袍的女人在他身后出现，她很漂亮，并且十分年轻，气质慵懒。从容嘉勋和她的衣着来看，不难推测出他们之前做过什么。

丁瑶诧异地看着那个年轻女人，她不是别人，正是她的妹妹丁月。

丁月看到丁瑶也怔住了，但她显然有心理准备，很快恢复过来说："姐，你怎么提前回来啦？"

丁瑶拧着眉："这是怎么回事？"

容嘉勋僵硬地沉默着，表情有点灰暗。最后还是丁月主动走上前，解释了这一切。

"姐，我和嘉勋在一起了。"丁月用歉疚的语气说，"对不起，我们俩姐妹那么多年，一直都是你吃最好的，穿最好的，爸妈也一直最疼你，现在嘉勋不喜欢你，喜欢上我了，那你就把他让给我吧……姐，这么多年了，我什么都没跟你抢过，也抢不过你，就这一次，行吗？"她红着眼圈，似乎非常渴望。

丁瑶有点无语，又看向容嘉勋。容嘉勋皱着眉不说话，她开口问："你也是这么想的？"

容嘉勋还是不说话，紧紧抿着唇，薄唇泛白。

丁月挽住他的胳膊，深情地说："嘉勋，事已至此，长痛不如短痛，姐姐会成全我们的。"

容嘉勋低下头，依旧一言不发。

只是，现在的他即便沉默，也是一种明显的态度。

不否认就是承认。

丁瑶勾起唇嘲讽地笑了笑，转身就走，因为台阶太多，行李箱有些沉，她下楼梯时险些摔倒。

容嘉勋下意识要上去搀扶，丁月却死死地拉着他，不允许。

容嘉勋瞪着丁月，眼里哪有一丁点爱意？可丁瑶看不见，也不想看了。

她快速离开，由走变跑，都不知道自己是怎么回的家，那个父母和妹妹同住的家。

丁妈妈看见她推门进来还吓了一跳，摘掉围裙说："瑶瑶啊，怎么提前回来了？吃饭了吗？"

丁瑶点了一下头，没说话，直接朝自己的房间走。

丁妈妈不放心地跟上来："瑶瑶你没事吧，怎么好像哭过了，谁欺负你了？嘉勖怎么没陪你一起回来？"

丁瑶强颜欢笑地说："没有，做错事被领导骂了，妈你别担心，我自己待一会儿就好。"

丁爸爸听见声响从卧室出来，手里还拿着报纸："瑶瑶？怎么今天忽然回家了？"

看到爸爸妈妈，又想起丁月的事，丁瑶无从解释，干脆直接进了自己房间。靠在门上，她安静了很久，才很长地叹了口气。

翻出手机，看着APP里订好的两张飞机票，起飞时间是明天，目的地是承安，那个被黄沙掩埋了一半的古城，容嘉勖一直想去的地方，她本来想两人一起去那里过两周年的。现在看来，只有她一个人能去了。

丁瑶慢慢蹲下来，最后干脆坐在了地上，泪水落到手背上时，她才惊觉自己现在有多狼狈。

也是啊，从小疼爱的妹妹和她最爱的男人狠狠地打了她的脸，璧人似的求她成全他们，她能怎么办呢？

她也不知道，她没办法了。

女儿闷在屋里一晚上没出来，也没吃饭，丁家二老挺担心的。

第二天一大早，也就七点多，丁妈妈去敲丁瑶的门，无人回应。

她有点担心，直接开门进去，丁瑶已经不在了，桌上有一张字条。

上面写着：妈，我去旅行了，别担心我，我好着呢！（后面附上一个笑脸符号。）

丁妈妈无奈一笑，念叨着："这丫头！"

　　承安是座神秘又古老的城市，因为历史原因，这里大半被黄沙掩埋，拥有许多传奇的名胜古迹。

　　下了飞机，丁瑶戴上墨镜，脚步飞快地走着，出了机场就上了出租车，直奔酒店。

　　她住的酒店消费水平不低，是当地招待贵宾的首选，她找到自己的楼层，正要刷房卡时，旁边房间的门刚好打开。

　　她下意识看过去，一个身量很高的男人从里面走出来，他穿着黑西装，戴着无框眼镜，细碎的黑发柔软平整，光洁白皙的下巴上不见一丁点胡楂，西装和衬衣没一丝褶皱。

　　一个严肃且一丝不苟的男人。

　　他朝着与丁瑶相反的方向离开，背影极为高挑颀长，看上去足有一米九。因为离开的速度太快，丁瑶没能看清他的具体长相，只能从侧脸大概辨认出，那该是个非常清隽儒雅的男人，仅仅是垂下的眼睑和轻抿的嘴角，就带着浓浓的书香气。

　　不过不管长成什么样，和她也没多大关系，终究只是个过客。

　　丁瑶插上房卡进屋。

　　此刻，她完全不觉得自己会和刚才的男人有什么交集。

　　直到第二天，她到了全国乃至世界最为著名的古建筑群——隆夏皇宫遗址。

　　挤在一众游客里，蹭着其他游客请的导游，丁瑶听着对方关于隆夏皇宫的历史介绍，拿着矿泉水瓶喝了一口，又重新拧好。

　　"皇宫景区主要分为三个展厅，三号展厅出土的是皇宫外城，二号展厅出土的是妃子们居住的地方，一号展厅是帝王听政和生活的中心。因为现在是暑假人比较多，我们就不按照顺序看了，先看一号展厅，这样看下去人会比较少一点……"

　　丁瑶觉得导游的话非常有道理，所以继续跟着大部队蹭导游，一路进了一号展厅。

　　相对于外面的炎热，一号展厅里凉爽了许多，可人却一点都不见少。

她一手拿着相机，一手拿着矿泉水，背着背包，被人挤着往前走，好不容易站定在一边栏杆处，有了个空位休息，身后的大部队又来了。

她有点皱眉，可心里却又觉得这样很好，这么多人，这么宏伟的古建筑，足以占据她所有的精力，她可以很好地抛开杂念，不去想那些不开心的事。

"难怪人家失恋了都喜欢出去旅游散心。"她自嘲地念叨了一句。

导游在继续讲述："下面是正在修复文物的一些考古专家，他们本来只在晚上工作的，因为白天有游客，太吵，晚上比较安静。不过最近上面催得紧，所以他们这个时间也会来工作一会儿，我们在这周边简单看一下，然后去前面看正殿，不要过多打搅他们……"

丁瑶朝下面看去，十分宽广的土坑里，大约有七八个人正在忙碌，其他几个倒没什么特别，唯有那个坐着的人让人移不开视线。

那不是酒店里住她隔壁的男人吗？

他坐在椅子上，因为腿太长，稍显得有些委屈。他周围的人都穿得十分随意，很适合工作，只有他仍然一丝不苟地穿着西装，笔挺如刀裁。

丁瑶正看着，忽然被身后的人一挤，她一个没站稳险些跌倒，手上的东西也没拿住，全都朝外抛了出去，眼看着就要砸进坑里。

意识到可能要闯什么祸，丁瑶不顾一切地使劲朝前伸手，但也紧紧是抓住了水瓶，相机则非常不幸地砸进了坑里，不偏不倚地落在了西装男人的脚边，十分突然地杂碎了他正要拿起来的一块文物碎片……

完了。

丁瑶脑子里只剩下这两个字。

坑里的男人倏地抬头看过来，锐利的目光让人不寒而栗。

那是双布满星辰的眼睛，干净深邃，明亮极了。虽然中间隔着一层眼镜片，但与他对视时，仍然可以感受到一股冰冻的、透彻的惊艳。

与他所从事的工作和位置一样，他的面庞与眼神，都充满了历史感。

丁瑶脑子里只有十个字可以形容他——

温而厉，威而不猛，恭而安。

他站在那里便是如此。

除此外，他的正脸让丁瑶记起了他的身份。

裴然，二十八岁，北京大学考古系博士、江城大学考古系客座教授、著名青年考古学家，曾参与多处重要文化遗址的发掘，研究修复许多国宝级文物。

她之所以会知道这些信息，是因为《国家地理》杂志上一期刚刚采访过他。更是因为了解这些，她越发清晰地意识到，自己闯了一个弥天大祸。

打碎了这个视历史和遗迹如生命的男人手中的文物，她是等死呢还是等死呢？

本来明明很喧闹的地方好像忽然就安静了下来，丁瑶看见保安已经从四面八方赶来，她就这么被保安给擒住了。

"别动！"保安一齐喊道。

丁瑶嘴角抽搐："我没想动，您能轻点吗，腰要断了……"

数不清的游客表情各异地注视着丁瑶被带走，她渐渐地离开裴然的视线，余光瞥见有保安下了坑，大概是了解文物价值去了，估计她这辈子牢底坐穿都赔不起。

是她以前的人生太一帆风顺了吗？所以老天爷要收回她的好运气，今后她都不会有好结果？

这样想着，丁瑶不由得苦笑，保安看见，"啧"了一声说："还笑得出来？"

丁瑶挑眉继续笑着，桃花眼十分精致，颇有点豁出去的意思："事已至此，哭也没用，一会儿麻烦您调一下监控录像，看看刚才是谁推的我，我大概不用负全部责任。"

那保安还没开口说话，另一个保安就回来了，是刚才下坑的那个。

"等一下！"保安喘了口气拦住他们，抹了抹汗说，"先别带走了，裴教授让带下去。"

"下去？"刚才和丁瑶说话的保安露出惊讶的表情，"按理说得先带去保安室，然后……"

另外一个保安无可奈何道："你又不是不知道那位的脾气，咱们惹不起，还是照办吧。"

那保安有点犹豫："万一跑了呢？"

丁瑶被一众身强体壮的大男人围着，额头滑下三道黑线，我要是能跑掉就好了。

"我们这么多人还怕她一个小姑娘？"那保安看看丁瑶，大概是觉得她长得太漂亮了，不自觉地感慨，"年纪轻轻的，又长得那么好看，真可惜。"

"是啊，好可惜。"

丁瑶轻淡地附和着，感情不太充沛，只是当她被保安簇拥着来到坑里，站在裴然面前时，饶是内心再强大的人，也忍不住有点悲从中来。

"裴教授，人带来了，您看？"保安笑着问。

丁瑶去看裴然，恰好他也正抬眼看过来，四目相对，一股奇妙的荷尔蒙弥漫开来。

这男人真是上帝的杰作。

纯净的黑发，皎洁的肤色，高高的个子，一米七二的丁瑶还得仰头看他。以前她觉得长成像容嘉勋那样的男人就已经世间少有，哪料竟还有裴然这样美丽的人。

是的，美丽，不太好形容他英俊，因为不够准确，他的相貌精致得有点不真实。他像一幅画，也像一颗熠熠生辉的黑宝石，如果非要找出一个词语来形容他，那也只能是——无价之宝。

"无价之宝"缓缓开口，两片薄唇吐出来的字句却让人有点绝望。

"在隆夏遗址刚刚被发现还处在挖掘初期的时候，有个农民偷了遗址里的青铜器去卖，成交价仅仅是三十万，愚昧。"

丁瑶忽然觉得后背冒凉风。

"后来他被抓到了。"

裴然继续说着，他的声音非常磁性而富有魅力，只是他说话时扬起的长眉和严肃寡恩的倨傲模样，实在让人有点欣赏不起来。

"你知道他被判了什么刑吗？"

裴然抿唇问道，细微的动作，恰到好处的拧眉，无一处不昭示着：丁瑶，你死定了。

丁瑶双眼放空地问："什么刑？"

"死刑。"

裴然似乎笑了一下，那微小的笑容一闪而过，他很快就说了这两个字，周围的人都哆嗦了一下，连坑上面围观的游客们都忍不住跟着哆嗦了一下，即便他们什么都听不见。

听到"死刑"这两字儿，放谁都淡定不能了。

丁瑶本来肌肤就很白，现在更白了，跟个雪人儿似的，意外让她的理智暂时出走了几分钟。

见她这模样，裴然微侧开脸，长睫毛与清隽的眉峰显得极为诱人，他十分勉强，且不情愿地补充道："当然，那是在二十七年前。"

也就是说……刚才那是个恶作剧？

丁瑶水灵灵的大眼睛情绪复杂地盯着裴然，她的睫毛长而浓密，眨眼时忽闪忽闪的，瞧着极为灵气。再加上皮肤又好，整个人就好像釉过的名瓷一样，泛着风华万千的韵致，叫人错不开视线。

裴然和她对视片刻，忽然转开了头，带着几个保安走开讲话，也不知他讲了什么，那几个保安露出了哭笑不得的表情，几人互看了一下，居然都走了。

丁瑶看着保安的背影，正要问怎么回事，手机就响了。

她拿出看了看，哦，不是容嘉勋，是啊，从她离开他家开始，他就没给她打过一个电话，现在又怎么会给她一丁点"垂怜"呢？

是母亲的电话。

丁瑶望向裴然，他没理会她，坐在那儿继续工作，好像刚才毁坏文物的事根本没发生过，不免让人一头雾水。

于是她慢慢走过去，顺手接了电话："妈。"

丁妈妈柔声说："瑶瑶。"她的语气里带着试探和犹豫，应该知道了丁瑶和丁月的事。"你在哪儿呀？"她小心翼翼地问，"去哪旅游了？最近不太平，你注意安全啊。"

以前丁瑶出差或者独自旅行，丁妈妈并不会像现在这么着急和体贴，丁瑶现在可以完全确定，丁月什么都告诉她了。

"妈，你都知道了。"丁瑶语气平静地说着，眼睛无意识地定在某个地方，其实也并没注意，但还是让停留在她视线焦点处的人有点不自在。

裴然停下工作，看着小桌上的碎片，深深皱起眉，转头看向那灼灼视线的源头。丁瑶单手环胸在讲电话，细碎而妩媚的长鬃发垂在耳侧，后面松松地绾了发髻，古典里又带点高贵典雅的现代美，禁欲里又有那么一丝令人想要侵犯的冲动，这种冲动让人焦躁不悦。

丁瑶身边的女工作人员见裴然表情不太好，立刻毫不掩饰地白了她一眼。

丁瑶倏地回神，马上对电话那头吞吞吐吐的母亲说："妈，我这里出了点事，先不和你说了。"

丁妈妈着急地说："瑶瑶，你怎么了？出什么事了？"言语里不乏愧疚之色。

其实母亲何必愧疚呢，不过是她们姐妹俩之间的事，丁瑶原本不想让父母担心，也根本不想提这件事，显然丁月并不这么想，她到底还是太年轻。

"瑶瑶？瑶瑶你没事吧——"

得不到回应，丁妈妈在电话里大声地喊着，丁瑶想直接挂断电话，但那女工作人员听见了，直接来了句："没什么大事儿，就是破坏了贵重文物，要赔个几十万顺便坐牢罢了。"她说这话的声音其实不大，但阴阳怪气的，而且电话那头的丁妈妈开了免提，和丁父还有丁月、容嘉勋一起在听，所以显得尤为刺耳。

丁月这次带容嘉勋回家，是想彻底解决容嘉勋是她"姐夫"的身份问题，要他以后名正言顺地做她的男朋友，而不是姐姐。谁知道母亲非要打电话跟姐姐求证，电话接通又不敢直接说，磨磨蹭蹭的，居然还出现了别人的声音，说的还是一件非常危险的大事。

"什么？"容嘉勋立刻站起来夺过电话，正要说话，那头却只有忙音了。

"瑶瑶出事了，我得过去。"他匆忙想走，丁月死死拉住他。

"你要去哪儿啊？你忘了吗，你已经和她分手了！现在我才是你女朋友！"

丁月的话让容嘉勋不太高兴，他回过头说："瑶瑶现在出事了，你没听见吗？难道你不是她妹妹吗？她对你那么好，你就不担心她？我必须过去看看她，她需要我的帮助。"

"她说了吗？她提一个字了吗？就算你要去，你知道她在哪儿吗？"丁月红着眼眶指控。

容嘉勋怒极反笑："她不需要提我也会去，至于她在哪儿，我知道，我一直知道。"他说完就走，狠狠地摔上了门。

丁月一个人孤零零地站在父母面前，无比难堪。

丁月有点崩溃："所以不管过去还是现在我都争不过她？！可是凭什么啊，她明明不是你们的亲生女儿！为什么从小到大我都要生活在这个外人的影子里！为什么……"

她泣不成声，大声质问着父母，丁父丁母一脸为难，丁母还落了泪。

承安，隆夏皇宫遗址一号展厅，因为刚才意外毁坏文物的事件，这里的游客已经被导游都带走了，其中不乏自己主动离开的，毕竟谁也不想在这里担嫌疑。

周围慢慢安静下来，丁瑶在所有工作人员的注视下走到裴然面前。

她先是深鞠一躬，然后认真地说："对不起，裴教授，我刚才……"

"没想到丁小姐还记得我。"裴然打断了她的话。

丁瑶有点意外地看着他。

裴然站起来，神色疏离："前段时间我在《国家地理》杂志做访谈时见过你，我以为在那里工作，你应该跟我一样十分热爱历史文化。"

丁瑶也很自责："对不起裴教授，我是来旅游的，刚才不知道谁在后面推了我一下，我一时没拿住，相机就飞出来了。"

裴然扫了一眼被他拾起来的相机，已经罢工了，不知道是否能修好，但那是其次。

他推了一下眼镜，黑白分明的眼睛里仍然带着不满，冷冰冰地说："出了这种事，你第一时间想到的不应该是推卸责任，如果你刚才砸坏的是真文物，现在已经在公安局了。希望这次的事能给你一个教训，在靠近围栏的地方欣赏文物时，注意你手里的东西。"他的语气充满了师长的味道，像在教导不听话的学生，"如果你刚才把相机放在包里，还会发生这种事吗？"

他的反问响在耳际，但丁瑶只抓得住一个点。

她惊喜道："裴教授的意思是，我砸坏的不是真文物？"

旁边一个看起来比较和善的男人笑着说："算你运气好，裴教授自己用土塑了一个跟实物差不多的碎片来做测试，免得修复出现问题时弄坏了实物，你刚才砸坏的就是那个仿品。"

丁瑶此刻的心情就像坐过山车一样，本来以为无药可救了，也只好淡定，但听到有转机，还是不免有点激动。

她下意识抓住了裴然的手，眼睛亮晶晶地说："裴教授，太感谢您了，您真是天使，无以为报，我想——"

裴然闻言一愣，立刻努力抽回自己的手，在丁瑶要说出最后几个字时严肃地打断道："年轻人要谨言慎行，说的话越多越容易出错，能不说就不说，知道了吗？"

最后几个字他说得一字一顿，带着很浓重的警告意味。

旁边的工作人员瞧见这一幕都忍俊不禁，很显然，大家都以为丁瑶要"以身相许"，这样的女孩他们也不是第一次见到，实在见怪不怪。

裴然扫了一眼四周，又黑着脸补充："望周知。"

丁瑶立刻明白他误会了，勾起嘴角，露出圣洁却又迷人的笑容，看得人心神恍惚，搞不清楚她到底是天使，还是恶魔。

"裴教授，其实我刚才是想说，能不能请您……当然还有大家一起吃顿饭，算是弥补我今天打扰你们工作，"她温顺地垂下眼睑，柔声补充道，"并没有其他意思。"

刚才说话的那个和善男人摩挲着下巴道："美女，你太客气了，裴教授刚才说你是《国家地理》杂志的？那你认识庄毅吗？"

"认识，庄老是我领导，您也认识他？"

那男人温和笑道："不用对我用敬语，其实咱俩差不多大，我是裴教授的助理，以前听过庄老的课。"他特别随和道，"你叫我万唐就行。"

在他们对话的时候，裴然根本就在状况外，他安静地回到座位上，收起丁瑶坏掉的相机，拿起方才被打破的文物碎片，小心并认真地继续工作。

跟万唐聊了几句，丁瑶便转开视线寻找裴然，思索着还是得好好谢谢他。

当她看见裴然的时候，他修长白皙的手正拿着刷子温柔而细心地清扫着一块贴着编号的碎片。那碎片瞧其貌不扬，可在他眼中，却仿佛比周围的一切都让人着迷。这个画面，很难不让人产生一种"我要是那碎片就好了"的想法，谁不想被这样的男人如此对待呢？

人们总说认真的男人最美，此时此刻，她不得不说，这句话说得实在太正确了。

好看的肩部线条，棋子般黑白分明的眼睛，专注的视线，丁瑶心里涌出一股很奇妙的感觉，但此刻的她并不知道，裴然，将成为她一生难忘的名字。

裴然最终还是没答应一起吃饭，他很忙碌，经常要上夜班，每天最多休息两到三个小时。并不是没机会，又或者不允许，而是他一旦工作起来，什么事都会被他抛在脑后，包括休息。

丁瑶回了酒店，因为砸坏"文物"的小插曲，以及母亲那个电话，她也有点疲惫，本来安排了第二天去沙漠看看，但现在决定还是待在酒店休息。

令她没想到的是，半夜四点多，会有人敲响她的房门。

急促的门铃和敲门声，有熟悉的男人在喊她，丁瑶从梦中惊醒，还以为只是个噩梦，谁知醒来之后门铃声仍然不间断响起，门外的人似乎非常焦急，仿佛她再不开门，他就会马上冲进来一样。

丁瑶掀开被子走到门口，透过猫眼朝外开，容嘉勋站在外面，急切地敲着门，手里拿着手机，一遍一遍拨着某个电话。她低头看着口袋里振动的手机，啧，原来是在打给她。

怎么办呢？开门，她不想面对他；可如果不开门，她又不想打扰其他房间正在休息的住客。虽然这里是高级酒店，但再好的隔音也架不住容嘉勋这么乱敲，又是凌晨四点。

思索再三，丁瑶在其他住客出来骂人之前打开了门。

当容嘉勋看见安然无恙的丁瑶时，还有些回不过神。

"你没事吧？"他干巴巴地问。

丁瑶没什么表情，她穿着白色的睡袍，伸手给他看表："你知道现在几点了吗？你这样跑过来是什么意思？"停顿片刻，有点好笑的表情，"丁月也不拦着你？"

容嘉勋站直了身子，他看上去比她狼狈多了，长舒一口气说："你没事就好。"

丁瑶抓到重点："谁告诉你我出事了？"

看她疏远的态度，容嘉勋有点不太接受得了，上前几步想拉住她，但丁瑶躲开了。

他想继续上前，隔壁的房门忽然打开了。

先是黑漆漆的，什么都看不见，然后突然出现刺眼的光芒，丁瑶和容嘉勋都忍不住挡住了眼。

片刻，眼睛适应了光亮，丁瑶朝光源处看去，裴然穿着白衣黑裤，冷脸盯着他们。

"活见鬼。"裴然紧蹙眉头，眼镜片后是翻涌着不悦的黑色眸子，"行行好，现在是凌晨四点，两位是在拍戏吗？"

容嘉勋很反感别人打搅他和丁瑶，不悦地说了句"抱歉"就要拉着丁瑶进房间。裴然看见这一幕，黑色的眸子里有什么闪了闪，丁瑶就当着他的面把容嘉勋推开了。

"你发什么神经？"丁瑶蹙眉道，"容嘉勋，我想明白了，我成全你们，所以你现在是我妹夫了，请你以后稍微约束一下自己的行为。"

容嘉勋诧异地看着她，那副难以置信的样子好像他根本没和丁月有什么，是她莫名其妙一样。

丁瑶表现得有些无情，看都不看一眼便要进屋关门，容嘉勋也顾不上有外人在，赤着眼睛拉住了她的胳膊，力道很大，她疼得嘶了一声。

"瑶瑶，对不起，你先别闹了，除了我你还能和谁在一起？我们是最合适的，我和丁月的事不是你想的那样，我只是……"他似乎想解释，可也不知该如何解释，有点自暴自弃地换了个说法，"瑶瑶，你给我点时间，我会处理好这件事，我们还会在一起，跟以前一样！你要相信，我是全世界最爱你的人。"

"怎么说得好像除了你之外我就不能有别人了？"

丁瑶露出委婉的笑容，余光瞥见裴然一脸索然无味地要进屋，便立刻走到了他身后。

裴然停住动作，费解地望向她，那表情好像在说：拍戏扰民就算了，还不让人睡觉？

见他这模样，本来心情很糟糕的丁瑶忽然弯唇笑了。这个笑容可真是杀伤力极大，便是裴然也不得不承认，这应该是他最近见到的除了隆夏镏金后冠出土时的画面之外，最美丽的一幕。

丁瑶礼貌地将手放在裴然的胳膊上，那模样带着些妩媚，可既不让人觉得放荡，又让人不忍心拂开，只是裴然还是拂开了她的手。他到底是与其他男人不一样。

"你不是担心我出了事吗？我现在可以告诉你，我没事，我很好，裴教授帮了我，你可以安心地回去陪丁月了。"丁瑶望向容嘉勋，浅笑着说话，像是真的一点都不生气，"嘉勋，你是很好，但被别人用过的男人，哪怕是我妹妹，我都不想再要了。"

如果你真的爱我，又怎么会不顾我的感受，和我妹妹发生关系呢？

这句话丁瑶没问出口，出于见鬼的自尊，出于……她注视着容嘉勋，他失魂落魄地站在那儿，哪里还有半点以前那个意气风发的模样？这样的他，实在不是她愿意见到的。

她也曾经想过，如果他们终有一天要分开，也要好聚好散，不要闹得两边都狼狈不堪，毕竟他们曾经那么好，让彼此那么幸福，如果到最后变成仇人，实在太伤人了。

她现在只求两人今后尽量不要相见，就算不得不见面，也不要讲话。

丁瑶此刻怜悯的表情，要比她的言辞更无情。

容嘉勋双手紧握成拳，黑衬衫带着褶皱，应该是赶了一路，没顾上整理。

他望着丁瑶，她身边是裴然，他定睛一看，不自觉道："你就是裴教授？"

好的出身让容嘉勋看人说话时不自觉带了一丝高人一等的气息，那种与生俱来的优越感虽然让人不爽，但也可以理解。

裴然并不想当"临时演员"，无视容嘉勋的话就要离开，这样的蔑视让容嘉勋心里更不平衡。

丁瑶也准备回去休息，匆忙简短道："嘉勋，你现在脑子不太清醒，还是回去好好睡一觉，醒了再好好想想到底该做些什么吧。"

她说完就越过容嘉勋要走，可容嘉勋似乎并不打算就这么离开。

他克制地说："我现在很清醒，我很清醒地知道，我绝对不能失去你。"

他旁若无人地抱住丁瑶，不允许她挣扎，想直接把她拉进房间里。

丁瑶使劲挣扎，可她到底是女生，力气根本敌不过容嘉勋，她的心理防线终于还是有点崩溃，焦灼地看向在场唯一可以帮她的男人。方才她站在裴然身后就是出于自我保护，她太了解容嘉勋，料到了他搞不好会这样，所以虽然有点冒犯，但她还是利用了裴然。

可是显然裴然很清楚这些，并且不甘心被利用。

他淡漠地看了一眼，头也不回地进屋，关门。

丁瑶彻底绝望。

"瑶瑶，你听我解释，我们进去好好谈谈。"

容嘉勋的吻落在她脖颈上，她厌烦地别过头，耳边是他惭愧的碎碎念。她能感受到他的懊悔，可他已经太让她伤心，并且和丁月发生了那些事，她是无论如何都不会再回头的。

更何况，以他刚才所说的来看，还是让她暂时和他玩地下情。

怎么以前没发现他是这样的人呢？是没到这种境地吗？

"你放开我。"丁瑶忽然很生气，也不知道哪来的力气，使劲咬了一下他的胳膊，竟然挣脱了。"滚开！"她的眼里充满愤怒，"凌晨四点打搅我睡觉就算了，还来这里强迫我的意愿拉我进房间，你信不信我现在就报警？看在以前的面子上，给你个机会，现在就滚，不然我可不保证还会手下留情。"她摸出睡衣口袋的手机，快速按下110，拇指放在拨出键上。

容嘉勋愣住了，不可思议地看着她。

丁瑶急促地喘着气，身后传来开门声。

她一怔，回头去看，裴然靠在门边，双臂环胸，心不在焉地说："我还能休息三个小时，然后就得继续工作，你们可以把另外几场戏移后拍摄吗？看在这里是酒店不是片场的分上。"

听完他的话，丁瑶皱了皱眉，居然点了一下头。

"好，没问题。"她利落地收起手机，对容嘉勋说，"你先回去吧，我要休息了，早点回家，不要再抹黑你在我心里的形象了，它已经不能更差劲了。"

说完，她径直进了屋，一切都很自然，如果不是……她进的是裴然的房间的话。

容嘉勋就站在她房间的门口，她要进去就得经过他，那么狭窄的空隙，她很担心刚才的事再次发生，她已经非常疲倦，没心思再进行战斗了。

裴然站在门口，看看门牌号，又看看里面，最后目光定在容嘉勋身上，正要开口，一只手从屋里伸出来，直接拉住了他的胳膊，把他拽了进去。

随后，房门毫不留情地关上，声音很响，还反锁了起来。

门外，容嘉勋颓然地靠在了墙上，表情说不上是在笑还是在哭，但他眼眶里没有眼泪。

门内，裴然靠在门上，垂眼盯着站在他身前的女人，她穿着睡衣，丰胸细腰，双腿笔直修长，黑色的及腰鬈发随意地垂着，飘着蛊惑人心的香气，感觉和他白天见到的女人完全不一样。

如果说，白天的她会让人在天使和恶魔之间犹豫，那现在的她就是个不折不扣的恶魔。她将了将头发，一手撑在门上，他和她之间的距离很近。

"裴教授，您是个学者，我很佩服您。"丁瑶脸色苍白，语气却极尽温柔礼貌，"但是……"她话锋一转，"在女性被迫被男人带走的严峻情况下还不出手相助，实在有点不妥。但这也出自个人意愿，既然您不愿意，我也不能道德绑架您，只是请您行个方便，今天晚上就让我在……"

她回头搜寻了一下，转回来后斩钉截铁地说："在沙发上凑合一晚，您可以睡床，我们互不打扰，谢谢，改天真的请您吃饭。"说完，她转身朝沙发走，尽管她一直表现得很平静淡然，可转过头不用再面对别人时，表情倏地沉了下来。

紧锁的眉头，轻抿的嘴角，躺到沙发上时是朝里面蜷缩的姿势，双臂抱着自己，这是很缺乏安全感的表现。

房间里除了一张夜灯，什么也没打开，裴然慢慢走到沙发边，身后便是屋子里唯一一张大床，此外便是有些短的沙发，其他的地方都被文件、书籍占领了。她好像只有这个地方可以休息。

黑暗里，他推了一下眼镜，黑宝石似的眸子眨了眨，他慢慢蹲在沙发前。

丁瑶忽然转过了身，眼睛很大，与裴然对视几秒，低声说："对不起，裴教授，打搅你睡觉，还让你借地方给我睡。"她垂下眼，眼角似乎有水光闪烁，裴然微不可察地蹙起了眉。

比起刚才故作强硬的她，现在这个她看起来顺眼多了。

接着，一条毛茸茸的大毯子就丢到了丁瑶身上，直接盖住了她全身，包括脑袋。

"痴男怨女，可笑得很。"

外面，裴然清矜冷傲地说了这句话。

早上，丁瑶六点多就醒了，其实她也没睡着，就是半梦半醒地眯着眼，迷迷糊糊地感觉有人起来了，她就也起了。

她还穿着昨天的白色睡袍，露出了纤细漂亮的腿。躺了一会儿，她身上稍微带了些慵懒，头发也有些散乱，可这样的她不但不难看，反而多了一丝娇憨。

丁瑶揉了揉眼，在房间里打量了一下，在窗户前找到了裴然。

他已经洗漱完毕，衣着整齐地靠在沙发上看书。他的发量不多，黑发细碎整齐，厚厚的无框眼镜，看起来度数不低，念书时应该是学神级别的。

他应该看得很认真，并没察觉到丁瑶醒来，在她看着他时，还翻了一页。

丁瑶努力观察了一下，他看的是关于隆夏的古籍，他真的很敬业，昨晚四点多才折腾完，可还不到七点就起来了，一会儿就该去上班了吧? 之前还欠他一次人情，这次又欠一次，也不知是否有机会还。

"醒了就回去，你这副样子待在我房间，一会儿学生来找我时会误会的。"裴然头也不抬地说了一句话。

丁瑶瞬间回神,九十度鞠躬后诚恳地说:"裴教授,如果你有时间的话,今晚我想请你吃个饭,算是感谢你昨天和之前的帮助。"

裴然终于抬起了头,他凉凉的视线落在她身上,让她有一种自己是文物,正在被估价的感觉,她不太舒服地抬手摩挲了一下手臂。

裴然勾了一下嘴角,长长的睫毛随着眨眼的动作而忽闪着,淡然闲适地又翻了一页书,低沉磁性的声音缓缓道:"你可以不用放在心上,我并没有主动要帮你,这种被动的好事,还是别强加在我头上了。"

丁瑶自己想想,也是啊,两次他都不是主动要帮忙的,说起来也是冤家路窄,太寸了。

"那我先走了,打搅。"

丁瑶又鞠了个躬,转身离开。

裴然的目光落在她身上,这个女人,标准的鹅蛋脸,在满是锥子脸的现代社会里相当有韵致,腿不但细,还很长,身材比例极好,就算不看那张漂亮的脸蛋,单是这个背影,已是分数不低了。

只是,当房门打开,他却没心思欣赏了。

自从认识丁瑶,他的生命里好像就多了很多意外,比方说此刻,第三次意外发生了。

"咦?!"

房间门口,正要敲门的女生无比震惊地看着丁瑶,她身后还有好几个人,男男女女,年纪都不大,应该就是裴然口中的学生们。

虽然知道可能不太管用,但丁瑶还是解释说:"别误会,不是你们想的那样……"

她的话还没说完,学生们就整齐地后退一步,毕恭毕敬地鞠躬道:"师娘!"

唯独有个年纪不大的女孩,站在几个人后面,整个人直挺挺的,对这场面不为所动。她好看的脸上写满了惊讶。

丁瑶嘴角抽了一下,回头看向裴然,裴然靠在沙发上,按了一下额角,有点烦躁地别开了头。

头疼。

是的，不但他头疼，她也很头疼，怎么解释才好呢？他们压根是完全不听解释的态度，已经商量着要离开给他们腾点时间，任凭丁瑶怎么说，都是一副"不用解释我们懂的"表情。

倒是一开始有点特别的那个女孩低声说了句："也许真的是误会呢，我们别胡乱起哄了，我觉得教授不是会在工作期间乱来的人……"

她这话说出来，大家安静了一些，好像有点相信了。

丁瑶瞥了她一眼，露出感谢的笑容，轻声道："不打搅你们说正事，我先回去了。"

该说的她都已经说了，很高兴有人还算理智，至于其他的就要看裴然了，他是师长，解释的话大家应该更相信，比她自己解释强多了。

回到自己房间，丁瑶看了看手机，好几个未接电话，有母亲的、丁月的，还有容嘉勋的。

容嘉勋发了许多简讯给她，她一条一条看下去，心情越来越差。

人好像就是喜欢这样，一旦失去才懂得去珍惜，她看到容嘉勋最后一条简讯，心情复杂得不得了。

他问她："你怎么能那么狠心？"

是啊，你怎么能那么狠心？这句话该她问他才对吧。

丁瑶拿起手机，快速回复："我们现在已经没有任何关系了，也不必再有纠缠。"

回复完，丁瑶便去洗漱换衣服，她决定提前回去工作，逃避不是办法，也不是她的行事准则，她要做的事还有很多。至于年假，还是过年休比较好，冬天最适合躺在家里睡觉，不是吗？

第二章 ✿
凌沧古墓

　　《国家地理》杂志编辑办公室，丁瑶提前回来上班的事不胫而走，社里有这样一个大美人，性格又好，工作能力又强，可以说是让同事们喜忧参半。喜的是赏心悦目，忧的是害怕被遮掩光芒，无出头之日。

　　丁瑶与容嘉勋分手的事同事们还不知道，容嘉勋更不会到处去宣扬这些，所以她上班之后所有事情都照旧。

　　包括出差的事。

　　"瑶瑶，庄老叫你呢。"小乔朝丁瑶喊了一声。

　　丁瑶应声，放下手里的工作去庄毅办公室，里面很快传出低沉稳重的声音："进来。"

　　丁瑶推门进去，关好门来到办公桌前："庄老，您找我？"

　　庄毅推了推眼镜，表情一如既往的严肃，看着他，丁瑶莫名想到了裴然，这让她不由得打了个冷战。

　　"怎么了？"庄毅也在问她。

　　"没事，穿得少了，有点冷。"丁瑶找了个借口。

　　庄毅点头说："年轻人不要为了美而冷着自己，老了什么病都来了。"

　　"谢庄老教导。"丁瑶谦逊地说。

　　庄毅满意地颔首，接着说："找你来是有件公事要你去，其实你刚回来，不该这么快让你再出去的，但这次栏目非常重要，你去我比较放心。"

"庄老有事尽管吩咐，我最近比较有时间。"丁瑶很随和地说。

庄毅挑眉："不用谈恋爱啦？"

丁瑶笑笑，没说话。

"是这么回事……"

原来，年底杂志要出一期重点刊，需要从七月份开始准备，亲自派人去跟这个项目。

摄影师已经提前出发了，这会儿应该早就到了目的地，是社里新请回来的海归，丁瑶还没见过他本人，但听说他得过许多奖，并且非常年轻，才华横溢。

只是，那儿还是有些远，在凌沧，而且还是高原，不太适合女孩子久待，朝圣者们倒是比较爱去。

"你要是同意，我会替你申请差旅费和奖金……"庄老说着可以提供的保障，念叨了半天，见丁瑶不出声，就问她，"你去吗？"

丁瑶毫不犹豫地点头："去。"

庄老有点意外，笑道："我以为你们这些小姑娘会怕那地方毁了你们的皮肤，不愿意去呢。"

丁瑶轻笑："工作嘛，总要敬业的。"

"我最欣赏的就是你的工作态度。那你回去收拾一下，过几天准备出发吧。那边没有飞机场，你坐火车去，到那边之后有考古队的人接你。"

丁瑶应下来，离开办公室，开始准备东西。

小乔看见愣住了："又出差啊？"

丁瑶笑着点头。

小乔撇嘴："出差还那么高兴，你傻了？"

傻了吗？才没有，只是觉得回来近一个星期了，终于可以名正言顺地再次离开这座城市。这样真好，不用再找理由避开母亲和妹妹的邀约，更不用去理会新租房楼下整天等着的容嘉勋。

丁瑶很快踏上了去凌沧的路途，没有飞机，火车直达，要坐二十多个小时，很远很远。

火车每行驶过一个站点，丁瑶的心就平静一些。等终于熬到了凌沧，除了在车上待了太久有点倦了以外，她觉得其他都非常好。

在车站出口，丁瑶见到了来接她的考古队队员，特别巧的是，这个队员她认识，就是那次在酒店里唯一没有跟着其他人一起喊她"师娘"的女孩。

来得匆忙，也没打听是哪个考古队，她完全没想到裴然会那么快换地方。

"是你？"那女孩显然也有些惊讶。她看着丁瑶，放下写着"北大考古队"的牌子，神情有些微妙的僵硬。

"对，是我，《国家地理》杂志派来的编辑。"丁瑶朝对方伸出手，大大方方地说，"我们的摄影师应该已经到了吧？很高兴认识你。"

女孩和她握了握手，看上去有点拘谨，丁瑶迟疑了一下，还是说："上次的误会，裴教授跟你们都解释过了吧？"

女孩闻言一怔，摇了摇头说："没有，您和教授……"

"我们真的没什么。"丁瑶的语气很认真。

女孩的表情这才缓和了一些，接过丁瑶的行李："您跟我走吧，行李我替您拿。"

丁瑶道了谢，但也没真的让小姑娘替她拿行李，她自我介绍了一下说："我叫丁瑶，怎么称呼你？"

女孩露出她们见面以来的第一个笑容："您叫我小樱就成。我研二了，上次在承安见到您的时候，正要跟裴教授一起来凌沧。"

原来如此。

她们一起走向停车的地方。小姑娘年纪轻轻，开车的技术却不错，越野车行驶在坑洼的土路上，竟然还不算太颠簸。

小樱是个性格有点内向的女孩，一路上都没说什么，专心致志地开车，这一点倒是和她口中的教授有点类似，做某件事的时候，便会全身心地投入，很难分出心思给其他的人或事。

车子行驶了一个多小时，才慢慢停在一个相对简陋的客栈门口，木头门半掩着，周围人烟稀少，偶尔能见到几个小孩子，皮肤黝黑，衣服简陋，应该十分贫穷。

"丁小姐，下车吧，我们到了。"

小樱熄了火下车，丁瑶提着行李下来，抬头看向客栈的匾额，歪歪扭扭地写着凌沧文，如果她没记错的，那两个字应该是叫"住吧"。

"我们暂时驻扎在这里，因为这边条件比较差，所以只能这样了，您别嫌弃。"小樱说着话，推开了门。

门一打开，里面正在吃午饭的人全都看了过来，瞧见丁瑶时，大家都很意外，勉强包括裴然。

说勉强，是因为他的表情实在没什么明显的变化，依然那么严肃，只是眨了一下眼，微微锁眉。

说实话，这里大概也就丁瑶这个新来的还一副城市人的打扮，大家都是冲锋衣、黑长裤，方便工作，包括裴然。

他坐在木椅子上，正端着水杯喝水，眼镜换了一副，金丝边，与他的学者身份更贴近了。

不得不说，白皙清隽的男人不管到了哪里都鹤立鸡群，一堆糙汉子里就这么一个精致俊朗满身书香气的男人，很难不让人行注目礼。

"哟，这不是师娘吗?!"一个男学生忽然大声说了一句。

人群一瞬间炸开，跟在丁瑶后面的小樱微皱了皱眉。

丁瑶无奈地靠在门边，高高的个子，即便只是牛仔裤和衬衫也挡不住的好身材，明亮温婉的眸子，柔和弯着的嘴唇，处处都风情万种。

她不醉人，人自醉。

"师娘这边坐，还没吃饭吧? 这边条件比较简陋，只有一些粗茶淡饭，您要是吃不惯，我这就给您去泡个方便面。"

那自来熟的男学生招呼着丁瑶坐下，还特意把她安排在了裴然身边。两人挨得特别近，她纤细温暖的腿贴着他放在椅子上的手，偏偏她似乎还没感觉到，侧着头，长发遮住了漂亮的脸。裴然安静地看着他，不着痕迹地收回了手，摩挲了一下手指。

"其实……"

丁瑶想再解释一下她和裴然的关系，但其他人已经该回避的回避，该方便的方便去了，接她来的小樱也被刚才起哄的男学生强行拉走了。

"……算了。"

她弯弯嘴角，望向裴然，他好整以暇地坐在那儿，眼睛盯着她，像在看不速之客。

丁瑶从口袋里取出工作证，在他面前晃了晃，笑着说："打搅了，虽然裴教授可能不太高兴，但很遗憾，我就是《国家地理》杂志派来的跟队编辑。"

裴然扫了一眼她的证件，重新给自己倒了杯水，又从木桌子下面取出一个新杯子，也倒了一杯，放在她面前。

她有点意外。

大概是他一直都太冷漠，忽然这么礼貌，让她有点受宠若惊。

"谢谢。"丁瑶客气地道谢，靠到椅背上喝着热水。

有点冷，凌沧在祖国的边疆，因为地理位置问题，冷得比较早，现在虽然还不到八月，但已经得穿长衣长裤了，如果再下一场雨，那就更寒凉了。

这是个不太适合女孩久待的地方，尤其是外来的女孩。

"听说摄影师已经到了，他在这儿吗？"

沉默并不是一个好选择，既然裴然话不多，那只能她来找话题了。

裴然这人看起来严肃古板，但也不算难相处，他简要地回答了她的问题："不在。"

"去哪儿了？"

"澄湖，取景。"

丁瑶慢条斯理地观察着裴然，他很安静，修养极好的样子，狭长的丹凤眼深邃又迷人，戴眼镜的时候有股特别的味道，很吸引女人。

他手长腿长的，手指也特别好看，虽然修长，但十分匀称，不太像久经风霜的考古学家该有的手，细腻得过头。

"裴教授没跟学生们解释一下我们的关系吗？"丁瑶抛出一个敏感话题，"他们还在误会。"

裴然漫不经心地说："解释也没有用，何必多费口舌，现在的年轻人最喜欢自己脑补，工作忙起来自然就没那个闲心胡思乱想了。"

明明他自己年纪也没那么大，资料里写的是二十八岁，怎么表现得好像四十八岁一样？

丁瑶笑眯眯地说："那我先去放一下行李，然后换件衣服，咱们下午要出去吗？"

裴然点了一下头，他做什么动作都很优雅，很有风骨家教很好的样子。但也很容易可以从他的言词和行为里看出，他是个很骄傲的人，不论是专业，还是为人处事方面。

丁瑶笑笑，起身拉着行李离开，走到木楼梯时有点担心地问："我行李比较重，会不会压坏楼梯啊？"

裴然抬头瞥了她一眼，十分寡淡的表情，不予回应。

很快，角落里蹿出一个男生，瞧着也就二十来岁，笑着说："师娘，我来帮您。"说着，就提着她的行李上楼了。

丁瑶看看男生的背影又看看裴然，心安理得地上了楼。

因为下午还要跟考古队一起出去，丁瑶琢磨着自己这体力还是得补充一下能量，所以就吃了一块巧克力。

丁瑶的房间在二楼靠窗的位置，她坐在窗边吃巧克力的时候，小樱敲门进来了，见到她在做什么，有点惊讶。

"我还以为像丁小姐这样的美女都不吃甜食的。"小樱还是有些拘束，站在门口不进来，"我属于喝凉水都胖的那种类型，肚子上都是肉，巧克力根本不敢碰。"

丁瑶温柔地说："你很漂亮，也很健康，一点都不胖，不要给自己太大压力。"

小樱恍惚笑笑，顾左右而言他了半天，终于似不经意地说了一句："丁小姐，您和教授认识多久了？您们真的……不是男女朋友吗？"

丁瑶看她那小心翼翼的模样，猜到了她的一些心思，面对被其他同学唤作"师娘"的女人，她会来一探究竟也情有可原，并且挺有勇气的。

"我和他的确不是男女朋友，上次那事真是个误会。"丁瑶笑着说，"你也别叫我丁小姐了，听着怪客气的，我比你大一点，你可以叫我姐姐。"

小樱听了丁瑶的话像是真的有点搞笑，嘴角不受控制地扬起来，点头答应了。

下午两点左右，楼下有人来喊她们出发，两个女孩收拾了一下一起下楼。

丁瑶还穿着牛仔裤，但换掉了高跟鞋和衬衫，穿着薄毛衣和冲锋衣。虽然是与其他人没什么差别的打扮，但她站在那儿，给人的感觉就是不一样的。

她的一颦一笑，都璀璨得有点像在秀场而不是考古队，这让大家不免会产生她是个"绣花枕头"的冒犯想法。

"一会儿要爬山，丁……瑶瑶姐你能行吗？"小樱侧目问道。

丁瑶点头说："没问题，不用担心我。"

旁边的裴然听见她的话，眼里泛滥着显而易见的不信任，但他也没说什么，先一步上了车，大家分别乘坐两辆越野车前往朝义遗址。

朝义是凌沧的一个地名，今年年初在那里发现了疑似战国时期小国澄国君王的墓穴，于是墓穴旁边的一片不算大的湖泊就被命名为澄湖。

那里本来是人烟罕至的地方，因为传出了发现古墓的消息，近些日子来盗墓贼猖獗，幸好这边的安保一直做得很严密，才没有让人得手。

到达澄湖附近时，丁瑶乘坐的车子缓缓停了下来，她身边坐着裴然，副驾驶的位置空着，开车的是一个男生，听说是叫尹征。

"我下去找找袁摄影。"尹征笑着说了一句，打开门下了车。

车上只剩下了他们俩，裴然一直闭着眼，丁瑶盯着他注视了好几秒才转移了视线。

"来了，马上出发。"回来的尹征说道。

丁瑶顺着车窗朝外看，看见了拿着单反慢慢走来的袁摄影，袁城。

袁城的身高应该和裴然有得一拼，他穿着皮夹克、黑色长裤、戴着墨镜，古铜色的皮肤，走路的姿势有着男性特有的阳刚魅力，跨上车的动作也十分潇洒干脆。

"走了。"袁城叼着烟笑道。

车子慢慢行驶起来，袁城才透过后视镜发现了车上的女性，他摘了墨镜往后看，挑眉说："你就是丁瑶？"

丁瑶单手撑头靠着，微微颔首道："你好。"

"不用这么见外，都是一个社里的人。"他掐了烟，"早说有姑娘我就不抽了。"他又忽然一笑，"对了，还有裴教授在，我这烟更不能抽了。"他打开车窗把烟丢出去，还没点燃。

裴然和袁城是完全不同的两个类型，如果裴然是儒雅温润的王爷，那袁城就是带兵打仗的将军。丁瑶觉得自己肯定是宫斗小说看多了，满脑子稀奇古怪的东西，这可不行。

随着海拔越来越高，车子行驶就越来越吃力，到了一定高度时，大家就都下了车，步行上山，因为再上面就没有路了。

丁瑶觉得有些呼吸不顺，但之前也去过高海拔的地方，自觉暂时不会有问题，也就没吭声。

一行人一起有说有笑地爬山，快到山顶时就见到一座简易房，上面写着简单的三个字——警务站。门口有几个本地人模样的警察在喝热水，见到他们热情地打着招呼，是凌沧话，丁瑶做的功课还是不够，只能听出百分之三十的意思。

裴然却似乎十分擅长这些，站在原地跟他们用凌沧话交流了一会儿，根据他的表情和动作，大概可以猜到是询问最近几天是否太平。

"多亏了他们日夜看着，要不然不知道会有多少盗墓贼来使坏。"小樱望着前方说，"尤其是最近盗墓小说和电影流行起来了，有些孩子就来这儿玩模仿，每天工作的时间都不够用，还得防备他们。"

丁瑶眯眼望着山顶，依稀可见那边有个土坑，随着距离靠近，她渐渐地可以看清那儿有一个入口，很小，半人高，进去得弯腰，不知道里面是不是也这么低。正思索间，一个黑色的东西被递到她面前。

她顺着看去，是裴然递来的头灯。

"戴上。"他简单地要求。

丁瑶立刻照做，这东西以前戴过，还是可以自己搞定的。

看她戴好了，裴然随意地指了指前面半人高的入口，道："玩去吧。"

旁边的人听见他的话都忍俊不禁，看他俩的眼神就跟看甜蜜的情侣似的，袁城是个直接的人，发现这一幕立刻就说："你们俩谈恋爱呢？"

裴然直接无视这个问题，先一步朝入口走："开始吧。"

一听工作，大家都严肃了起来，这大概就是科考人员的专业素养。

因为光线的问题，大家都戴了头灯，丁瑶走在裴然后面，袁城拿着单反相机走在最后，方便照相。

因为目前条件还达不到要求，所以裴然没有让工人把整个墓穴全都挖开，只让工人挖了一个不起眼的小墓室上的浮土，下面全是考古队自己一点点清扫出来的，包括这个出口，怕的就是破坏任何可能存在的文物。

墓穴的入口虽然很低，但里面却很宽敞，通道很长，有些阴冷，越往里面走越黑，还有点奇怪的声音，丁瑶不由得拉紧了冲锋衣的拉链。

相较于她，裴然就好像回到家一样，轻车熟路地带领队伍拐了几个弯，又进入了一扇门。

这扇门比入口的高多了，走进去之后，是一个三十几平米的墓室，里面有棺材，是石棺，充满了风霜的痕迹，还有一半在土里。

石棺周围，有一些看起来形状怪异的碎片，具体是什么还不太清楚，需要拼接。

这里能看得最清晰的，就是石棺前的墓碑，上面用古旧的文字刻着墓志铭，因为年代久远，已经不太看得清了。

丁瑶身后的考古队员们都放下了背包和工具，掌上了一个更亮的照明灯，随后便关了头灯，因为现在即便不开也不黑了。

突然，丁瑶的脚被什么压了一下，她下意识后退躲开，刚好和这里最权威最可靠的人挨在了一起，纯属意外。

"怎么了？"小樱望向丁瑶，头灯照着丁瑶目前的状况，看得小樱的眼神一暗。

丁瑶望向刚才她站的地方，袁城拿着三脚架道："我得支个架子，不小心碰到你了，真抱歉。"

丁瑶摇了摇头，没放在心上。

"可以放开了吗？"

耳边响起凉凉的声音，有点熟悉，很低沉，好听极了。

丁瑶朝声源处望去，裴然垂眼睨着她，黑色的眼睛在镜片之后熠熠生辉。

这双眼睛，很难不让人心生倾慕，也就丁瑶这种刚失恋的才能勉强应付得了吧？

"对不起啊。"丁瑶正要松开抓住裴然袖口的手，裴然自己抬手把衣袖抽回来走了。

拿出纸和笔，丁瑶挑了个不碍事的地方，开始记录自己这一路的行程，还有这间墓室的构造跟奇特之处，叙述之中难免需要考古人员讲解，但……抬头看看裴然用刷子小心翼翼清扫石棺尘土的样子，她还是决定换一个人来问。

"我来晚了！"一个熟悉的男声在身后响起。

丁瑶抬眼看去，竟然是万唐。

也对，他是裴然的助手，怎么会不在这里呢？来时没看到他，她都快把这回事给忘了。

裴然没反应，蹲在墓碑前，拿着手电筒研究墓碑上文字。他膝盖上有一本书，上面是密密麻麻的古文字介绍，看起来十分深奥。

"哎，这不丁瑶吗？"万唐一来气氛就热闹起来了，"难得啊，我还以为没机会看见你了，大美人儿。"

丁瑶回应得并不热情，甚至有点疏远，但非常礼貌，让人挑不出错。大家都能感觉到，她并不怎么喜欢"大美人儿"这个称呼。

她的位置靠近角落，认真写着什么，写着写着就会观察四周，最主要的还是描写裴然的工作。她握着笔转了转，看着裴然一点点读出墓碑上的文字，觉得这个男人真的很了不起。

或许有些富豪可以赚到很多钱，发展国家经济，享受金字塔顶端的优渥生活，但在她看来，裴然这样的科考人员，才是最值得尊敬的。

他们可以克服一切困难，不畏辛苦，不畏险境，为国家乃至世界的历史文化研究做出自己的贡献，不是更值得歌颂吗？

金钱有价，但文化是无价的。

丁瑶把心里话全都写了下来，耳边忽然响起："哟，都是夸裴教授的。"

丁瑶侧目一看，是袁城，他刚好走到这边拍照，这句话引起了不少人注意，只有裴然还在继续忙着手上的活儿。

电话忽然开始振动，她不疑有他地拿出来，以为是社里的，谁知道那再熟悉不过的号码居然来自容嘉勖，真是……她明明出来之前换了手机号码，他是从哪里知道的？难不成是父母那儿？怎么会，既然他已经和丁月在一起，父母何必让他再跟自己纠缠不清。

想不通归想不通，丁瑶也没浪费时间，直接拒接拉黑塞回口袋，继续工作。

后期，丁瑶还是来到了裴然身边，近距离了解了一下墓碑上的墓志铭。

"裴教授，这是澄国国君哪个妃子的墓穴吗？"丁瑶低声问。

裴然已经破解了墓碑上前面一段的文字，但还没完全完成，所以也不会给出什么确定的答复。

但是他说："不像。"

"嗯？"丁瑶不解。

"不像妃子。"裴然指着墓碑上的几个字符说，"挺有意思，这几个字的意思是开棺的人会遭到报应。"他站起来，拍了拍冲锋衣上并不存在的尘土，"简单来说，就是'开棺即死'。并不少见这些字，大多用来威慑盗墓贼，但大都会写在主墓室的墓碑上，石棺里的更像是身份地位较高的前人，可这间墓室的位置却又不符合墓主尊贵的身份。"

听完他的话，大家都不由自主地打了个寒战。

袁城笑眯眯地说："那我们现在不是跟拍恐怖片一样了？挺刺激的。"

裴然脸上浮现出恰到好处的漠然与不悦："恐怖片基本都是在盗墓，不得好死是理所应当，跟我们的工作有本质上的不同。只要我们心怀尊敬，不窃取墓主人的陪葬牟取暴利，毁坏他的墓穴，就不会有什么问题。"

万唐递过来一个本子，很厚，黑色的封皮，上面什么字都没有。

裴然顺手接过去，打开翻到后面几页，前面三分之二都写满了钢笔字，是裴然的笔迹，丁瑶刚刚见识过了，他的字实在太好看，并且很有辨识度。

考古勘查一直持续到下午四点多，进展并不怎么大，因为凌沧晚上黑得很快，所以大家通常这个时间就会回去。

出墓穴的路上很顺利，但走出来之后却出了点小意外，开始下雨了。

非常突然，刚刚还晴空万里，忽然就雷雨交加，大雨点不要命地往地上砸，怪吓人的。

"雨具都在车上，我和尹征去拿，大家在这儿等会儿。"万唐招呼着尹征去拿雨具，袁城也自动自发地跟着去了。

小樱看着天上喃喃道："天气预报越来越不准了，明明说的是晴天，怎么忽然下雨了？"

本来就是山上，又是土路，一下雨就变得泥泞不堪，三个男人去拿伞了，其他留在原地的男人也没有闲着，因为裴然有别的事要安排。

"都跟我去南边的简易房。"

裴然最先戴上帽子朝木板搭成的简易房方向跑去，男人们都毫不犹豫地跟上，女孩子则留在原地等待。

丁瑶担心地看着他们的背影，这雨一点停下来的意思都没有，砸在地上看着都疼，更别说砸在身上了，他们去做什么了？

还好，他们回来得很快，裴然个子高，走在前面很显眼，他和几个男生一起拖着一个非常大的雨棚，尽管雨水砸得他睁不开眼，但他还是走得很稳。

他越过墓穴入口，在顶端将之前准备好的防雨工具和雨棚一起支撑起来，防止雨水顺着滑坡流进墓穴里，造成什么损失。

"我们得去帮忙。"丁瑶忽然说，"他们只有三个人，雨篷太大了，雨也很大，弄起来很麻烦。"

小樱立刻说："我也去。"

其他女孩有点迟疑，丁瑶也没勉强她们，戴上帽子就冲了出去，小樱紧随其后。

裴然正在努力将自己的心血都遮盖好，就发现力道上轻松了许多，他惊讶地朝尾端看去，丁瑶一边抹去脸上带着泥泞的雨水，一边将雨棚盖好。

看得出她有点站不稳，但还是非常用心，尽管女孩子来帮忙做不好的话可能还得添乱，但她这样保护性的行为让他实在讨厌不起来。

或许是因为他自己就是这类人吧。

有了两人的帮助，雨棚和防雨工具很快就弄好了。五人一起往回走，裴然来到丁瑶身边，打算扶着她走下高坡，丁瑶把小樱扶过来说："先让她下去，我站得住，小樱快不行了。"

裴然一看，小樱已经睁不开眼了，看上去的确不太好。他也没反对，先将小樱扶了下去，下面有其他人在接应，万唐他们也回来了。

轮到丁瑶时，虽然她努力在保持着脚下的平稳，但可以想象到雨中的泥泞是多么湿滑。她的运动鞋已经湿透了，脚踩在地上都感觉不真实，就在快要走下去的时候，还是滑了一下，和裴然一起跌到了下面。

"教授！"

"丁瑶！"

几声呼喊在耳边，丁瑶抹掉脸上的泥泞，脚好像崴了，可疼可疼了，但她知道不能在这儿停留，必须马上离开，于是在裴然站起来拉她的时候，她强忍着钻心的疼痛站了起来。

透过雨幕，裴然看见她咬牙挺着的模样，他忽然发现这个女人竟然可以这么多面。有时像激情澎湃的海潮，有时又像温柔涓涓的小溪流，但这个时候，她更像长在悬崖上的一棵树，承受得了任何风雨的摧残。

人多了，帮忙的也多了，裴然其实可以不用再扶着丁瑶，越靠近停车的地方雨势就渐小，警务站的警察们也带着雨具来接应了，曙光就在眼前。

丁瑶的脸色异常苍白，她敢肯定，这次回去之后不休息几天她肯定出不来了，这只脚真是太拖后腿了。

"我来背你。"

裴然的声音忽然从风雨中传来。

她诧异地看过去，他不由分说地站在她身前。

丁瑶迟疑了片刻，还是趴到了裴然背上，他身上已经湿透了，两人贴在一起更冷了。

感觉到她在发抖，裴然似乎加快了步伐。

到了车子边，裴然慢慢将丁瑶放了下来，帮她打开了车门，将她扶了上去。关了门，裴然从另一边上车，坐在了丁瑶的身边。

小樱远远望着他们，刚刚丁瑶让她先下去，她很感动。

只是，如果可以被教授这样对待，她倒宁愿受伤的是自己。

车子上。

丁瑶侧头凝视着裴然，在其他人正在上车时，稍稍靠近他，压低声音说："你知道，我刚刚和男朋友分手，如果我现在说我可能要移情别恋了，你会不会觉得我很轻浮？"

她明明没有明确表达什么，可这话落在裴然耳中，却是赤裸裸的暗示。

他倏地看向她，四目相对，像是有什么东西开始燃烧了。

而事实是，的确没有哪个女人能完全抵抗裴然这样的男人那偶尔的温柔。

她总要回家的，不可能在外面待一辈子。如果要回去，就不得不面对丁月和容嘉勋，很可能还要帮他们操持婚礼。和丁月吵吵闹闹，不但自降身段，也让父母担心；和容嘉勋藕断丝连，不但伤害家人，也轻贱了她自己。

那么，为了家人，也为了可以在他们面前更自在平静一些，找一个新的对象迫在眉睫。

这个人，可以是裴然吗？

"你这明显是打算用转移注意力的方式来分散失恋的痛苦。"

其他人上车了，裴然却直接无视，略显沙哑的声音低低沉沉地继续说着。

"那么我要告诉你，你找错人了。"

说完话，裴然转回头闭眼昂首靠在车椅背上，明明他的头发还潮湿着，衣服上也都是泥泞，可一点都不会让人觉得脏乱。

也许，纤尘不染的灵魂，足以使他的人时时刻刻都如拂晓时分的明月。

被看穿了，但一点都不意外，他的眼神总是那么锐利，就像她第一次见到他本人。

车子开始艰难地往回走，大家在车里用干净的毛巾擦拭着脸上、身上的潮湿。因为裴然闭着眼，其他人不便打搅，所以将他的毛巾递给了丁瑶，在大家眼里，她是最适合做这件事的人。

丁瑶擦着头发，等到不流水时才停止。

她望向裴然，炙热的目光让人无法忽视，但裴然没睁开眼。

于是丁瑶就若无其事地开始帮他擦拭头发和脸颊，他还是没睁开眼，好像真的睡着了一样。

擦着擦着，丁瑶忽然扑哧一笑，趁着前座的人不注意，靠近他说："裴教授，我刚才就是开个玩笑，你别当真啊，睁开眼看看我呗，你耳根都红了。"

柔和的声音，带着轻巧的婉转，裴然倏地睁开眼，有些气急败坏地看着她，抢过她手里的毛巾，道："你听着——"

丁瑶睁大眼睛，露出洗耳恭听的表情。

裴然摘掉眼镜专注地擦眼镜片，面无表情道："下不为例！"

丁瑶靠到车椅背上，笑得很开心，这样的笑，可以温暖自己身边的人。

路途遥远，丁瑶不用开车，索性也闭上了眼，本来只是打算养养神，谁知尽管这一路都十分颠簸，可她竟然睡着了，醒来时已经到了客栈，是小樱叫醒她的。

"丁小姐，教授让我扶你下去，去客栈给你看看脚踝。"小樱眼神复杂地看着她，又称呼她"丁小姐"了。

雨还没停下，越靠近客栈反而下得越大，小樱站在车边，袁城举着伞替她挡雨，裴然不在。

"丁瑶，你能自己下车吗？"袁城望过来问道。

丁瑶点点头，撑着车座慢慢起身，脚踝传来剧痛，但她咬着牙没发出声音，在小樱的搀扶下下车，进了客栈。

这间客栈真的有点简陋，一楼甚至有些地方还在漏雨，裴然不在这里，万唐倒是个八卦的，神秘兮兮地走过来说："教授去拿医药箱了，可能还得换身衣服，一楼有点冷，你们还是到二楼上药吧？"

丁瑶自然不会反对，因为一楼真的有点冷，大风呼呼地刮，要不是人多，还有点阴森森的。

崴了脚，上台阶都是一种折磨，每走一步都像踩在刀刃上，丁瑶忍不住叹了一口气："这下好了，本来是来工作的，现在却成了累赘，都怪我，没本事还逞强。"

小樱抿起唇，半晌才说："丁小姐你别这么说，你当时要是没有让我先下去就不会出事了，这件事怪我……"

她说完话时，终于到了二楼。

丁瑶的房间在拐角处，离得很近，一抬眼就能看见裴然已经换了身衣服靠在门口。他好像也简单洗了个头，头发虽然还有点潮湿，但是已经不滴水了。

"进来吧。"他说了一句便转身进屋，表情语气都淡淡的。

"丁小姐，我扶你进去。"

丁瑶颔首说："谢谢你了，你也别把这件事放在心上，我摔倒是我自己不小心，跟你没关系。"

小樱不说话，但看着似乎没听进去。

进了屋，两人发现裴然已经坐在了椅子上，椅子就在床边，他指了一下床沿说："坐下。"

小樱扶着丁瑶来到床边，丁瑶轻轻坐下，因为挪动，脚踝又有些疼，她吸了一口气。

"你先出去吧。"裴然头也没抬，打开药箱，话是对小樱说的。

小樱一怔，迟疑地看了一眼裴然，终究还是走了，那一步三回头的模样，当真是恨不得她自己就住在这间屋子里。

出门时，小樱还给他们带上了门，丁瑶看着门叹了口气说："你的学生喜欢你。"

裴然动作一顿，抬眉扫了她一眼板着脸说："不要以为谁都像你一样，满脑子男欢女爱。"

丁瑶惊讶地看着他："我哪里满脑子男欢女爱了？"

裴然轻哼一声，不理会她，直接把她的裤子翻上去，露出红肿得可怕的脚踝。

"都这样了你居然还能一声不吭地走上来，倒也令人佩服。"裴然拿起干净的毛巾，若无其事地帮她擦干净腿上的水和泥泞，过了一会儿忽然停住动作说，"你要不要换件衣服？"

也对，衣服还湿着，不赶紧换了很容易感冒，不过她一个人，好像有点难度……

丁瑶露出为难的表情，低声说："我脚崴了，走不了，你帮我拿一下？"

裴然蹙眉看着她，那眼神好像在说：Excuse me?

"屋子里就你跟我，难道要鬼帮我拿吗？"丁瑶苦笑，似乎十分无奈，但她嘴角隐隐的笑意露出了破绽。

"你这个女人……"裴然站了起来，转身要走，打开门出去之前又转过头来皱着眉一本正经地说，"简直恶劣。"说完，关上了门。

丁瑶摸摸脸，自言自语："是吗？"

不到一分钟，小樱敲门进来了："丁小姐，教授让我来帮你换衣服。"

丁瑶若无其事地点头说："谢谢了。"

十五分钟后，裴然再次来到丁瑶的房间，她已经换上了宽松的长裤和T恤，看起来十分居家。可明明不是显身材的款式，怎么就越看越觉得性感呢？

裴然低头摸了一下丁瑶的脚踝说："脱臼了，你是怎么忍着走回来的？"他抬眼看她，总算找到了刚才那个疑问的原因，她这T恤领口开得也太大了，她弯腰下来什么都看见了！

"你的衣服都是这样的？"他莫名地说了一句。

丁瑶不解道："怎么了？"

裴然扫了一眼她的胸口，没说话，手上忽然动作，丁瑶疼得尖叫出来："呀！"

"好了。"裴然利落地站起身，"一会儿小樱会来帮你上药，这几天会下雨，我们暂时不出门，你可以安心静养。"说完，毫不留恋地走了。

丁瑶痛得表情狰狞，心里忍不住哀号，他这肯定是借机报复啊。

雨一夜未停，后半夜下得更大，雷电交加，木板房的窗户关不严实，被风刮得来回作响，风透过缝隙吹进来的声音好像鬼在号哭。

丁瑶睁着眼一夜没睡，第二天小樱来扶她洗漱吃饭时，大家就看见了她一双熊猫眼。

"昨晚没睡好？"袁城给她倒了杯水。

"谢谢。"丁瑶有点憔悴，"雨下得太吓人了，手机又坏了，睡不着。"略顿，她问万唐，"万唐，你知道这附近哪儿有卖手机的吗？"

万唐惊讶道："这地方哪有卖手机的呀，你出去之前没做措施吗？"

"措施？"什么措施？丁瑶露出疑惑的表情。

坐在万唐身边的裴然慢条斯理地拿出了他的手机，手机完好无损地套了一个密封很严实的防水袋，因为设计合理，也不会影响操作，他目不斜视地打开邮箱，似乎在看什么邮件。

"……"故意的吧？丁瑶眯眼看着他。

很快，大伙还没来得及吃饭，就发生了一个意外。

第三章 🌿
文物失窃案

凌沧博物馆的负责人顶着仍然在下的大雨跑到客栈，一脸绝望地说："裴教授，不好啦！你之前交给馆里的那两件刚出土的澄国文物昨晚被盗了！"

裴然倏地放下手机，站起来紧皱眉头道："什么？"

因为路途太遥远，再加上现场条件限制，澄国墓穴里可以出土的文物在技术处理过后会先寄放在凌沧本地的博物馆，等一期项目结束后再转移到更合适的地方。

然而，凌沧到底还是有些落后，尽管博物馆有保安二十四小时看守，可昨晚还是出了事。

"我对不起国家啊。"馆长老泪纵横，他头发花白，看上去十分苍老，哭起来让人不忍，"我辜负裴教授对我的信任，我怎么能把国宝弄丢了呢？！"

澄国毁灭至今已有两千多年，出土的文物的确堪称国宝级，但文物丢失也并非馆长所愿。

"我去看看。"

裴然的脸上从刚才开始就没有任何表情了，他本就生得冷峻，没有表情时便严肃得有些吓人。往日里丁瑶老听人家说"冰块脸"，这次算是见识到什么是真正的"冰块脸"了。

万唐很有眼色地把雨衣递给老师，尹征自动自发地拿了车钥匙出去开车，袁城背上单反就跟上去，明显是也要拍一拍这惊魂一幕，以后可以放在杂志里，会非常夺人眼球。

裴然看都没看他们，直接冲进雨里上了馆长的面包车，车子飞快出发。随后赶来的尹征哭笑不得地坐在驾驶座，打开窗户大声吼道："要去的赶紧上来，一会儿雨都扫进来了！"

袁城和万唐麻利地上了车，小樱也要上去，丁瑶拉住了她说："我也去，我就是脱臼，复位之后躺了一晚上好多了，肯定不会拖后腿。"

小樱急切地跟上："丁小姐是因为我才脱臼的，你想去的话我肯定陪着你，我们一起去。"丁瑶回头看了她一眼，虽然觉得她可能只是为了跟着裴然，但还是没拒绝。

少女心啊，她已经没有了，别人还正燃烧着呢，还真是有点羡慕。

小樱扶着丁瑶上了车。

万唐看见她愣住了，担心地说："丁瑶，你的脚没事？"

丁瑶点头："放心吧，这么大的事儿，袁城去，我当然也得跟着。"

袁城透过后视镜笑道："真是最佳拍档。"

丁瑶有点笑不出来，大概是刚才裴然那个表情把她吓到了，一直等到达目的地时，她这心里头还是七上八下的。

暴雨天土路很难走，临近博物馆终于有水泥路，但雨太大，看不太清，又是大白天，路上车多，还是得慢慢开。

他们一路都没看见馆长和裴然乘坐的车，等到了博物馆才在门口瞧见，他们大概来了有一会儿了。

车子熄火后，一行五人立刻下车往馆内走，因为脚踝的伤，丁瑶和小樱走得稍慢一些。

一进馆里，就看见昨晚当班的三个保安跪在地上哭，他们年纪都不算太大，最大的应该也就三十多，都是青壮年，晚上轮换休息，怎么就出事儿了呢？

"真的有鬼啊！"一个年纪轻些的保安白着脸说，"裴教授，我们真没撒谎，昨晚我们三个都看见了，有鬼啊！"

另外一个保安附和说："是真的裴教授，我长这么大没说过一句假话，要不是因为有鬼，我们怎么会放下那么贵重的文物跑掉呢！卖了我们仨也赔不起那么多钱啊！"

那个年长些的保安瑟瑟发抖道："裴教授，小兄弟们没乱说，是真的，我一开始也不信，但后来是我亲眼所见呀！实在不行，您就调监控出来看看吧！"

此话一出，裴然终于开口了，他脸上展现出一种奇异的笑容，嘲讽又有点蔑视："如果监控还能用，我会来问你们吗？"

三个保安愣住了："监控坏了？"

馆长皱眉说："不知道是不是因为昨晚雨太大，监控受到了干扰，拍什么都是漆黑一片……"

三个保安这下无话可说了，满脸绝望，如果没有监控可以证明清白，那么他们就会成为盗窃文物的最大嫌疑人。毕竟，眼前这位教授和公安局的民警们可不会相信那些迷信的话。

"我在来的路上已经报警了。"裴然垂眼睨着那三个保安，"很抱歉，或许你们觉得冤枉，但还是请配合警察调查。至于那些'见鬼'的说辞，还是不要跟警察说了，我们都是党员。"

党员，即无神论者。他讲话可真客气，直接说不就好了？再看看他的表情，嗯，很骄傲嘛，年纪轻轻的，一副老干部做派，竟然有一种诡异的萌感。

说完，裴然就冷冰冰地转身走了。他目不斜视地越过丁瑶身边，丁瑶扫了一眼这气氛压抑的博物馆，以及完好无损的防盗玻璃，那后面空空如也。说真的，这样的情况下丢失文物，除了博物馆的人监守自盗和闹鬼之外，没什么其他的可能性了，就算有，也很低。

丁瑶一瘸一拐地自己走出去，其他人还在里面了解情况，等警察过来。

丁瑶出了门，才发现裴然并没走，而是站在古朴的台阶上看雨。

他紧锁眉头，单手抄兜，另一手拿着刚刚点燃的香烟，看上去严厉而难以接近。

丁瑶慢吞吞地挪过去，有点惊讶地说："没想到你还抽烟。"

裴然侧过头，心不在焉地看了她一眼："我很少抽不代表我不会。"

"是是，裴教授说什么都对。"丁瑶靠在木栏杆上，这样会让她站得更轻松些。

见到她这样的动作，裴然眉头皱得更紧了，不赞同道："你脚伤没好就不要往外跑了，照你这样折腾，一辈子都别想痊愈了。"

"我担心你所以跟过来看看。"丁瑶脱口道。

裴然表情空白了一下，看上去有点意外，他掐了烟，别开头看向其他地方，黑眸里翻涌着不知名的情绪。

"其实你也不用太担心，警察会把这件事调查清楚的，文物一定可以找回来。"丁瑶老大哥似的拍拍他的肩膀，安慰道，"虽然我还没入党，但我也是无神论者。这件事博物馆的人监守自盗的几率很大，他们三个现在都在这儿，只要先拘留，很快就可以查出结果的。"

说了这么多，裴然终于有了点表示，他转过来，睨着丁瑶说："这么简单的问题我当然知道，否则我为什么在来的路上就报警？"

丁瑶看着他没说话。

裴然沉默半晌，还是别别扭扭地说了句："不过，谢谢。"

丁瑶这才满意地笑了。

不一会儿警车到了，裴然转身进屋，和警察一起了解情况。

丁瑶继续靠在外面看雨，虽然有点冷，但感觉挺舒心的，至少比在家里时舒服。

突然，一件外套丢到了她怀里，她吓了一跳，抬眼看去，是裴然快速离开的背影。

感觉到怀里西装的热度，丁瑶那颗心好像有死灰复燃的迹象。

如果说一开始，她只是突发奇想地想找一个新的对象来依赖和分散痛苦，那现在，她就是真的有点对裴然动心了。

是不是太快了？

正思索间，警察带着三个保安和馆长走了出来，几人一路和裴然交流，上车后才道别。馆长跟车离开汇报情况，裴然忧心忡忡地看着警车离去，突然宣布了一个决定。

"凌沧比较落后，目前博物馆的安保人员不够多，带走了三个，短时间内找不到太合适的人。为了保障其他文物的安全，我决定近几天先住在这里，等找到人再说。"他站在台阶上，一半肩膀淋着雨，可一点都不在意，用低沉而富于磁性的声音继续说道，"尹征、万唐，你们两个和我一起留下。"

他抬头看向这间展馆门口的监控，突然一笑，嘲弄地说："我倒要看看，我在这儿，那些所谓的'鬼'晚上会不会出来。"

其实本来没什么的，待在这儿就待在这儿，可听完他最后一句，大家都齐刷刷打了个冷战。

"有什么问题吗？"见两个学生没有回答，裴然不悦地看向了他俩。

他俩立刻说："没问题！"

"那就先送其他人回去，然后带一些日用品过来。"

"是！"

两个男人去开车，袁城、小樱和丁瑶是肯定会被送走的三个人。

丁瑶看看裴然，试探性地问："裴教授，今晚我可以留在这儿吗？"

裴然正要进展馆，听见她的话便顿住了脚步，像看神经病一样看着她。

丁瑶温婉地笑了笑，一点都不像神经病："我也很想看看晚上会不会见到'鬼'，给个机会开开眼？"

袁城闻言眼前一亮："对了，我入行这么多年还没拍到过灵异照片呢，我也留下。"

裴然露出一抹哂笑："你们以为是打游戏吗？还组团，要不要买一副'三国杀'？"

丁瑶抓错了重点："裴教授你还会玩'三国杀'？"

裴然脸上的笑意面具有了丝丝裂痕，他意味深长道："留下来也没问题，上交手机晚上谁也不许睡觉。"说完，直接进了展馆。

万唐哀号："我的夜生活……没了！"

"在这种鬼地方你能有什么夜生活？"尹征神秘兮兮地凑过去，"我们这次来凌沧队里一共就这么几个女生，一个是教授的一个是喜欢教授的，另外那俩哪个是你的？"

万唐直接把手机拍到了他脸上："老子说的是连载小说！"

凌沧的白天本来就短，现在又一直下大雨，夜晚就来得尤其快。

四点多，天已经黑透了，万唐和袁城在唠嗑网络小说，尹征去送小樱了。

尽管小樱一直强烈要求留下来，可裴然就是不点头，最后只好心不甘情不愿地走了。

丁瑶搬了张小椅子坐在展馆门口看雨，裴然靠在门边，低头翻书。

丁瑶坐了一会儿，想起来进屋去，一只脚挪了半天，路过门口时，却还是险些摔倒。

丁瑶轻呼一声，感觉自己马上就要撞到门框了，下一秒就撞进那个有点熟悉的怀抱。

丁瑶明显松了口气，笑容灿烂地说："我还以为你不会扶我呢。"

裴然没说话也没动，就那么低头瞪着她，好似在问，你怎么那么麻烦？

丁瑶笑眯眯地继续说："你在看书，我怕影响你，就想进去，谁知道门槛这么滑。"

裴然看向她刚才跨的那边，的确离他最远，而且也真的十分光滑。

只是门槛平时不会有人踩，怎么会磨得那么光滑？是经常有人坐导致的吗？谁会让人坐在博物馆展馆的门槛上？

裴然皱起眉，把丁瑶扶起来，蹲到门槛那儿查看，丁瑶托腮看着，慢慢开始打瞌睡。

昨晚一夜没睡，今天白天又出了事，她是真的有点累了，她真佩服裴然他们这样的考古专家，整夜整夜不睡觉都没问题，她是真的不行。

裴然好不容易研究完了，有了初步结论，正要站起来时，就发现身后有个人靠在他背上。

他回眸一看，丁瑶迷迷糊糊地蹭着他的后背，人快要歪倒了。

迟疑片刻，他还是在她跌倒之前将她拉进了怀里，然后横抱了起来。

按理说，这种时候女主人公是不该醒过来的，一般偶像剧都这么演，但这实在不现实，丁瑶睡得又不死，这么大动作怎么会醒不来呢？

她倏地睁开眼，看到自己如此近距离接触裴教授之后，无限惶恐。

"这次我也不是故意的，我真没满脑子男欢女爱，裴教授你快放我下来，我自己滚。"丁瑶挣扎着要下来。

裴然居高临下地俯视着她，也不回答，直接跨进门把她丢到了那唯一一张可以躺着的简易床上，用毛毯把她整个人都盖住了。

"哎呀你怎么那么喜欢盖我，第二次了。"丁瑶无奈地钻出脑袋。

袁城和万唐意味深长地看过来，心里的想法各有不同。

万唐的想法是，他的老师终于也有像个正常人的一面了，虽然觉得不能追求丁瑶很可惜，但也还是高兴的。

袁城的想法是，看不出来裴教授那么一个带霜伴雪的人，也会有这样的一面。

夜晚的时间过得不快不慢，丁瑶躺在简易床上，不一会儿就睡着了。

再次醒来时，是因为身体在敲警钟，她急需小解。

睁开眼，发现展馆里的灯光暗了一些，原来她睡的这个位置的灯被关了。

尽管裴然之前说谁也不许睡觉，但她看见大家都在眯着，只有裴然仍然睁着眼，坐在椅子上认真地看书。

外面还在下雨，暴雨不知要持续多少天，雷声大，雨点也大，裴然却一点都不受影响，纹丝不动的，要不是他的胸膛还会起伏，几乎要让人以为那是尊玉雕。

丁瑶轻手轻脚地爬了起来，下了床想自己打把伞去找厕所，还没走出门，裴然就叫住了她。

"去哪儿？"他简要地问着，眼神有些凛冽。

丁瑶扫了一眼挂钟，十二点整。

三个保安说，昨晚就是这个时间闹鬼的。

裴然到底还是在意的。

丁瑶停下脚步，回过头压低声音尽量不吵到别人："人有三急。"

看得出来裴然稍稍有些为难，耳根泛起难以察觉的绯色。

他皱皱眉，放好书签，合上书，站起来推了一下眼镜："你认得路？"

丁瑶摇摇头，说："反正也没什么事，我绕着周围找找就行。"

裴然指了一下北面。

丁瑶顿时了然，笑着说："谢啦！"说完，拄着伞一点点离开了展馆。

裴然思索片刻，抬脚踢了踢身边的万唐，万唐倏地醒来，迷迷糊糊地大声说："别杀我！"

裴然恨铁不成钢地睨着他，他回过神，尴尬又愧疚。

万唐这一喊，袁城和尹征也醒了，大家还以为出了什么事儿呢，尤其是袁城。

"丁瑶呢？怎么不见了？万唐你喊什么呢，谁要杀你？"他皱眉问道。

裴然淡淡道："丁瑶去上厕所了。"

"她一个人？"万唐瞠目结舌，"她可真是条汉子，脚都那样了还能自己在雨夜找厕所。"

裴然握了握拳，扔下书拎起外套丢下一句"好好看着"便出了门。

风乍起，刮得展馆门猛撞了一下，惊得留在里面的人都没了丝毫睡意。

万唐默默地开了全部的灯，眼观六路，轻轻舒了口气。

"你很怕？"尹征好笑地看着他。

万唐："鬼才怕呢。"

"明明是你怕鬼。"

"我才不怕鬼呢！"

袁城也开起他的玩笑："不用担心，我们三个大男人，别说没鬼，就是真的有鬼，阳气这么重也不敢进来。"

万唐嘀咕："之前那仨保安也是三个人啊。"

风更大了，呼呼作响，配合他的话一起听有点骇人。

尹征摩挲了一下胳膊说："都怪你，莫名其妙说那些东西，瘆人！真要担心，丁瑶一个人去找厕所才是最危险的，人家一个女孩子都不怕，你怕什么？"

万唐无言以对，但女孩子真的一点都不怕吗？

走在路上，丁瑶拉紧外套，觉得周围黑得有点恐怖。她摸出领口的项链，把十字架项坠握在手里，紧盯着周围，寻找厕所的方位。

忽然，一只手落在她左肩上，她尖叫一声扔了雨伞就跑，可脚又特别疼，可想而知跑起来有多危险。

幸好，裴然及时拉住了她，有点无奈地说："是我。"

暴雨夜，阴森森的地方，听见他的声音，她突然就什么都不怕了。

"你怎么来了？"她瞬间扬起笑脸，一点都不责怪他突然拍她肩膀。

然而，还不待裴然回答，一道刺眼的亮光闪过，有什么东西从他们眼前划过，丁瑶的后背被推了一下，两人直接以男下女上的姿势跌倒在冰冷的水泥地上。

……

"什么鬼？"趴在裴然身上，她哭笑不得，"怎么还喜欢乱点鸳鸯谱呢，裴教授你看清那东西是什么了吗？"

裴然目不转睛地凝视她，黑夜里，他的眼睛绽放着难以言喻的光芒，她与他对视，不由得发怔。

裴然很快就拉着她站起来，利落地挽起衬衫袖子，透明的镜片在闪电的反光下比刚才那一幕还要吓人。

"还能是什么？装神弄鬼的人罢了。他最好不要被我抓到，否则……"

最后的结果他没说，但从他转过身毫不犹豫地往展馆走的背影，丁瑶完全可以确定，他真的看见了并且完全有能力亲手把装鬼的人抓到。

丁瑶笑着拾起自己的雨伞，拄着慢慢往回走。

呵呵，不用如厕了，刚才那一下，已经把她吓尿了。

回到展馆时，她发现裴然正站在椅子上在展馆各个角落寻找什么，因为身高的优越性，他只需要踩着椅子就能够到屋顶。丁瑶才站稳，刚想走进去，脚下忽然被什么硌了一下。

"嗯？"她停下脚步，低头看地面，一个银色的东西吸引了她的注意。

"这是什么？"她蹲下去捡起来，好像是螺母。

听见她的声音，展馆里的四个男人都看了过来，裴然直接从椅子上下来，几步就到了她面前，从她手里接过那个螺母，观察了一下，不屑一笑："拙劣的招术。"

看来她发现了不得了的东西？

到了这里，丁瑶似乎很喜欢笑，这会儿一直面带笑容，等裴然看完了，就邀功似的说："我也不是只会拖后腿吧？有这么重大的发现，要奖励我点什么吗？"

裴然特别随和地低下头说："想要奖励？"

丁瑶啄木鸟似的点头。

裴然拍拍她的肩膀，转过身对万唐说："万唐，明天去给丁瑶买一箱方便面，要海鲜排骨的，吃点好的。"

丁瑶："……"

裴然在展馆里有了大发现。

警察还在审问三个保安，例行审查可能要等明天或者雨再小一点来做。

因为地理位置偏僻和落后，凌沧的旅游业发展得也不好，这样的天气就更没游客了，所以其实并不存在什么时间或者破坏现场的问题。

在展馆内每一个展示柜的顶端，裴然都发现了几条钢丝拧成的钢丝绳，它们一起串在螺母里，藏在屋顶的每一根房梁后，是用来做什么的？

想起那个白衣飘飘的"脏东西"，丁瑶突发奇想道："会不会是装鬼的人用来当绳索的？就好像威亚一样，到处飞来飞去的，很容易就能达到吓人的效果。"

"被吓到的人根本没心思去追究到底是怎么回事，早就跑掉了。"袁城附和道。

万唐击掌："肯定是这样，那三个保安被吓坏了，直接冲进了雨里，那个装鬼的人就趁机把东西都扯下来，偷走文物就跑了！"

尹征不解："可我们现在都在这儿，那个人刚才是怎么行动又怎么跑掉的呢？"

裴然一直没说话，此刻才开口。

"因为外面也有。"

他说得非常肯定，是决断性的，然后大家一起出去找，还真的发现了。

整个珍宝馆展馆的四周房梁上都有这种拧好的钢丝绳，要完成这项工程，必须得是对博物馆非常熟悉的人，还得是有名正言顺的理由天天待在这里，做一些大动作还不被怀疑的人。

会是谁呢？

那三个保安吗？

他们三个显然不完全具备这些条件，白天的保安和夜里的不是同一批，夜里也还有门卫在，他们要做这么大动作，门卫不会察觉吗？

"先睡吧。"

裴然简单叮嘱，便将东西都收起来，装进一个黑色的塑料袋里，拿着手机走向一边，不再理会他们。

他总是像个大家长似的，静静地看着他们胡闹，安置好他们后，默默地将一切事情都解决。

万唐和尹征显然都习惯了，耸耸肩就进屋休息，袁城自发地看守，丁瑶还站在门口，有点冷，她打了个喷嚏，抬起头时发现裴然已经回来了。

真快。

裴然的视线停留的位置有点敏感，丁瑶垂头一看，捂住了胸口。

"在看什么？"她明知故问。

裴然直接说："天主教？"

丁瑶这才反应过来，他在看她的项链，不是她的……胸。

丁瑶微微愣神，"呃"了一下，敷衍道："不是，别人送的，一直戴着，忘记摘了。"

裴然点点头："前男友。"

丁瑶表情不太好看，出来这么久，从没有人提起过那个人，她自己也不去想，可现在裴然就这么明明白白地讲出来了，让人一时不太能接受。

裴然忽然说："跟上。"说罢，他直接朝另一间展馆的门走去，好像一点都不担心她会拒绝。

丁瑶迟疑片刻，还是一瘸一拐地跟了上去，她必须得说，她真的太坚强了，这样的状态还能这么不断地行走，以后她要给自己改个名字，叫丁坚强。

好不容易到了小展馆的门口，丁瑶还没走进去，就看见裴然坐在里面的椅子上摆弄一个熟悉的东西。

"我的相机？"

还记得一开始认识裴然，就是在参观隆夏皇宫遗址时用相机砸坏了"文物"。那时因为着急，把相机的事给忘了，后来也没去寻找，没想到裴然一直带着。

"试试看能不能用吧。"

裴然将相机递给她。丁瑶艰难地挪动脚步，可以想象到她应该挺疼的，但她一点都不抗拒行走，这很神奇，她甚至还面带笑容，整个人在光线昏暗的灯下就好像发光的女神像。

"你修好了？"丁瑶坐到他身边的椅子上，"裴教授，我真不知道该怎么谢你，我都以为再也找不回来了。"

"一部相机罢了。"裴然说得无关紧要。

丁瑶笑笑，接过相机低声说："并不仅仅是一部相机，里面有很多珍贵的照片，对我来说，是无价之宝。"

因为要修相机，裴然已经看过里面的照片了，有她自己的，有她家人的，父亲、母亲、妹妹，当然，还有那个前男友的。

看得出来，丁瑶的前男友是个青年才俊，家世学历应该也很好，吃穿用度都非常优渥。同样，他也看得出来，照片里的丁瑶和容嘉勋都是发自内心在笑，他们曾经应该过得很幸福，也是真的彼此相爱过的，只是，有人先背叛了他们的感情。

挺好笑不是吗？他竟然产生一种他和她同病相怜的感觉。

裴然不再思考那些事，垂眼望向丁瑶，她翻看着相机里的照片，她与容嘉勋相处的点点滴滴都在里面，她每看一张，都要按下删除键。

"都删了？"

连裴然发现这个，都不免有些惊讶，她刚刚还说那是无价之宝。

丁瑶勾着嘴角说："那都是过去了，再怎么好，都不再是可以留恋的东西。"

删完最后一张时，已经过去了将近半个小时，丁瑶的心情也平静了许多。

她抬眼，发现裴然一直看着她。见她望过来，他意味不明地说："你说得很对，过去了就是过去了，即便它曾经多么美好，也不应该再留恋。"

丁瑶微微睁大眼："裴教授，你……"

话还没说完，刹车声就响了起来，警笛声十分刺耳。

"警察来了？"丁瑶回眸望去，警车的灯让雨夜亮如白昼。

早上七点多时，雨小了许多，终于可以不受影响地外出。

警察六点多才走，丁瑶抱着自己的东西，万唐走在她身边。

"也是奇了，我都做好长期奋战的准备了，居然一晚上就解决了。"

尹征叹了口气："我觉得现在不是高兴的时候。"

"怎么了？"袁城走出来问。

丁瑶朝裴然站的方向抬抬下巴，小声说："你看裴教授。"

袁城看去，顿时了然。

昨晚警察来调查，问过门卫，在这里抓到的人，居然是一大早去找裴然认错的馆长。

"唉，教授一直很敬重馆长，他其实不是凌沧本地人，几十年前也是考古队员，因为看凌沧落后，保护文物的意识也很落后，就义务留在这里工作，一直很尽职尽责，怎么就……"万唐点到为止，面露惋惜，其他人也是如此。

裴然应该是最不能理解馆长行为的人。

他原本以为他们应该是一类人，那种极度热爱历史文化，不容许任何人侵犯它们的人。

可到头来，他认为理所当然的东西却一直在被颠覆。

裴然慢慢穿上了西装外套，撑着黑色的伞走到大家面前，金丝边眼镜上溅了一点微不可察的水，他从口袋取出手帕轻轻拭去，一举一动，都充满了温文尔雅的书香气。

他皮肤很白，身材高挑，腰身有力而精瘦，撑着伞走在古旧博物馆的雨中，让人恍惚以为见到了民国时期修养极佳的少爷。

他微微颦眉，低沉而富有磁性的声音悦耳又疏离："都收拾好了？"

万唐点点头："我们现在就离开吗？"

裴然扫了一眼所有人，颔首道："走吧。"

他走在前面带路，不管是工作还是生活，他总是走在最前面，像海上的灯塔，夜以继日地为迷途者指引着方向。

回程，丁瑶还是和裴然坐在一起，大家都以为他们是情侣，总是自发地让出位置给他们。

看裴然兴致不高，丁瑶也没多说，但袁城问了一个问题。

"裴教授，馆长被抓了，那三个保安呢？"

万唐靠着车椅背说："如果没有参与，应该会被放了吧？"

裴然没说话，他很安静地看着车窗外，单手撑在车窗边，手指慢慢地摩挲着下颔。

"总之，东西能追回来就行，"丁瑶柔声说道，"文物没丢，这才是最重要的。"

"还没找回来，"裴然忽然开口，他望向她，不苟言笑，"他什么都不肯说，不否认，也不承认。"

这意思是，馆长既不否认自己偷文物，又不肯说出文物下落了？难怪他那么不悦。

回到客栈后，裴然直接回了房间，他太久没休息，也该休息一会儿了。

小樱看他不愿多言便望向丁瑶，走到她身边："丁小姐，听说人抓到了？文物找回来了吗？"

丁瑶摇摇头，叹了口气，小樱一本就不甚愉悦的表情又沉了几分。

丁瑶转头看看外面淅淅沥沥的雨，心想，雨还是赶紧停下来吧，可以工作的话，至少可以让某人分分心，不用一直纠结文物失窃的事，他心情好了，大家才有好日子过。

老天爷好像听见了她的心声，回来后第三天，雨奇妙地停了。

大家吃过早饭，整装出发，再次朝澄国国君墓的方向驶去。

经过大雨的冲洗，山上的空气更新鲜了，可山路也更难走了。

有些修了水泥路的地方还好些，没修的地方，车子走起来都很费劲。

到了需要自己爬的地方，丁瑶这脚还是有点挺不住，但也不难坚持到目的地，她已经好多了。

因为有保护措施，雨并没对墓穴造成太大损害，裴然站在坑上观察周围环境，丁瑶也有模有样地蹲下来查看，裴然瞧见，黑白分明的眸子里萦绕着显而易见的不理解。

"你在看什么？"

他问着，修长的双腿站定在她身边。

褪去昂贵笔挺的手工西装，换上染了风尘的休闲衣裳，他依然显得与众不同。

那是种卓尔不群的气质，一种非常利落精神的英俊，叫人一眼望去，就会忍不住发自内心地赞叹，怎么会有人长得这么好？

收回视线，丁瑶一本正经地说："刚下过暴雨，我看看会不会有塌方的危险。"

奇异的一阵停顿过后，是一声"哦"，有专家称，回答"哦"属于精神冷暴力。

丁瑶站起身扬眉问："你呢，你在看什么？"

裴然也站了起来，他负手下坑，丢下两字儿："同上。"

丁瑶哭笑不得，抬脚跟上去，大家依次跟着。

走在裴然身后，丁瑶低声问："你是不是觉得我是装装样子呀？"

裴然照常工作，好像没听见一样。

丁瑶也不介意，继续说："我是地质大学毕业的，在《国家地理》杂志工作，出过很多次差，去过很多地方……"

"我知道了。"裴然忽然低下头，语调很轻，居然给人很温柔的错觉，"你很聪明，很厉害，很棒。"

他连续夸了三句，然后理所当然地要求她闭嘴，跟在后面的队员们都被逗笑了。他们这分明就是小情侣打情骂俏的模样，小樱看着，虽然也在跟着笑，可眼里却很痛苦。

今天的主要任务是解读墓志铭。裴然坐在矮椅子上，一手拿刷子，一手执灯，看得非常仔细。

工作起来，丁瑶也十分严肃，她今天带了笔记本电脑，虽然这里连手机都收不到信号，更别提WIFI了，但能打字也够用了。上次她带的本子因为暴雨湿掉全报废了，手机也因此坏掉，至今没打开过，所以她这次特地带了电脑，也带了专用的防水袋，这样就不怕意外了。

"这不是什么妃子的墓，"忽然，裴然合上了手里的书，紧蹙眉头说，"这是国君墓。"

"什么？！"万唐惊讶地看过来，都不刨他的小土堆了，凑过来看墓志铭，"教授，哪里写着呢？"

裴然用手轻抚过墓碑上的刻痕，那些字奇形怪状，真难为他居然可以看懂。

"这是个字谜，一首诗，四句。"

袁城不断地按下快门，问："裴教授，这是什么诗？"

"说了你们也听不懂。"裴然拒绝回答。

大家："……"

好像也没有哪里不对。

裴然："你们只要知道，这个小墓室的主人不是什么妃子，而是国君就行了。"他站起来，看向挖了一半的石棺，"打开石棺后，里面躺着的应该是两个人。"

既然是国君墓，那和国君同棺的……该不会是皇后吧？

丁瑶说出了自己的猜测："难道是帝后合葬？怕盗墓，所以用了小墓室？"

裴然勾起嘴角，笑得人心里没底。丁瑶本来很笃定自己的猜测，一下子又没了底气。

"具体是和谁，我要再确认一下，后半段还没看完，"裴然严谨地说，"但肯定不是皇后。"

丁瑶鼓起脸有点气馁。

万唐感慨："国君葬在小墓室，还是和别人合葬，这个人还不是皇后，总觉得发现了一段凄美的爱情故事。"

丁瑶瞟了他一眼："怎么听都感觉皇后比较可怜，到死也没能和皇帝合葬，生前恐怕也不受宠。"

大家正在讨论这些可能性，入口处忽然传来爆炸的声音，整个墓室都摇晃起来。

"糟了，快跑！"

裴然立刻指挥所有人一齐跑出去，他自己则在最后。

丁瑶腿还没好全，跑得最慢，他却一点都不着急，还做了一件让任何女人都难以抗拒的事。

"我抱你。"

这次他终于肯主动帮忙了，他礼貌性地快速说了一句便抱起了她，两人在摇晃的墓室通道里朝外跑，等到达入口处时发现大家都没跑出去。

入口处被人恶意炸毁，封死了。

怎么办？报警？笑话，这里面哪有信号？

自己动手挖？工具是有，但那些都是精细工具，这么大的塌方，得挖到什么时候？

现在唯一能做的，似乎就是等警务站的人发现他们被埋。

只是，现在显然是有人故意想让他们都死在这里，警务站的警察会不会也中了招？就算警务站没出事，墓室的入口已经被封死，因为爆炸周围的灯也全灭了，密封的地方氧气有限，他们这么多人，很难熬到警察来这边。

深深的危机感淹没了所有人，伸手不见五指，希望渺茫。

"唉……"

不知谁叹了口气，大家开始焦虑起来。

万唐手里还提着刚才挖掘用的铲子，他靠在墙上，有一下没一下地刨土，嘀咕道："我挖一天能挖开吗？"

有人打开了头灯，四周渐渐明亮起来，大家可以看清彼此。

尹征看了看万唐，嘲笑道："拉倒吧你，你让我想起了西游记里在凤仙郡猪八戒吃米山面山的时候。"

万唐白了他一眼。

他俩这么玩笑了几句，气氛渐渐缓和了一些。这些人里，最能依靠的便是裴然，大家也最关注他，打开头灯照明的就是他。这么多人，方才紧急往外面跑，谁都不记得戴头灯，只有他。

裴然身上有很多土，他已经放下了丁瑶，两人站得很近，他观察了一下周围，吩咐万唐："用手机照明，回去把头灯捡回来，现在是下午两点三十七分，我们等到五点，看警务站的人会不会发现这里出事。方才入口那么大的动静他们都没过来，看来也出了问题，我们待在这儿的时间应该会很长，所以手机的电先都别浪费，先用头灯。"

他这么一说，大家都有些心焦。

万唐折回去拿头灯了，小樱僵硬地缓和气氛："中午没吃饱，这会儿有点饿了，刚好可以休息一下，缓一缓饿劲。"

丁瑶摸摸背包说："饿了？"她拉开拉链，从里面拿出几包东西。

定睛一看，小樱有点意外："方便面？丁小姐出门还带这个啊？"

丁瑶笑眯眯地说："之前得的奖，就带了两包在身上，现在看来是非常正确的决定。"

裴然看着丁瑶，眼神很微妙，看了几眼忽然关了头灯。

再次陷入黑暗，丁瑶"呀"了一声，下意识用胳膊戳了戳身边的裴然，小声问："怎么了呀？"

裴然没说话，但他拉住了她的手，意思大概是不许她再碰他，但他阻拦她的行为，已经主动触碰了她。

莫名的，丁瑶忽然有点心跳加速。裴然的手很凉，像没有温度的玉人，她的手本来也不怎么温暖，却因为难以启齿的羞涩而渐渐浑身发热。

她有点仓皇地闪躲，却忘记了周边的黑暗，来不及反应，已经因为脚步慌乱而朝他怀中靠过去，有轻轻的响动可以辨认出裴然靠在了墙壁上，她则趴在他怀里。

很暧昧的姿势，索性一片黑暗，什么都看不见。

丁瑶抬起头，尝试性地去看他的脸，但是看不清。

就在她要收回视线，重新站好的时候，头灯忽然再次打开。

刺眼的光芒让丁瑶睁不开眼，但她依稀能感觉到头灯的主人正目不转睛地凝视着她。

她朝后一撤，他直起身，他们重归正常，一切似乎都不曾发生过。

不待谁言语，一个陌生的女声响了起来。

"裴教授，玩过俄罗斯转盘吗？"

十分稚嫩的声音，像个小女孩，突兀地响起，惊到了所有人，但不包括裴然。

方才头灯的光芒只能说是照明，此刻裴然又拿出了手机，手机自带的手电筒更明亮些，所有在场人员的视线随着光线的移动而移动，人们在通往墓室的通道中央，看见了说话的人。

一个十分矮小的女人，梳着马尾辫，稚嫩的童声像女孩，面容却十分苍老。"呵呵！"她用奇怪的声音笑着，"裴教授，怎么不说话啊？抓了我爸爸，你不是挺厉害吗？其实，我刚才应该趁黑把你们都解决掉，不过……还是不甘心让你们死得那么轻松啊。"

爸爸？馆长是她父亲？丁瑶望向裴然，裴然面无表情地看着说话的女人。

侏儒女人慢慢朝前走着，马尾辫随着动作一荡一荡，看上去挺吓人的。

"要玩俄罗斯转盘吗？玩的话，我就让你们死得痛快点。"她恶劣地笑了，从口袋掏出一把好像枪一样的东西。

只能这样形容，丁瑶不确定那是否是真枪。

"万唐他们呢？"小樱紧张地问，"你把他们怎么了？"

女人看了她一眼，又看看在场的其他女人，眼睛里充满憎恶："你猜呢？"她恶劣地说着，在目光落在丁瑶身上时，眼里的憎恶上升到了一定境界。

丁瑶感到莫名恐惧，裴然忽然将她拉到了身后，严严实实地挡住了她。

"呵呵……"那女人又笑了，阴沉沉地说，"我忽然改变主意了，我不想和你玩了，我要和那个女人玩。"她指着裴然身后的丁瑶，举起枪，"要么你们一人挨一枪，要么，让她和我玩。"

"你到底想干什么？"队里的其他人有点受不了，"你什么人啊？为什么要做这些事？"

那女人咯咯咯地笑，轻巧地说："能是什么人？能做什么？盗墓贼咯！"

裴然的表情立刻变了，谁都能看出来他非常厌恶盗墓贼，他主动抬起手："我跟你玩。"

那女人摇摇头，笑着说："我不要你了，我要那个女人，她凭什么长得那么好看？"

她本身是个侏儒，应该非常自卑，可以理解她心理变态地无缘由讨厌漂亮女人。在场最漂亮的女人就是丁瑶，她会遭殃，是可想而知的。

"女人，不要躲在后面了，那么怕死吗？想为了自己晚死一会儿，害死所有人吗？"

咄咄逼人的话，让丁瑶无法再躲在裴然身后，她主动站了出来。

裴然明显不赞成，但丁瑶朝他摇了摇头，似乎有别的计划。

裴然迟疑片刻，放弃了阻拦。

丁瑶走到所有人前面，对那女人说："谁先开枪？"

俄罗斯转盘是一个非常残忍的游戏，游戏规则是：游戏参与者往有六个弹孔的左轮手枪的弹巢里放一颗子弹，然后将弹巢随机旋转，游戏者自行拿起手枪，对自己的太阳穴开一枪。如果子弹没有射出，换另一人开枪，如果子弹射出，游戏者死亡。

那女人怪笑了几声："当然是你。"

她作势将手枪丢给丁瑶，一脸看好戏的表情。

大家都紧张地看着丁瑶，裴然紧锁眉头，镜片后的眸子里倒映着丁瑶美丽的背影。

丁瑶正欲伸手去接枪时，窥见那女人握枪的手的袖口里露出了闪着银光的刀刃。显然她并不打算真的把枪给丁瑶，而是另有所图。

丁瑶忽然一笑，快速反手扣住那女人的手腕，另一手抽走了她袖口的匕首，把枪也夺了过来。

她们在身高方面有很大差距，丁瑶即便腿脚不算太方便，拿下她也不是什么大问题，只是面对匕首和枪，她到底哪来的勇气？

裴然见那女人被丁瑶弄傻了，立刻上前制住了她，两人配合相当默契。

站稳脚，拿着"枪"和匕首，丁瑶急促地喘息道："你来之前怎么也不做一下功课？我的业余爱好是格斗，从大学就开始玩了，你离我那么近不是自取灭亡吗？而且这是什么东西，你就拿这个吓唬我们？这是玩具枪嘛！还真是被你吓到了。"说到后面，她有些气急败坏。

那女人被裴然控制住，愤恨地瞪着丁瑶："你会不得好死的！"

"墓室里范围很小，大部分还没挖掘出来，你应该就躲在那个小墓室里的某个位置，据我了解，应该是石棺侧面的凹槽里，只有你的身体可以进去。至于你的帮手，他们应该正在拖住警务站的警察，所以刚才炸入口那么大的动静警察都没过来。"丁瑶冷静地说，"而且你拿的是玩具枪，让我猜猜，是为了以防万一，震慑我们？我们人多，你就一个人，你想投机取巧，刚才要玩俄罗斯转盘是想用匕首劫持我，对不对？一旦控制我们，你肯定还有别的安排，让我找找……"她在那女人身上寻找了一下，果然发现了发射讯号的东西，她得意地看向裴然，"这次奖励我什么？"

裴然接过讯号器，招呼其他人来按住那女人，起来后打开讯号器，信号果然很强。

"打个110应该没问题吧？"丁瑶凑过来说。

裴然无声地报警，随后又拨打警务站队长的电话，打通了。

"喂！什么人？"

"是我，裴然。"

接下来的事情可想而知。

警务站的警察制伏了外面那些扰乱视线的盗墓贼，并且申请了支援。凌沧派出所长直接赶到了这里，因为大机车上不来，只能人工手挖，数名警察联合山上的牧民半晌才挖开了出口。

经查，方才入口处的塌方，是外面的盗墓贼干的，用的东西也很简陋，二踢脚。

刚刚经历过暴雨的墓穴本来就十分脆弱，如果没有巨大震荡倒不会出什么事，但二踢脚动静那么大，就很难不塌方了。

说到底，都是拙劣贫乏的手段，凌沧是个贫瘠的地方，交通不便，他们需要什么东西作案，就都得自己想办法做了。

等裴然他们从墓室里出去，已经是下午五点，万唐他们也都找到了，只是被侏儒女人用掺了四氯化碳的东西迷晕了，时间并不长，后来醒了就跑出来了，正好和去找他们的警察遇上。

最后，警察带走了那个自称馆长女儿的人，想来她是因为父亲被抓，没了方寸，自乱阵脚才出此下策的。回想起来也真是惊险，要是那女人拿的是真枪，事情就不会这么简单了。

凌沧派出所所长没有很快离开，他留在这里，跟裴然简单说了一下目前的情况。

"刚才我们在坑上面发现了他们的三个同伙，就是博物馆那三个夜班保安，才刚放出来不到一天，他们太着急了。"所长皱眉说，"那三个人嘴巴没馆长那么严，他们把内幕说了出来。这个老于，明面上做着维护历史文物的工作，背地里却是个不折不扣的盗墓贼，他女儿是侏儒，发现初期因为穷和医疗条件差给耽误了，一辈子没长大，懂事了之后恨她的爸爸，想挣钱治好自己的病，所以老于……"

"监守自盗，背弃信仰！"万唐愤愤不平，"他女儿年纪都那么大了，就算有钱也不能治好了，何必晚节不保呢？！"

他语气很重，大家都颇为感慨。

刚刚经历了一场生死闹剧，说不恨他们一家是假的，但是……可恨之人必有可怜之处。

所长叹了口气："他老伴去得早，家里就他和女儿。他那个女儿，精神不太正常的。跟她在一起时间长了，老于也不会太正常，前阵子他女儿还……"所长悄悄看看裴然，压低声音，"好像还看上了裴教授，我路上碰见老于，他跟我详细地打听裴教授的家庭情况……"

没往下继续说，所长折回主题："万幸的是文物没丢，还藏在他家里，已经找到了。"

听到这句话，裴然一直紧绷的表情总算有些缓和，大家的心情也都好了些许。毕竟忙活了这么久才挖出这么个头坑，目前就出土了这么两件战国时期的金器陪葬品，如果就这么丢了，前些日子等于白忙了。

收拾完行装，众人各怀心事地回客栈，没几个人有心思吃晚饭，全各回各屋了。

丁瑶正准备上二楼养养自己的脚，裴然忽然叫住了她。

"等等。"

丁瑶回头，好奇地看着他。

对着她的眼神，他忽然不太能直白讲出自己的心里话，于是……

"帮我煮碗面，谢谢。"

丁瑶："……好。"

饥饿劳累的夜晚，似乎连方便面都变得香喷喷的。

丁瑶腿脚不利索，但还是十分温顺地去帮裴然煮面。

他坐在客栈一楼的大堂里，望着小厨房那古旧的木门，它好像随时会掉下来一样。

不多会儿，伴随着面的香气，丁瑶端着碗出来了，她朝他招招手，脸和嘴巴都红红的，好像洛阳盛放的牡丹。

"来，帮忙端一下，走不快，可是碗好烫。"

她眉间露出褶皱，好像十分苦恼，裴然起身走过去，接过了面碗。

煮的方便面要比泡的看上去好吃很多，按照裴然以前的性格，基本上就是端起碗就走了，不过今天他没有。

他停顿了一下，好像在权衡接下来这个行为的利弊。须臾，在她疑惑的注视下，他曲起胳膊，微垂眼睑淡声说："挽着我走吧。"

丁瑶脸上露出显而易见的惊讶，大大的眼睛静悄悄地观察了他一会儿，在他不耐烦之前小声说："裴教授，这是暴风雨来临之前的平静吗？你该不会是又要教育我吧？"

裴然看向她，她从他眼里看见了危险的神色。

"哎，我没别的意思，别误会，我就是突然间有些受宠若惊。"

丁瑶还是挽住了裴然的手臂，那一瞬间，心里产生了一种很微妙的情感。

不同于之前和容嘉勋刚谈恋爱时的慌张无措，而是一种蕴含着羞涩和怦然心动。

走着走着，丁瑶忽然低低地笑了笑，说："挽着裴教授，走在这种贫寒的地方，都好像走红毯一样。"

有点激动，心底里有无法忽视的、破土而出的喜悦。

陌生，却又不至于不知道那是什么。

丁瑶叹了口气，坐到椅子上，看向一直沉默的裴然，他端着面碗的手指都烫红了。

丁瑶立刻上前接过面碗放到桌上，握住他的手皱眉说："你应该先端着碗过来的，我自己慢慢走过来就行了，这么漂亮的手，都烫成这样了。"

裴然不着痕迹地抽回手，眼睛一直没看她，这会儿干脆直接面对桌子坐，低头吃面，不吭声。

因为天气冷，面又热，呼呼地冒着白气，他吃面时戴着眼镜，眼镜会被热气氲得模糊，渐渐地，余光里那个漂亮的身影就看不见了。

看不见她的时候，说话就自在很多了，他一直秉持着食不言寝不语的原则，但今天他破了例。

"今天在一号坑里，你救了大家。"他低低沉沉地说着，面上没什么太大的表情变化，好像在谈论一件稀松平常的事，"一个女孩子，有那样的胆量，我很欣赏。"

他斟酌了片刻，道："但是丁瑶……"他终于抬眼看她了，但眼镜上一片雾蒙蒙的，根本看不见。

忽然，在他说下一句话之前，镜片被人用干净的手帕擦拭干净，她一点点出现在他面前。她抬着手，手里拿着手帕，那张精致迷人的脸在昏黄的灯光下显得清秀而柔和。

"怎么了？"她宝石似的眸子凝视着他，温和地询问着。

那种专注，没几个男人能把持住。

裴然转开了头："不要再有下一次。"

他站起来，原本要走，却又觉得方才的话太过单薄，迟疑片刻，补充道："冒险的事，交给男人就好。"

语毕，他抬脚离开。

丁瑶看着他高大的背影，突然觉得心底有个地方在奋然跳跃着。

第四章

你想追求我?

第二天再上山考古时,警务站增派了许多人手,守在坑外面的警察也更多了。方圆十里都拉上了警戒线不准人进入,虽然怪兴师动众的,但敏感时期敏感对待,这样才让人有安全感。

一号坑的发掘已经进入关键时期,今天他们要做一个大动作,把石棺周围清理干净,然后做评测,确定周围环境是否适合打开石棺。

遗憾的是,因为温度变化太大的原因,石棺并不适合就地被打开。

裴然拿着刷子和考古工具一点点刷掉石棺上的泥土,眯眼看了一眼即将展现出全貌的大家伙,决定完成发掘后将石棺搬到凌沧考古所,进行实验室考古。

实验室考古,顾名思义,就是将文物带回条件好很多的恒温实验室里进行考古,避免文物因为环境原因造成损坏。

丁瑶站在裴然身边,用手机拍下他半蹲着用考古工具一点点挖土的照片,但好巧不巧,手机自带的闪光灯亮了。突如其来的光芒让裴然闭了闭眼,看他那眉头紧锁的样子,丁瑶就知道偷拍被发现了,结果不会太愉快。

只是裴然再睁开眼时,压根就没给她一丁点关注。

他目不转睛地看着他刚才发掘的地方,忽然对丁瑶说:"再照一次。"

丁瑶:"嗯?"

"再照一次。"他耐心地重复了一次。

丁瑶不明所以，但还是照做，又照了一次，闪光灯依旧亮着，但这次裴然没眨眼。

照片拍完，丁瑶分明看见裴然脸上出现了近些日子以来都没出现过的笑容。

他噙着笑，整个人蹲下来，手法熟练并小心地在方才发掘的地方一点点剔出一个圆形的东西，随着土被刷子一点点扫开，丁瑶也知道是怎么回事了。

怪不得他让她再照一次，应该是第一次照相时的闪光灯反射了金子的光，让他有了发现。

"金子？"她蹲到他身边惊喜道。

听见她的声音，大家都凑了过来。

裴然目不转睛地将发掘出来的疑似金器的东西取出来，一点点抬高手。

袁城的快门不断按着，咔嚓咔嚓的声音听得人热血沸腾。

"只是个郢爰（yǐng yuán）。"裴然站起来，大家都跟着站起来，他的声音听起来似乎很平静，好像一点都不激动，但嘴角些微地勾起，还是暴露了他不错的心情。

他将郢爰交给戴着手套的万唐，吩咐道："编号记录一下，然后交给小樱绘图。"他看看袁城，"至于拍照，有专门的摄影师在，我们就可以省点工夫了。"

尹征笑笑，戳了一下袁城说："来，我告诉你该怎么拍。"

袁城瞪他："你小子，当我没拍过出土文物？还用你教？"

在大伙聊天的时候，裴然又蹲下了，用刷子在土上又刷了刷，长久以来的考古经验让他立刻放轻了动作，用考古工具继续发掘。

不一会儿，第二枚，第三枚，第四枚……第N枚郢爰全都被挖了出来。

"如果我没数错，应该有一百七十三枚！"小樱有点激动地说，"我跟着教授学习这么多年，还是第一次看见一次性出土这么多郢爰！"

袁城靠过来，问一直观望的丁瑶："丁瑶，那不是金币吗，为什么叫郢爰？"

丁瑶抬抬下巴："那边有专家，你问我？"

袁城看向裴然，裴然莫名扫了一眼丁瑶，丁瑶微微勾唇，直勾勾地回望他。即便她只是站在那儿什么也没做，对他来说，已经是一种"勾引"。

"郢爰是楚国的金币。"裴然的眸子稍稍转开，扬起的嘴角显得无限的意味深长，"我国古代的黄金主要产于楚国，在春秋战国时期，黄金只流通于上层社会，并且只在国际礼聘、游说诸侯、郡主馈赠或者大宗交易时才能使用。"

"这么名贵的东西，为什么会出现在澄国国君的墓里？澄国在历史上只是个不起眼的小国，而且并不算富有，离楚国也很遥远，澄国国君的墓里为什么会有这么多楚国郢爰作陪葬？"丁瑶好奇地问。

裴然瞟了一眼识读了五分之一的墓碑，低沉道："这些，要等开棺之后才能确定了。"

在随后的考古发掘中，并没有什么太大的惊喜了。

接近五点时，大家准备收工离开，但尹征忽然大声说："教授，你来看！"

裴然已经挖到了石棺的后面，土还从上到下包裹着石棺的尾端，尹征就站在那儿使劲招手，脸上有掩饰不住的喜悦。

裴然快步走过去，大家都凑了过来。

尹征让开位置，裴然蹲下来，土里有一个大约高一米左右、宽五十厘米左右的物体，尹征已用刷子勾勒出了它模糊的样子，但还不确定是什么。

"教授，我摸着材质是木质的，上面好像有漆，"尹征激动地说，"你看着像是个什么？"

裴然微微颔首，打开头灯仔细观察了一下，轻声说道："是盾，木制的盾。"

"木制的盾？"丁瑶不解，"木制的盾会不会太脆了？"

"这个盾应该不是用来打仗的盾，可能是表演歌舞时的舞具。"裴然目不转睛地说着，他权威的样子让人不自觉用仰视的神色凝视他，他用工具拨开了盾上的土，一行字露了出来，他拧起眉，"楚国的？"

丁瑶有点惊讶："方才是楚国的郢爰，现在又是楚国的舞具，难不成澄国国君其实是个楚国人？"

"不可能的，"万唐解释说，"如果他是楚国人，就不可能当上其他国家的国君，这在古代是大忌。据我猜测，有可能是……教授之前说，石棺里葬的是两个人，会不会是另外一个人的陪葬品？"

裴然思索片刻，点点头："你说得有道理，但时间不早了，先回去，明天再来。"

他吩咐人将出土的文物做好编号和记录，绘图则有小樱等人负责。

因为发掘出文物的关系，晚上他们回去得比较迟，大部分都先去了一趟凌沧考古所，把文物放到了那里，客栈可不是个安全的地方。

丁瑶也跟着他们过去了，不管去还是回程，都一直坐在裴然身边。

也不知怎的，现在坐在他身边，感觉和以前完全不一样了。她探寻着他的气息和举动，觉得自己像个情窦初开的少女似的，这真是不应该啊！

窘迫了一路，等到了客栈要下车时，裴然竟然帮她拉开了车门。可还不待她表示一下自己受宠若惊，就发现有个熟悉的人等在客栈门口，一身名牌西装，与这里格格不入。

"你们……还在纠缠不清？"

裴然的声音轻轻地飘在耳畔，她侧眸睨了他一眼，他站得笔直，好像阿拉伯数字1，黑色的冲锋衣上有些泥土，是工作时不可避免粘上的。但这样略显狼狈粗糙的他，气质却一点都不比客栈门口西装革履的容嘉勖差，那种与生俱来的清矜贵气，有着无法忽略的优势。

他们还在纠缠不清吗？当然没有。

所以，别用那种厌烦与不悦的眼神看着我。

丁瑶修长的手指在裴然心口点了点，用口型诉说着这些话。

两人的关系看起来，极其的，暧昧。

这次容嘉勖要比裴然上次见他时冷静了许多。

他也没上前，很礼貌地等待他们过去，随后在其他考古队员疑惑的注视下，平静地说："你们好，我是来找丁瑶的。"随后，他看向丁瑶，放缓声音，"我听小乔说你到凌沧来出差，怎么走了这么久还没回去？爸妈很担心你，你怎么也不打个电话回去，还一直关机？"

听见他这么说，大家都开始怀疑他们的关系了，难不成是兄妹？可虽然是俊男美女，却长得完全不像啊。不是兄妹又会是什么呢？看起来那么亲密。

丁瑶看了他一会儿，淡淡地说："哦，手机进水坏了，这穷乡僻壤的，也买不到新的。"

容嘉勋好像就在等她这句话，直接从西装口袋取出一部全新并且已经贴好膜的手机，温柔地说："我就知道是这样，不然你怎么会不给家里打电话。这部手机你拿着，是新买的，卡我也帮你办了新的，里面存了家里人的电话。"

丁瑶看着那部手机没有动作。

身后有人在窃窃私语："跑这么远就为送部手机，难不成是……"

他们没敢说出"追求者"三个字，因为裴然还站在丁瑶身边，按照他往常冷漠的性格，此时应该早就无视他们进客栈了，但他今天没有。

虽然没走，但他也没什么表示，就在那儿站着，因为气场强大，不但没有成为背景板，反而有点抢容嘉勋的风头。

其实丁瑶很不能理解容嘉勋，为什么在对她做出那种事后还要不断地出现在她面前。

在她记忆里，他是个十分潇洒的人，不管是工作还是生活，有一种随遇而安的侠气，像古龙小说里的人物。

也正是这种气质，吸引了她跟他在一起。

只是为什么，他忽然变得喜欢纠缠不清？

说句实在话，容嘉勋是她的初恋，他在她心里一直是很美好的，所以在印象颠覆的时候，她才会那么决绝，因为他让她当时对整个世界都几乎失望了。

她现在都无法确认，以后再谈恋爱，是不是还能全心全意付出？

每个被背叛过的人，在第二场感情中，都多少会因为怕受伤而止步不前。即便开始，也是为了让上一段感情在心里尽快的结束。这似乎，对谁都不公平。

然而造成这一切的人，和她妹妹在一起就算了，还来和她纠缠不清，她真是有点受够了。

从和他分开到现在，她一直抗争着，坚持着，不管心里到底怎么样，面上总是无懈可击，这个时候她也不会有一丝一毫的松懈。

她没有接过容嘉勋递来的手机，而是抬起手精准地在裴然黑色上衣的口袋里拿出了他的手机，手机外面仍然套着那个防水袋。

裴然望向她，眼里流露着危险的光，像是可以刺穿她的内心。

丁瑶强撑着没去看他，当着容嘉勋的面用裴然的手机熟练地拨出父亲的号码，响了几声那边就疑惑地接了起来。

"喂，你好？"

丁瑶十分柔和地说："爸，是我，我是瑶瑶。"

那边的丁爸爸闻言立刻连珠炮似的说："你这丫头！出去这么久也不打个电话！打你电话也打不通，你还记不记得有这个家啊！"略顿，询问道，"这是你的新号？"

丁瑶忽略裴然灼热的视线，面不改色道："不是我的，是我男朋友的，你可以存着，有事就打这个，我这边还有点事，就先不跟你多聊了，你和妈注意身体，拜拜。"

说了几句，丁瑶就挂了电话，把手机塞回裴然的外套口袋，对容嘉勋说："妹夫，你就不用担心我了，这边有你姐夫呢，我不会有事的。"

听了她的话，大家都恍然大悟，原来这是妹夫啊！难怪看起来那么熟悉。

容嘉勋嘴角僵硬地扯了一下，拿着手机的手慢慢收回去，低头沉默片刻，再次抬起头说："方便单独说两句吗？"

似乎不管如何，总得有一个结果。

丁瑶思索了几秒，就抬脚朝另一边走。

容嘉勋也松了口气，跟着上去。

只是，丁瑶没走几步，手指就被人拉住了。

她诧异地回过头，裴然的表情像冰雪消融，有点笑的意思，但又有点冷酷的感觉。

他看着她说："早去早回。"

丁瑶只是微微惊讶便恢复了如常的神色，心情复杂地说了句："我马上就回来。"

他大概是需要她一个道歉，抑或是一个解释。

关于被利用，又或者，关于"被"男友。

语毕，丁瑶跟大家打了个招呼，就到一边去了。

裴然望了她最后一眼，进了客栈，其他人自然也都跟着进去了。客栈门口恢复了安静，逐渐黑下来的夜幕中，曾经亲密无间的恋人站在一起，却再也不是原来的模样。

"瑶瑶，"容嘉勋深深地吸一口气，克制地说，"我知道，这些都是我的错，是我亲手毁了我们之间的关系。"

丁瑶点点头，表示赞成。

容嘉勋扯开嘴角露出尴尬的笑容，单手抄兜，另一手摩挲了一下鼻子，这是他紧张时惯有的小动作。他曾经是那种面对她撒谎都会出一身汗的人，她仍然记得那次，他第一次对她撒谎，还是因为要给她生日惊喜，所以哄她说晚上有应酬回不了家。

谁知道，如今他们会变成这样子。

"你和裴然在一起了？"容嘉勋很直接地抛出了自己的疑问，紧锁的眉头暴露了他糟糕的心情。

丁瑶没有否认，只是说："我和谁在一起，现在也跟你没有关系了吧。"

比起上一次在酒店，今天容嘉勋要清醒很多，他不再说那些过分的话，而是点了一下头，说："是，你说得对，我没那个资格管你了。"

他自嘲地笑了笑，忽然话锋一转："但瑶瑶，你记着，我心里只有你，永远都是。"他眼圈发红，看上去极为忍耐，似乎有什么无法说出的苦衷，"瑶瑶，你后悔认识我吗？"

丁瑶没什么表情地看了他一会儿，摇了摇头："不后悔。"

他脸上露出细微的期望。

但丁瑶紧接着说："但如果时光倒流，我不想认识你。"说罢，她转身离开。

容嘉勋看着她走进亮着灯火的客栈里，吸了吸鼻子，莫名地笑了笑，慢慢走到停车的地方，上了车。

车里，有他刚换下的衣服，飞机坐不到这地方，火车他又坐不惯，从江城赶到这里，他开了数不清的时间，可到了这里的结果，其实来之前就料到了。

他之所以还是来到这里，是因为他需要让自己死心，他一次一次地来到她面前自虐，无非就是想看看，自己能咬着牙挺到什么时候。

此时此刻，他忽然发现，他竟然还想再努力一下试试。

客栈里，大家在吃饭，几个女孩做了饭，裴然坐在角落的位置，身边的椅子空着。

他总是和大家有一定的距离的，话很少，大多数时间都是在一边淡淡地看着他们胡闹。大家也不会刻意靠近他，出于尊重，也出于对他的了解。越是刻意靠近，只会把他推得离你更远。

丁瑶洗了手，走到他身边坐下，与往日不同的是，她总是面带笑容的脸，此刻没有表情。

说到底都是在一起两年的男人，他们有过许多美好的记忆，与其说是因为与对方分开感到难过，又或者不舍得对方，还不如说是舍不得那段美好的回忆，舍不得自己曾付出的那份真心。

忽然，手边贴来一个微凉的东西，丁瑶侧目去看，是裴然的手机。

她不解地望向他，他面色凉薄地正在吃饭，与方才没有一丁点差别。

"这是？"她不得不开口询问。

裴然："你不是要接家里电话吗？"

"……他不会打的。"她充满歉意，"对不起裴教授，我刚才那么说很不应该，等容嘉勖走了，我会跟大家解释清楚，我们并没在一起。"

裴然轻嗤一声，虽然没说话，但他的表情告诉她，她所谓的解释根本没用，没有人会相信的。

是啊，事到如今，连她自己都快信以为真了，还有谁会相信？

裴然还是没有拿走他的手机，简单吃完饭就上楼去了。

他吃得很少，像在吃猫粮，很多时候大家才刚坐下，他已经吃完了。

丁瑶望了一眼他的背影，总觉得他在生气，但又猜不到原因。

吃完饭，她也上了楼。

站在二楼裴然的房间外，丁瑶还是决定要再道个歉。

她敲了敲门，里面没回应，她低声说："是我。"

里面安静了一会儿，响起他斯文的声音："进来。"

丁瑶打开门，应要求走进去，他瞥了一眼，道："关门。"

丁瑶关上门。

裴然正在换衣服，方便工作的衣服换下去，身上是舒适的白衬衣，黑色长裤。他戴着一副无框眼镜，手里拿着书，这是他最常做的事。在除了工作以外的时间，他简直书不离手。

博学的男人总是有着特别的魅力。

"裴教授，我思来想去，还是决定再来跟您道个歉，虽然您并不一定原谅我。"她停顿些许，低声说，"从在承安酒店里被您的学生误会，再到今天，我借用这个身份做了太多的事，我知道这肯定给您造成了很多困扰，我很抱歉。"她抬眼望向他，那张美丽的脸上笑得很是虔诚。

裴然坐了下来，不咸不淡地说："我并没将这些放在心上，你跟我，不过是连朋友都算不上的关系，完成澄国遗址一期发掘的工作之后，我们不会再有交集，到那时误会自然会解开。只是，你现在刻意强调这些事……"他稍稍一停，薄唇轻抿，似是个笑，"只会显得你心虚。"

他说得没错。

只有在他们之间的关系里真的心存他念的人，才会心虚地去刻意解释，欲盖弥彰。

"所以……"他再次开口，眼睛落在书面上，轻轻翻了一页，"你只要自己问心无愧就行了。至于手机，就暂且放在你那里。"

不知道为什么心情忽然很不好，丁瑶更加高兴不起来了。

她草草地说了再见，回到自己房间，坐在床边看着手里的手机。

裴然的手机没有密码，款式是很禁欲的全黑色直板，丁瑶焦虑地解锁又打开，一遍又一遍，无意间碰到通讯录，发现里面没有一个人。

包括通话记录、信息，里面全都没人，他手机上没有微信或者QQ这些社交APP，全都是自带功能，唯一利用起来的，就是相机和备忘录。

裴然的手机相册里有很多照片，全都是他在各地工作时拍下的环境、文物和一些风景，包括这次在澄国遗址，他也拍了几张照片，有墓碑的，应该是方便回来以后继续研究墓志铭。

不得不说，他真是个清心寡欲的人，这考古队里的人不工作时能不做低头党的也只有他了，这年头手机里连一个社交APP都没有的也只有他了。

其实，看人相册是很不礼貌的行为，但里面既然没什么隐私，罪恶感就少了一些。

在要关闭相册时，丁瑶忽然发现相册里有一种鸟出镜率很高，它长得非常可爱，圆乎乎的，像个团子，裴然的相册居然有七十多张这只鸟的照片。

难不成是他的宠物？

还真是老干部作风，闲暇时间也不喜上网，比较喜欢种花养鸟。

心事重重地放下了手机，丁瑶躺到床上，皱着眉闭上了眼。

次日，早上。

裴然没有安排直接去遗址，而是先去了考古所。

因为之前那起盗墓贼事件涉及博物馆馆长，裴然便选择把发掘出来的文物寄放在考古所，但他大概对考古所也不甚信任，所以需要过去看一下文物再工作。

去考古所的路上，车里气氛有些微妙。

丁瑶现在和裴然相处，总有种莫名的心虚，大概是昨晚他说的话让她"问心有愧"了。

她沉默片刻，僵硬地找话题："裴教授，问你个问题，有一种鸟，身上绒毛很厚，头是纯白色的，尾巴很长，很可爱，像个团子，那是什么鸟？"

裴然靠着车椅背，稍稍扭头看她，寒星般的眼睛分明是看透了她的心思。

不过他还是简要地回答了这个问题。

"银喉长尾山雀，罗马尼亚的国鸟。"

丁瑶由衷地露出钦佩的神色，她那么没有特色的描述他都能猜出来是什么，真是太难为他了。

"裴教授，你懂得真多。"

裴然扫了她一眼，眼眸细细的："嗯。"

他这样坦然地接受着赞美，一点都不会让人感到骄矜和自负。

丁瑶问："你很喜欢这种鸟吗？"

"不太喜欢。"

他的回答出人意料。

"不喜欢？"她有点怀疑，"那你怎么存了好多这种鸟的照片？"

裴然目视前方，神情平淡，黑宝石似的眸子深邃又美丽："丁瑶，借给你手机，不是让你乱看的。"

丁瑶瞬间红了脸，咳了一声说："对不起，我无意的。"

"你一天到晚都在向我道歉，"他看向车窗外，"你不累，我都累了。"

不知道该回答什么了。

感觉无言以对。

这样下去，他恐怕会越来越讨厌自己，因为她觉得自己越来越烦人了。

明明她以前不是这样的，为什么遇见裴然之后，她经常变得手足无措诚惶诚恐？

丁瑶有些烦躁地按了按额角，也看向了车窗外，裴然在她转开后望回来，微微凝眉。

"我不喜欢它，因为它的可爱让人每次看见都会有些失态。"

他还是回答了问题，变相就是在说，他其实并没有生气。

丁瑶看向他，两人四目相对，她对这个男人的感觉越来越奇妙了。

她讲不出道理。明明是一个看上去冷漠到几乎不近人情的人，说话从来简明扼要，连多余一个字都懒得施舍给别人，眼睛里总是漠然平静的、毫无感情的，可有时候耐心又很好，就算她犯了错，又或者他的学生一直在吵闹，他也顶多就是懒得理人，从来不会真的生气。

一个很矛盾的男人，矛盾到让她想深入了解，而当你想要了解一个人，说明你已经动心了。

在丁瑶胡思乱想的时候，裴然叫了停车。

尹征将车靠边停下，他下车去了凌沧唯一还算繁华一点的商业街。

其实说是商业街，也就是商铺比较聚集的地方，白天黄金时段人也不多。

他很快就回来了，手上提着个黑色的袋子。丁瑶注视着他上车，他余光瞥见她，红色的长风衣衬得她好像一颗成熟的樱桃。

车子再次行驶起来，裴然目视前方，手指在方才买的东西上面摩挲了一下，像在犹豫。

过了许久，他还是抬手在前面的人注视不到的地方，将袋子塞给了她，没有说话。

丁瑶怔住，居然是买给她的？

她顺手拆开，里面是一部手机，已经放好了卡，看上去并不怎么高档，但这地方能买这样手机的人已经是高门大户了，她并不觉得差劲。

看着他放在腿上的手，修长、白皙、骨节分明，在黑色的长裤上放着尤其显眼。

是一双美人的手。

丁瑶顺势就抓住了他的手，在他手心一笔一画地写下两个字。

"谢谢。"

写完，她又把他的手机还给了他，他收过来，将手抄进兜里，继续看窗外。

似乎是非常无波无澜的一个过程，但有的人心里很清楚，他们之间根本不像他昨晚说的那样，将很快没有任何交集。

到达考古所之后，裴然在检查文物，丁瑶和小樱在门口聊天。

"丁小姐，你之前说你和教授不是男女朋友，但你们的关系好像也很好的样子……"小樱说话有点吞吞吐吐，"是这样的，我没别的意思，也不是不相信你，就是好奇，教授以前完全不近女色的，我从没见过他和任何年纪低于四十岁的女性经常交流，所以……"

丁瑶下意识望向裴然，他今天穿了件黑风衣，白色衬衫，纽扣一丝不苟地扣到脖子根，正在专注地检查文物。

不苟言笑的严肃模样，英俊的眉眼，这样的男人，的确拥有足以俘获任何女孩的魅力。

丁瑶没回答小樱的问题，而是反问她："你们教授从来没谈过恋爱吗？"

小樱怔住，随后说："至少我开始跟着教授之后，他是没有的。"

一个很好的课题。

"这样啊。"丁瑶垂下眼睑，没再说什么，但小樱的脸色却渐渐地冷漠下来。

离开考古所，前往遗址的路上，丁瑶拿出手机，转了好一会儿，终于还是编辑了短信发给对方。

很快，裴然的手机响了，他拿出来，看见手机上陌生的发件人，内容让他很快分辨出这是谁，因为对方署了名。

丁瑶问他：能问问裴教授的择偶标准吗？

裴然直接把手机装进口袋，闭目养神。

丁瑶摸摸脸，也没有再问。

等到了遗址，大家都下车往那边走的时候，她思索良久，还是追上他，低声问他："裴教授，你觉得我符合你的择偶标准吗？"

裴然脚步一顿，继续目视前方，面不改色道："不符合。"

"为什么呀？我哪里不好？"她热切地问着。

裴然这次没忽略她，放慢脚步，很认真地说："我不喜欢无法受我控制的女人。"

丁瑶有些惊讶，看不出来，裴然是个控制欲很强的男人。

她沉默片刻，凝视着他说："但我觉得，只有非常自信的男人才会喜欢上不受自己控制的女人。"她加重咬字的力度，"而裴教授，恰恰就是非常自信的男人，对吗？"

裴然忽然停住脚步，大家都停下来，不解地看着他。

他弯下腰，在丁瑶耳边意味深长地问："怎么，你想追求我？"

长这么大，丁瑶第一次尝试到了脸红心跳的少女感觉，她朝后退了一步，咳了一声，摸摸鼻子，又摸摸脸，随后指着前面说："哇，今天天气真好！"

裴然一脸无语地望向她指着的地方，随后抬起脚头也不回地走了。

看着他离开，丁瑶恨不得给自己一个巴掌，真是太蠢了，关键时刻掉链子！她又不是傻×，一直以来对裴然的异样感觉分明就是动心了，所以刚刚才会不经大脑地说出那种话，也会不由自主地靠近他，但既然都说出来了，干脆直接说白了嘛，怎么就突然怂了呢？！

敲了敲自己的额头，丁瑶吐了口气，跟在裴然身后往前走。

今天发掘的主要任务就是把墓碑和石棺清理出来，由车载着前往考古所，由裴然负责实验室考古，万唐领着其他考古队员留在这里发掘一号坑其他的东西。这是他们的一期工程，结束之后就会离开凌沧，二期工程由其他考古队负责。

石棺尾端的土被一点一点清理掉，又依次出土了三件金器，分别是金杯、金瓶，还有金盘。

在临近发掘尾声的时候，又有一个比较特殊的发现。

裴然半蹲着，用小工具一点点剔掉土，渐渐剔出了一个圆形的不明物体。丁瑶蹲在他身边一边看一边照相，大气都不敢喘一口，生怕打扰他。

"呼吸，"裴然目不转睛地看着出土文物，口中的话却是对她说的，"再不呼吸你可以直接就地下葬了。"

丁瑶"呃"了一声，喘了口气，笑着说："有点紧张，见谅。"

裴然还是没看她，戴着手套的手托起沉重得好像盔甲一样的窑制品，接着在石棺底下的土中，大家又发现了许多窑制品。

裴然吩咐几个男性考古队员把东西放到一块儿，站在那儿细细研究了一下，取来了一个本子。

"教授。"小樱递来素描笔，眼睛亮极了，那分明就是看着意中人的眼神。不要说丁瑶，所有人都能看得出来，也就裴然还能那么冷静地无视了。

裴然摘了手套，对照着刚才出土的窑制品绘图，丁瑶站在他身后，小樱本欲上前，看见她，又隐忍地退了一步，低着头不知在想些什么。

丁瑶睨了睨她，没有言语。

想不到的是，裴然作为一个考古学家，绘图居然也特别好，大概是因为工作时常常要用到吧？

他将一件一件窑制品绘制好，又开始按照窑制品的形状拼图，大家看得眼花缭乱，无不感慨，这脑子也太快了……

的确很快。

顶多用了一个小时，裴然便将出土的所有窑制品全都编好了号。

用一位考古界老前辈的话来说，裴然就是个考古天才，无可比拟，老天爷赏饭吃，没办法。

"这是两个俑。"裴然站直了身体，因为长时间保持一个动作，胳膊肘和腰间的衬衣有些褶皱，但他毫不在意，拎起图纸给大家看，指着编好号的窑制品说，"两个兵俑，很有意思，这个墓没被人盗过，挖掘期间也没有破坏到兵俑，但它是碎的，只说明放进去的时候就是碎的。"

他耐人寻味道："没人会在陪葬品里放碎裂的东西，何况这里埋葬的很可能还是真正的澄国国君……"

"看来只有开棺才能弄清楚当初下葬时到底发生了什么事。"万唐托着腮说，"说起来，我之前报上去的申请已经批下来了，领导那边的意思是在保证安全的情况下可以开棺，那教授，我们要抬回研究所开棺吗？"

裴然微微颔首，吩咐其他人开始收拾东西，让守在外面的警察们帮忙把兵俑碎片抬到车上，又让大车开到靠近入口的地方，几个师傅下车一起帮忙抬石棺。

石棺很大，而且特别沉，但也只能先抬到墓穴入口再用其他办法吊到车上。因为凌沧气候变幻莫测，一号坑并非露天，需要建成顶棚才可以露天，但等顶棚建好，也得是二号坑开挖的时候了，他们等不了那么久。

几个男人全上去抬石棺了，但还是非常费力，最后几个女孩子不得不也跟着上去。丁瑶使劲托着石棺底部，裴然在她身边，在转弯的时候，他换了个角度，也不知是巧合还是故意为之，他的手放到了丁瑶的手下面，托着她的手用力向上抬，她能清晰地感觉到他手上的温度。

丁瑶侧目望了他一眼，努力抬起石棺，万唐瞧见不由得笑道："嚯，力气不小啊丁瑶，你那边抬得最高了，想不到你是个女壮士。"

丁瑶白了他一眼，余光瞥见裴然面上一点表情变化都没有，好像完全没听见万唐的话一样。

真是影帝。

等终于搬出去的时候，大家总算松了口气，看着这巨大的石棺被吊车吊起来一点点放到另一辆车上，一号坑的发掘也已经完成了百分之八十。

接下来，快的话一周，慢的话半个月，她也要结束在凌沧的工作回到江城去。

想起那座城市以及回去要面对什么事，丁瑶的心情就有点烦躁，她到警务站洗了个手，坐在车里擦护手霜。裴然在外面对司机师傅们千叮万嘱，最后还是不放心地要求自己也坐到车上，真是爱护这些文物堪比爱护孩子。

第五章

心意萌动

丁瑶这些女孩子先被送回了客栈，其他人去考古所继续帮忙。

待在房间里，她打开电脑写稿子，上了通信软件在邮箱里找主编之前发来的稿件要求。

但在翻邮件时，她发现了丁月不久前写给她的邮件。

她迟疑片刻，还是点开了，里面内容不多，大意就是希望她早点回去，家里有惊喜等着她。

丁瑶不是傻子，不会不知道这惊喜对她来说很可能是惊吓，于是她更不想回去了。

压抑地合上电脑，她下了床去窗前朝外看。夜幕降临，裴然他们还没回来，他一定是摩羯座，工作起来不要命，还特别闷骚，由他带的学生，真是痛并快乐着。

一直到夜里十一点半，丁瑶才听见楼下的引擎声，她最近睡眠一直不太好，这会儿就更睡不着了，干脆起来下了楼。

裴然推门进来，就看见迎出来的丁瑶，她穿着宽松的白衬衫，黑色长裤，微卷的黑发随意地绾在脑后，明明是素净得不行的打扮，但却有一种难以言喻的诱惑力。

"怎么这么晚才回来，吃饭了吗？"

她询问着，关心的眼神、体贴的语气，就好像她是等在家里的妻子，而他是工作晚归的丈夫。

裴然的表情有些细微的变化，但很难察觉。他总是那样的，含蓄、精致、卓尔不群，他开始说话，你便再也无法关注到其他的东西。

"很晚了，明天再说。"他越过她走进去，快靠近她时脚步却意外地放慢了，压低声音，"马上就要十二点了，你为什么还没休息？"

说着话，其他人也进来了，万唐最油腔滑调，看见自家教授和丁瑶离得那么近，立马挤眉弄眼："哎呀，师娘一个人独守空房太寂寞了，等教授很久了吧？来，大伙都有点眼力见儿，赶紧让地儿，回去洗洗睡了。"

说起洗澡，丁瑶也该洗澡了，但这边就男女两个浴室，公共的，而且非常简陋，悬挂着一个瓦数很小的灯泡，水也是太阳能的，时冷时热，怪让人不自在的。

但即便如此困难，为了保持卫生，还是得洗洗的。

"我没故意等你……"丁瑶垂着眼睑不看裴然，像害羞的小女孩，"就是睡不着，失眠。而且，我还没洗澡，现在先去了……"她转身上楼，走了几步忽然又回过头，"如果你没吃饭的话，我帮你留了，在小厨房，用碗盖着。"说罢，她快步上了楼，一边跑一边想，这是怎么了，怎么忽然脸皮这么薄，以前不是这样的。

裴然慢慢走到小厨房门口，掀开帘子，看见里面用碗盖住的饺子，这些女孩晚上居然包了饺子，也不嫌费事。

他用筷子夹了一个，没有肉，素馅的，味道还不错。

二楼，丁瑶正准备去洗澡，男生浴室在下面，女生浴室在楼上，其他女生基本都睡了，所以二楼这个时候沐浴的只有她。

站在窄窄的"浴室"里，丁瑶叹了口气，认命地开始脱衣服，她试了试水，早上天气不错，这会儿水温还可以，她得赶紧洗，不然一会儿又凉了。

脱了衣服，丁瑶就开始洗澡，但刚洗一会儿，正要冲掉身上的泡沫时，脑袋上的灯忽然闪了几下，灭了！

丁瑶瞬间瑟缩了一下，周围漆黑一片，算算时间，现在差不多十二点了，这个时间没电，很难不让人联想到以前看过的那些恐怖片。

丁瑶抬手朝开关的方向摸去，想把水关掉擦干净就出去，但因为可视度实在太低，她还没摸到开关就发现挂在架子上的衣服掉在了地上。

她连忙蹲下身去捡，但还是有点迟了，衣服全湿了，勉强穿上的话很容易感冒。

可是不穿，难不成光着身子出去？

丁瑶万分纠结，再次去找开关，这次总算找到了，浇了一头水，衣服也湿了。她现在只能祈祷外面没有人在乱晃，赶紧穿着湿衣服回去换。

吐了口气，丁瑶正要行动，就听见外面响起脚步声，并且越来越近。

她屏息听了一会儿，是朝她所在的浴室方向走过来，模糊间，能看见门缝里的灯光，那人拿着手电筒。

丁瑶有点害怕，在一号坑里遭遇盗墓贼的事她虽然一直没再提起，但一直心有余悸，担心对方有什么同伙没被抓，然后被报复。

此时此刻，她的心提到了嗓子眼，脑子里想了一万种逃跑的方法，但都不太好实行。

她努力不弄出任何声响地穿衣服，但光线太暗了，凭感觉穿衣服就变得有点难，这样的速度根本来不及……

"丁瑶。"

一声呼唤让她瞬间安定下来，那是裴然的声音。

"你还在里面。"

肯定的语气，因为他没在房间里发现她。

丁瑶语调复杂地说："是的，我在，好像跳闸了。"

他确定了她的猜测："是短路，我先来看看你，一会儿去修。"

跳闸了，他先来看过她才去修，这让丁瑶心里一暖。

看着自己穿到一半的衣服，她低声说："那个，能帮我照着点吗？我不太看得清，得穿衣服……"

裴然没有说话，但光芒从门的缝隙照进来，丁瑶借着微弱的光芒穿上了湿透的衣服，浑身发冷，头发也还在滴水，但她顾不了那么多了，开门就想赶紧回去。但一开门才发现，裴然站得离门太近了，她迈出去等于直接扑进他怀里。

丁瑶："……抱歉，不知道你离门这么近。"

有柔软的东西紧贴着他的胸膛，裴然朝后退了一步，手电筒的光芒照亮了她，这个闪闪发光的女人没有擦头发，身上的衣服也都是湿的。

他皱起眉，不由分说地拉起她的手朝她的房间走去，同住在二楼的小樱起夜，发现没电了就拿着手电筒，出来时恰好碰见裴然拉着丁瑶离开。她愣在原地，诧异地望着他们的背影。

他们一起进了丁瑶的房间还关了门。

那一刻，小樱觉得心都碎了，厕所也不想去了，眼泪啪嗒啪嗒往下掉。

房间里。

一进屋，还不待裴然转过身责问她怎么穿着湿衣服，丁瑶便反将一军，压低声音说："大晚上的，孤男寡女共处一室不太好，不过我相信裴教授的为人，我现在得先换个衣服，你就一会儿再教育我。"说完，她便走进去，一边走一边脱掉湿衣服，走到哪儿都是一摊水。

目前来讲，她本人就是一摊水，还搅乱了别人心里的一江春水。

裴然瞬间转过身，面对着门背对着里面，丁瑶这种放肆而奇葩的行为已经让他无语到想不出任何教育她的方式了。

等了约莫七八分钟，裴然几次想拉门离开，但又不甘心就这么走，总觉得要再叮嘱她几句。在他面前也就算了，至少他知道自己不会做什么，可如果在别人面前也这样，吃亏的是她自己。

想好了要怎么说，裴然欲开口，但身后忽然有一双纤细的手臂环住了他的腰，有属于女人的香气飘过来，她的脸贴着他的背，正在坏心眼地笑。

"教授，想好怎么教育我了吗？"

太可恶了。

这女人真是太可恶了。

裴然一动不动地站在那儿，明明身后的人比她还矮许多，可莫名觉得压力很大。

他半晌不说话，身后的女人笑得更得意了，即便看不见，他也完全可以想象到她现在是什么模样。

浑身的女人香，眼波流转，殷红的嘴唇，不知该怎么形容，但必须得承认，美丽的诱惑太大，最可怕的是她不仅美丽，她身上还有许多更要命的吸引力。坚韧、勇敢、善良，甚至是，此刻的顽劣。

"好了，我不捉弄你了。"

悦耳的声音，有些娇气，说完就放开了他，好像多么言而有信，但结局却完全不是她想的那样。

丁瑶原想着，不管她怎么样，他总是不会如何的。她放开他，他大概是皱着眉说她一顿，然后不悦地离开了。

但没想到，她才放开手后退一步，他忽然转过身，长臂一伸，她整个人就悬空被他抱在怀里，眼睛与他持平。

"你……"丁瑶惊讶得说不出话。

裴然挑起眉，看上去温文尔雅的脸，可眉梢眼角却有一股不动声色的狠劲："一次，两次，三次，好像不让你吃点苦头，就还会有第四次。"

他沉声说着，她为了能节省力气环住了他的脖颈，但这姿势还是让她有点不舒服。

"裴教授……"她浅浅地唤了他一声，他冷冰冰地盯着她。

发丝随风飘到了前面，落在他脸上摩挲了一下，很痒。

心也痒。

丁瑶的一只手慢慢从他颈后挪到前面，细细轻轻的触感，带着点凉意，让人清醒又沉迷，清醒着沉迷……

裴然的手紧紧攥着她的胳膊，力道稍稍有点大，但并不疼，丁瑶歪着头瞧他，不言不语，眼睛在黑漆漆的晚上亮晶晶的。

还没有人去修电闸，整栋客栈都被寂静笼罩着。一种冲动的火焰在二人心底燃烧着，烧得人指尖发麻，脚跟发软。

丁瑶与他对视，两人谁也不退让，那针锋相对的眼神，让人越发想要从对方身体上索取什么。

忽然，丁瑶踮起了脚尖，她的唇落在他的唇上。

那一瞬间，裴然握拳满眼的难以置信，但他没有闪躲。

呼吸交织着，丁瑶慢慢闭上眼，她紧紧抱着他，整个人的力量都依附在他身上，他的手慢慢朝她身后探去，她一点点加深这个吻，因为靠得很近，她可以清晰地感觉到他几乎跳出胸膛的心跳。

最终，他的手落在了她的腰间，将她揽入怀中，这个吻，理所当然地转换了性质。

这是个非常缠绵的吻，很难用言语来形容其中的味道，有一些禁忌，很刺激，还有些挫败感。

即便是接吻，裴然也皱着眉，她轻咬他的唇瓣，这样亲密的行为，让人敏感得毛骨悚然。

忽然，屋子里的灯亮了起来，楼下有人修好了电闸，黑暗瞬间退去，取而代之的是双方焦灼的面容。

戛然而止的吻，自然而然拉开的距离，丁瑶望着裴然，他也看着她，两人沉默许久，他打破了这尴尬的僵局。

"早点休息。"他匆忙地说了一句，转身离开。

她看着门关上，摸了摸唇，还有他的温度。

真是疯了才会这么做，鬼迷心窍。

丁瑶抓了抓头发，她感到窘迫，但不后悔。

一楼通向二楼的楼梯口，裴然快步走过，不曾发现有人站在那里，他敞开的衬衣，莹润的薄唇，很容易看出方才经历过什么。

小樱靠在身后的墙上，自嘲地笑了笑，修好了电闸又如何，一个女孩子，会很多又怎么样，教授不还是不喜欢她吗？

她必须得承认，丁瑶真的很美，性格又惹人喜欢，不像她那么沉闷，他们在一起就是男神和女神的结合。

可如果他们一开始就注定要在一起，为什么丁瑶还要跟她解释，说他们不是那样的关系？

丁瑶是看出来她对教授的心思了吧，所以存心想要她难堪？

是觉得她这样的人不配喜欢教授吗?

……

裴然回到房间里,一颗一颗将纽扣重新扣回去。

手电筒被他落在了丁瑶房间里。

他已经很多年没有冲动了,自从那个人不辞而别之后。

似乎,从在承安第一次见到丁瑶,他的人生就开始有了转机。

其实他非常矛盾。

直觉让他明白,他和丁瑶的关系不可能仅止于此。

但记忆与现实又让他觉得,他们的关系好像只能这样了。

这是个不眠之夜。

次日。

丁瑶起床出门洗漱,在走廊遇见了刚刚走出来的裴然。

裴然回眸望来,刚起床的女人身上带着懒散的气息。

"有事,先走了。"

语毕,裴然头也不回地走了。

丁瑶上前几步,从扶梯边朝下看,万唐和尹征等在那儿,三人快速离开,应该是去考古所了。

丁瑶心里说不出是什么感觉,好像很不开心被他轻视甚至无视,可好像除了不开心也没别的办法,她甚至不能抱怨,因为她没有合适的身份。

袁城出现在一楼,点了根烟,抬起头发现丁瑶,问她:"人呢?都没起呢?"

丁瑶摇摇头:"都走了。"

"走了?这么早?"袁城拉上夹克的拉链,叼着烟说,"下来吧,看你那样就是想去,抓紧时间,我来开车。"

丁瑶思索了一下,回身去洗漱,她洗漱完毕下楼的时候,小樱也起来了,她眼睛很肿,好像哭过似的。

丁瑶迟疑了一下,还是问出了口:"小樱,是不是哪里不舒服?"

小樱微扯了一个笑容："没什么，昨晚做噩梦了而已。"

丁瑶也没多说，点点头说："别担心，梦都是反的，你做噩梦，说明你要走运了。"

"是吗？"小樱看着她，意味不明。

略顿，小樱说："丁小姐要出去吗？教授他们起来了？"

袁城靠在门口弹着烟灰，漫不经心道："人都走了老半天了，我说姑娘们，咱们可以动身了吗？"

看得出来他等得有点无奈，丁瑶和小樱上前，三人乘车离开。

考古所。

石棺放在那儿，端肃、安然。

裴然站在石棺前，眼镜片纤尘不染，他戴上手套，准备开棺事宜。

小樱忙上前开始工作。

丁瑶坐到角落处的椅子上，手托腮安静地凝视着他。

工作的他十分迷人，不用在外挖掘，他便穿着衬衣和西裤，身边的人忙忙碌碌，唯有他让人移不开视线。

他实在生得太好，只消立在那儿，不需要说话、不需要表情便赏心悦目。

想起昨晚冲动的行为，丁瑶无意识地舔了舔唇瓣，这个行为恰好被看向她的裴然发现，他原本可能是要吩咐什么，但却什么也没说，直接收回视线。

他叫来许多人，围在他身边开始工作。

丁瑶挑起嘴角，笑得媚态横生，她望着裴然那种具有侵占性的眼神没人看不出来。

"我说丁瑶，工作就是工作，谈恋爱你们回去私下怎么玩都行，工作时间就别虐狗了成吗？"袁城举着单反不赞同地看着她。

丁瑶颔首应下，收起自己的表情严肃地说："我马上就工作。"

她拿着纸笔走到石棺人少的一侧，笔下飞快地记录着石棺每一处的特征。

石棺棺体为长方形，棺壁全都是用石头雕砌而成，棺口密封工艺很细致，裴然换了七八种工具才和其他人一起把棺盖与棺体的缝隙撬开，接下来要做的就是推开棺盖了。

丁瑶站在他们要推过去的那一边，所以得让她挪开一些，裴然不得不跟她说话。

"你……到这边来。"

明明可以让她去另一侧，但话到了嘴边，却是到这边来。

裴然面色清冷，无视她奇妙的眼神，专心致志地和其他人一起将石棺的棺盖慢慢推开。

考古所恒温，还有本地的两位年长的考古学家，大家齐心协力，总算是完好无损地打开了石棺。

这个时候，已经是中午十一点了。

他们早上九点开始工作，两个小时打开棺盖，时间不算太长，可以称得上是顺利。

石棺一打开，一股刺鼻的味道便涌了出来，丁瑶屏住呼吸，见裴然完全不介意地自上而下探去。

"水银。"他皱着眉。

水银防腐，在考古发掘中是比较常见的一种手段，大量的水银既可以保护尸体不腐烂，也可以防盗墓贼。因为汞是剧毒物质，大量吸入可致人死亡，可参见秦始皇陵。

史料记载，神秘的秦陵地宫横流水银，如大江大河，而考古学家在对秦陵土丘上的泥土做探测时，也确实发现了大量汞元素，应当就是水银挥发所致，至于里面到底是否如史料所言有着"大江大河"，还要等百年之后，秦陵开挖才能知晓。

不过显然，这个石棺里的水银不足以致人死亡，因为它量少，并且已经有两千多年，已经挥发得差不多了。尸体也已经腐烂了许多，只依稀可以辨认出，这里面是一男一女，衣着华贵。

说衣着华贵，是因为可以看得出金线的痕迹，尤其是男尸，他身上的葬服虽然已经很脏，难以辨认，但金子的颜色仍然十分鲜艳。

裴然一点点用工具小心细致地检查着尸体上衣服的破损程度，然后安排万唐在一边协助，和其他两位考古所的老专家一起将石棺中有价值的文物取出来。

一忙起来，是什么都顾不上了，所有人都没吃午饭，一直到下午四点五十分，考古工作才暂时告一段落。

目前已知的是，石棺内是一男一女，两人合葬，但女的身份肯定不是皇后，因为她的衣着并不是皇后入葬的规制。

倒是男的，不管是从衣着还是其他方面来看，都有很大可能是真正的澄国国君。

裴然将带回来的墓碑拓印了下来，收起来准备带回客栈研究，好解开尸体的身份之谜。

丁瑶记录了一天，袁城拍下了所有出土陪葬品和尸体的完好图片，这些图片并非全部允许刊登，一切都还要等裴然最后决定哪一张可以放出去。

终于可以回去了，大家都累得不行，早上出门丁瑶就没吃什么东西，因为起晚了，这会儿饿得肚子不停叫，坐在车里，裴然想忽视都难。

他收回看着碑文拓印本的目光，落在丁瑶身上，这是他今天第一次如此郑重其事地看她，并且只看她。

"饿了。"丁瑶惨兮兮地说。

裴然微微拧眉，扫了一眼偷笑的司机尹征，变魔术似的从口袋里摸出一袋糖果递给了她。

"不想饿死，明天就早点起来吃饭。"

裴然说了一句，便继续研究拓印本。

丁瑶欣喜地接过糖果对着小樱说道："先吃点，你也没吃早饭的吧。"

小樱说了声谢谢拿过几颗糖果正准备吃。

副驾驶的袁城恍然大悟道："我说早上出发的时候怎么看见裴教授买了一袋糖果呢，原来是知道丁瑶你没吃饭啊，想不到裴教授面上那么冷淡一个人，对女朋友却这么好。"

这话说得真是让人打心坎里窘迫和尴尬。

丁瑶吃着糖，甜甜的味道让人心情无法不好，小樱放在嘴边的糖果却不着痕迹地收回手里……

裴然没说话，好像没听见一样，低着头看拓印本。嘴角牵扯出细微的弧度，这是什么感觉，他曾有过体会，但不太确定能否开始。

想到没几天一期考古就要结束，与丁瑶便会分道扬镳，似乎身体里每一个细胞都在叫嚣着，他们需要……一个答案。

裴然一夜没睡。

他房间里一直亮着灯，夜里丁瑶出去几次，都看见开着。

早上七点，丁瑶起床，小樱匆匆跑过来："丁小姐，教授他们一大早就走了，让我们起来收拾完跟袁摄影的车过去。

"这么早，是有什么发现吗？"丁瑶疑惑道。小樱只是摇摇头。

随后两人和昨天一样跟袁城的车来到了考古所。

刚进来，丁瑶就看见裴然站在墓碑前面，手上是拓印本，面上的表情相当愉悦。

是的，他看上去非常高兴，嘴角难得牵起那么明显的笑意。他扫了一眼门口，对待打扰了他们工作的三人态度也十分和善。

"教授，"小樱最先跑过去，看着他兴冲冲地问，"是不是有重大发现了？"她到底跟着裴然很长时间了，也比较了解他，这话说完，裴然点了一下头。

万唐凑过来兴高采烈道："教授简直就是个天才，这种文字，换其他人怎么也得研究个十天半个月吧？教授熬了一晚上就全都解读出来了！"

不得不说，裴然真的是考古方面的天才。

大概也只有真正热爱一件事，才能更好地发挥天赋吧？他在工作时，身上总有超凡的魅力，但同样的，太过于专注工作，也会让他在处理其他关系时有些生涩和力不从心。

丁瑶走到万唐身边轻声问："有什么发现呢？"

裴然看向她，眼睛眨了一下。

她问万唐，却没有问他，这让他感觉到被忽视，又或者不被看重。这要是以前，是绝对不可能发生的，他巴不得少说几句话，可如今……

"丁瑶，你肯定猜不到，这墓碑上的墓志铭，是澄国国君的儿子，也就是澄国的太子，在国君下葬时亲手刻下的。"万唐眉飞色舞地说，"这完全不能说是墓志铭，这根本就是控诉书啊！"他指着那堆还没有拼凑好的兵俑碎片，"那两个俑就是太子打碎的，因为国君在下葬之前偷偷告诉他的心腹，要与心爱的人葬在一起，不和皇后合葬，皇后是太子的生母，太子怎么可能忍得了？这上面写得清清楚楚了。"

和澄国国君合葬的是个来自楚国的舞姬，出土的那面盾应该就是她生前跳舞时的舞具。看得出来澄国国君非常爱她，被纳为后妃后应该给了诸多的赏赐，否则也不会有这么多金贵的楚国郢爱陪葬品，就连死，国君也要有违礼法地和她葬在一起。

那时皇后已去，即将登基的太子发现此事后直接打碎了舞姬墓里陪葬的兵俑，还亲自在墓碑上刻下了父皇对母后的种种伤害。

这看起来大逆不道，但这些事也绝对是非常隐秘的。已经驾崩的皇帝肯定无法跟即将登基的皇帝相比，即便是心腹，也不会为了一个死人而毁了自己的前程，保密工作并不必担心。能发现这些的也只有他们这些几千年后的人，这时看到，也是尘归尘土归土，什么都无所谓了。

"皇后可真可怜。"丁瑶盯着那墓碑喃喃，"为皇帝付出了那么多，还要和那么多女人分享他，到死也享受不到正宫皇后的待遇，还要孤孤单单在棺材里躺几千年，等后人发现她的委屈，这后位坐得可真憋屈。"想起发生在自己身上的事，她勾唇一笑，"男人真不可靠，见一个爱一个，即便以前有过多深的感情，最后还是抵不过喜新厌旧。"

这话说出来，大家都齐刷刷一致看向了裴然……

"这边的工作应该用不了几天就能完了吧？"打破沉默的是袁城，他勾唇笑着，不羁的笑容，有着难以言喻的迷人魅力，"是不是快可以回去了？"

尹征说："你们杂志社那边拍点照片写点稿子就可以了吧？一号坑的发掘差不多也要结束了，接下来就是整理出土文物，然后编号入库，你们如果着急，可以先拍了照片回去。"

这话说的"你们"，自然不只是袁城一个人，还有丁瑶。

袁城看向丁瑶，无声地询问她的意见。丁瑶点点头说："那晚上我整理一下信息，明天核对一下，后天我们就先走吧。"

袁城微微颔首，伸了个懒腰朝门口走："出去抽根烟。"

丁瑶拿出笔记本电脑，找了张椅子坐下，把电脑放到桌上，开始整理资料。她戴了副眼镜，目不斜视地打字，一边打一边看自己的手稿，眉眼之间多了几分知性气质，明明有那么大的眼睛，可好像视线很窄似的，不肯施舍给某个位置一分一毫。

过了一会儿，稿子写得差不多了，丁瑶转身去背包里找U盘，找到后转回身便吓了一跳。

裴然就坐在她对面，面无表情地看着她，修长的眼角微微上挑，眼里闪烁着沉郁的光。

"过来怎么也不说一声，吓我一跳。"丁瑶拍着胸脯说道，她是真被吓到了。

裴然淡淡地翻看着她的手稿，冷淡地勾起嘴角："言词之间极尽夸赞之意，看上去你很欣赏我。"

丁瑶没有否认，反而很坦然地点了点头。

他扫了她一眼，从衬衣上方口袋取出一张名片，按在桌面上推到了她面前。

"我的电话你应该有，"他压低声音，略显沙哑，还有一种不知哪儿来的克制与压抑，像在为难，"这是我在江城的住址。"说罢，他起身离开，回到大家身边，戴上手套，又是那位不苟言笑的裴教授。

丁瑶反应过来后慢慢收起了名片，托腮凝望着他繁忙的身影，食指在桌面上画着圈。

他们之间，果然不是某个人单相思。

时间过得飞快，这两天裴然好像赶进度似的，一直在忙工作，丁瑶在客栈整理信息，与他相处的时间并不太多。

一眨眼就到了要离开的日子，火车票早就定好了，这天一早，她收拾了行李，下楼时发现这个时间本该已经走了的裴然还没离开。

"你还没去考古所？"丁瑶拖着行李下来，跑到他面前踮着脚与他对视，"嗯，精神不怎么样，果然是太辛苦了。"

裴然稍稍后撤，双手抄兜，黑色长裤，雪白的衬衣，质地昂贵的西装外套，这样站在凌沧早上恶劣的天气中，未免有些单薄了。

"不冷吗？"

她轻轻替他拉住西装外套，扣上第一颗纽扣，而后抬眼看他。

他目不转睛地盯着她，也不知在想什么。

"有话跟我说？"她试探性地问道，"那要抓紧时间了哦，袁城一会儿就下来了，我马上就得走了。"

裴然别头，看上去有点烦躁，过了一会儿他转回来说："我还要几天才能离开凌沧。"

丁瑶微微睁大眸子，示意他说下去。

裴然凝视了她好一会儿，忽然上前单手抱住了她。

也不记得在哪儿看到过，说喜欢单手拥抱女性的男人，通常都有些大男子主义。

他的唇就在她耳边，他微微弯着腰，低沉、性感的声音缓缓地说道："等我。"说罢，他走到门口，又回头望了她一眼，才朝南面抬了抬手。

万唐开着车过来，坐在车里忍着笑。

裴然上车后，他又打开了车窗，大家都在跟她道别，小樱坐在后座，神色晦暗不明。

"丁瑶，路上小心点，火车上小偷多，尤其是从凌沧走的火车，你看好包。"尹征嘱咐道。

万唐附和说："对，尤其是你还长得这么漂亮！"

裴然漫不经心地看了看他，他立刻噤声，笑呵呵说："呃，呵呵呵，我好像抢了教授的台词。"

裴然冷哼一声，在所有人说完之后好像就该他说了，不说的话，似乎也没办法结束这场对话。

于是，他只好板着脸补充了一句："写稿子的时候不要什么照片都往上放，拿不准的就打电话过来问，知道了吗？"

哎，怎么又是公事？真是的，大家都在等你关心她啊。

万唐恨铁不成钢地拍拍自家教授的肩膀，认命地开车。

丁瑶站在原地朝他们挥手。裴然透过后视镜看着她曼妙的身影，思索良久，还是倾身出窗，高声道："记住我对你说的话。"

丁瑶望着他点点头。

他像是不放心一样，又加重添了两个字："全部！"

丁瑶笑弯了眼。

袁城在她身后咳了一声，说："我能出来了吧？"

丁瑶回眸道："当然了，时间也差不多了，我们走吧。"

袁城走上前，轻巧地提起她的行李箱，两人一起朝汽车站的方向走。

他们需要乘大概一个半小时的汽车到火车站，再乘坐一天一夜的火车到江城，江城那边的杂志社安排了人接他们，那会儿就可以放松一下了。

大巴车上，丁瑶坐在靠窗的位置，袁城坐在她身边，看她捂着肚子，神奇地从黑色的手提包里拿出一袋糖果。

"你还有这个？"丁瑶惊讶地看着，和之前裴然买给她的还是一个牌子呢。

袁城叼着烟，但没点燃，大概是因为知道在坐公共汽车。

他坐下来，靠到车椅背上随意道："看你爱吃，买零食的时候就顺带买了几袋，回去的时间长着呢，火车上的东西不见得比这些好吃，有备无患。"

丁瑶深以为然地点了点头，坐在前排的小姑娘看见她的糖，羡慕地对妈妈说："妈妈，这个叔叔对他老婆真好，我也想吃糖。"

她妈妈也是奇了，居然顺着说："那你就乖乖长大，变得像阿姨那么漂亮，到时候你也能找到给你买糖吃的老公了。"

丁瑶嘴角抽了一下，拿出几块糖递给那小姑娘，解释说："我们是同事，不是男女朋友，更不是夫妻。"

小女孩拿了糖特别高兴，但她歪着头不解道："阿姨，什么是同事啊？"

"就是一起工作的人。"反正无聊，丁瑶就和小女孩聊起了天。

小女孩拧眉："为什么你们要一起到这种地方来工作呢？"她小声说，"妈妈不让我说，可是我不喜欢这里呢，这里好多坏人。"

车里必然有凌沧人，听见这话都看了过来，面色不善。

丁瑶压低声音说："小妹妹，别这么想，这个世界上没有绝对的好人和坏人，等你长大了就会明白的。"

袁城摆弄着手机，百无聊赖地掀了掀眼皮："你和她说这些有什么用，她又听不懂。"

丁瑶靠到椅背上说："她以后会懂的。"

袁城又开始摆弄单反，车子行驶得越来越快，他忽然侧过身，对着丁瑶按下快门。

丁瑶本来正闭目养神，听见快门声就睁开了眼，但当时他的镜头已经朝前了，她也没发觉什么，继续闭上眼睛休息。

袁城翻看着相机里的照片，穿着宝蓝色大衣的漂亮女人靠着车椅背休息，她闭着眼，眼睫毛又长又卷，像蝶翼一样。

他微微扬唇，意味不明地笑了笑，然后收起相机，用帽子盖住了脸，也休息了。

车程有一个多小时，约莫眯了半个多小时，袁城拿开帽子睁开眼，看了看路，又看看身边。

丁瑶睡着了，脑袋一点一点地朝窗户那边靠，眼瞧着就要撞到了。

他皱皱眉，抬手将她的脑袋拨到了这边。

睡得迷迷糊糊的，丁瑶就这么靠在了他肩上。

前座的小女孩趴在妈妈身上玩布娃娃，看见这一幕就凑到妈妈耳边小声说："看，还说不是老婆呢，阿姨骗人。"

女孩的妈妈看了一眼，压低声音对女儿说："好啦，你也下来睡一会儿吧。"

袁城垂眼看看靠在他肩上的女孩，略无奈地叹了一口气，他的清白就这么毁了。

不过，好像也并不讨厌。

到火车站的时候，袁城叫醒了丁瑶，她醒来时已经没有靠着他的肩，她对之前的事毫无察觉。

有了男性同行，就不需要自己提行李了。袁城身材高大，宽肩窄腰，别说是两个人的行李，怕是三个人四个人的都不在话下。

取票、安检、候车，火车站的人潮拥挤，但他们这一路也还算顺畅。

候车的时候，袁城去买了饮料，丁瑶道了谢接过，袁城在她身边坐下，对面椅子上的小姑娘们交头接耳，眼睛不断往他身上瞟，有一个还拿起手机自认为神不知鬼不觉地偷拍。

"袁摄影，你看那边。"丁瑶朝前面睨了睨。

少女们瞧见袁城望过去，娇羞地捂住了脸。

丁瑶忍俊不禁："魅力太大了袁摄影，对了，你有女朋友吗？可以考虑一下哦。"

袁城双臂环胸靠到椅背上，上下打量了一下丁瑶，认真地说："我身边有这么好的，对面的就不太想考虑了，差距太大。"

丁瑶一怔。

袁城和她对视片刻，露出玩笑似的表情："你该不会当真了吧？"

丁瑶噎住，片刻，直接抬脚踹向他。

袁城笑着躲开，丁瑶哼了一声。

上火车后，因为长途，两人买的软卧，丁瑶直接睡了，袁城和她下面的人换了位置。人家百般不情愿，还花了一百块钱，不过看上铺睡得香喷喷的丁瑶，袁城也没说什么，躺到下铺上翻看着单反里的照片。

第六章

美丽的诱惑

　　他们是第二天凌晨到达江城的。

　　即便时间还很早，但火车站已经有很多人了。

　　丁瑶在出站口寻找杂志社派来接他们的人，却先找到了容嘉勋。

　　容嘉勋快步走过来，喘了口气说："总算等到你们了。"

　　丁瑶停在那儿没动："你怎么来了？"

　　容嘉勋解释说："小乔说你要回来了，我刚好有空，就没让庄老安排别人。"他看了一眼袁城，打招呼，"之前见过了，你好，我是容嘉勋。"他与袁城握手。

　　袁城意味深长地看了他一会儿说："你好，袁城。你是丁瑶的妹夫，我记得你。"

　　容嘉勋表情僵硬了一下，半晌没说话，最后直接说："走吧，车在外面。"说完，直接提了丁瑶的行李走，任凭丁瑶怎么拦着都不行。

　　无奈之下，为了不让袁城看笑话，丁瑶只好上了容嘉勋的车。

　　车上很温暖，驾驶座有戴着白手套的司机，放好行李，容嘉勋走到袁城身边低声说："袁先生，劳驾你坐前面。"

　　袁城注视着容嘉勋，疑问道："坐哪儿不都一样吗？"

　　容嘉勋歉意地笑了笑说："抱歉，我想跟丁瑶说点事。"

"你是她妹夫，有的是时间跟她说，何必在意这一会儿呢？"袁城这么说着，却还是坐到了副驾驶。

后座上的丁瑶白了他一眼，他看看后视镜，勾起了嘴角。

容嘉勋上车，司机开车，车子缓缓离开江城火车站，丁瑶透过车窗看着这座熟悉的城市，不知怎么就生出了一种陌生感来。

容嘉勋一直侧头凝视着她，他已经很久没见她了，她还是原来的样子，漂亮、自信、有朝气，可他已经不是原来的他了。

现在的他，已经没有资格再像以前那样触碰她、爱她，更没资格说出什么占有性的话。

是他自己把自己逼到了这一步，谁也怪不了。

"瑶瑶。"他沉思良久还是开了口，意料之中的，她没有理他。

他安静片刻，压低声音继续说："我要和丁月订婚了。"

丁瑶衣袖里的手缓缓地攥成了拳，过了一会儿，转过头来笑着说："那很好啊。"

容嘉勋脸上的表情一点都不像即将订婚的新郎官，他看上去那么难过，似乎被什么难言的苦衷拉扯着。他抿了抿唇，布满红血丝的眼睛眨了一下，缓缓闭了起来。

"我真后悔。"

他说着，声音沙哑。丁瑶不自觉看向他，发现他竟然哭了。

她有些发怔，没有言语，只能装作什么都没看见。

正尴尬着，手机忽然响了，她拿出来一看，居然是裴然。

她受宠若惊地接起来。

电话那头响起他清明的声音："到了怎么不打电话？"

丁瑶扫了一眼容嘉勋，低声说："刚出火车站，正在往回走。"

"我当然知道，我计算了时间，你这时应该在车上。"

这样既不会打搅她走出拥挤的火车站，也不会打搅她在火车上的睡眠，这样体贴的话他是说不出来的，他讲出来的话可能不悦耳，但他却会将好意付诸行动。

"你起得好早。"丁瑶开始转移话题。

裴然坐在客栈门口,看看腕表,眯起眼,面上有些不悦地说:"又下雨了,吵得人睡不着。"

万唐走出来,刚好听见裴然的话,疑惑地笑着说:"教授,这大晴天的,没下雨啊?"

这话传到了电话另一头的丁瑶耳中,丁瑶摸了摸耳垂,笑得有些甜蜜。

容嘉勋瞧见她的模样,自嘲地笑了笑,闭起眼望向了另一边,双手紧紧握着拳,看上去极为憔悴。

司机透过后视镜看到少爷这副样子,面露担忧。

自从与丁瑶分手,容少爷就一直是这种状态,也不知道什么时候是个头。

车子直接停在了丁家楼下,丁瑶下了车,容嘉勋下来帮她把行李拿出来,她道过谢,又跟袁城道了别,正要转身回去,身后就响起了无比熟悉的声音。

"姐!"

丁瑶身子有一瞬间的僵硬,片刻后她转过身,若无其事道:"嗯,你也在家?"

丁月走上前笑着说:"我不在家能去哪儿呀?你怎么才回来,我都想死你了。"她接过行李,喜气洋洋地说,"凌沧那破地方,穷乡僻壤的,也没法让你给我带礼物,不高兴。"

丁瑶恍惚以为她们回到了所有事情还没发生的时候,可容嘉勋的存在让她无法欺骗自己。

"我自己来就好。"丁瑶拿过行李自己拖着,回头对丁月说,"嘉勋来了,你招待一下吧,我先上去了。"语毕,转身进了单元楼口。

丁月留在原地,回眸睨了睨容嘉勋,他眼眶发红,看着她的目光没有一丁点爱意、温和。

"我早跟你说过就算因为我,你们无法在一起,她也只会恨你,不会对我怎么样。"丁月说着,凄然地笑了笑,"多无私的人啊,我真恨她的无私,一副没事发生的样子。我多希望她恨我,那才能说明我真的伤害到她了。"

容嘉勋没说话,转身回到了车上,司机很快开车离开。

车子里，袁城透过窗户瞄了一眼丁月，对自己刚才听见的话保持探究欲。

丁瑶走进家里的时候，父母都好像接待客人一样紧张地等着她。

她进了门，二老便热情地上前接东西，嘘寒问暖。

丁瑶坐到沙发上，看了一眼忙着切水果倒热水的母亲，自嘲地笑了笑，道："你们这是干吗，我又不是客人，这么见外做什么？"

愧疚吗？何必呢？犯错的又不是老人。

丁家二老闻言，不自在地停下了动作，最后还是丁爸爸豁出去似的说："瑶瑶，这次是小月那丫头的错，她这事儿办得太不地道了，抢自己姐姐男朋友，我是万万容不下他们俩的！"

丁母看着丁父，带着哭腔说："那又能怎么样呢？小月她连孩子都有了！"

丁瑶睁大眼睛，不可思议地问："妈，你说什么？"

开门声响起，丁月站在门边笑吟吟道："姐，你没听错，我怀孕了，嘉勋的孩子。"

丁瑶嘴角扯了一下，半晌，吐出三个字："好样的。"

"谢谢姐。"丁月只当她是夸奖，走过来抱着丁瑶坐下，对丁父丁母说，"你们看，我都说姐不会介意的，你们还非不相信，现在信了吧？"

丁父担心地看着丁瑶："瑶瑶，你要是心里委屈你就说，爸爸肯定替你做主。"

"我没事。"丁瑶没去看身边的妹妹，"月月要订婚，这是好事儿，选好日子了吗？"

丁母犹犹豫豫地说："下个月八号，瑶瑶，我和你爸对这方面也不是很懂，你见的世面多，帮着安排一下？"

九月八号，现在是九月一号，她走了快一个月，刚回来，马上就得给妹妹安排订婚典礼，男主角还是自己的前男友，这真狗血不是吗？挺虐的不是吗？可心里也没有太难过，大概是那个所谓的感情转嫁法奏效了？

"我知道了。"丁瑶站起来说，"坐了一天一夜的火车，我去洗个澡休息一下。"说罢，她离开客厅，去了房间，行李已经放在那儿了。

坐到床上，看着这个自己与丁月一起成长起来的家，为什么就觉得那么陌生呢？好像从不曾来过一样，为什么一切会变成这样呢？到底是哪里出了错？

找不出源头，丁瑶也不再纠结，洗了澡便休息了。

次日，她准时去上班，袁城的到来引起了杂志社不少美女的热议。

丁瑶看看坐在自己位置上的"风云人物"，有点无奈地说："袁摄影，你坐错位置了。"

袁城回头，站起来笑着说："你来了。"

丁瑶点头："是稿子有什么问题吗？等我开电脑。"她按下开机键。

袁城靠在她的办公桌边，周边人议论不停，不少人在说容嘉勋有危险了。丁瑶听得实在烦，又想起丁月要和容嘉勋订婚的事，于是站起来说："小林，别乱说了，我和容嘉勋早就分手了，只是一直没告诉你们。"

叫小林的女孩难以置信道："什么？你们都能分手？！完了，我再也不相信爱情了！"

小乔也不太相信，她皱着眉走过来低声说："到底怎么回事？你们居然分手了？"

丁瑶点头，不欲多说。袁城摩挲着下巴，他想，他是知道原因的。

丁瑶那个妹妹，还真是人不可貌相。

一时之间，尽管当事人不愿多言，但丁瑶与容嘉勋分手的事还是传遍了整个杂志社。

所以说，谈恋爱还是要低调，不然哪天分手了，也会成为别人茶余饭后的谈资。

因为容嘉勋这个教训，丁瑶发誓，以后不管和谁恋爱，都不会再答应对方，让对方每天来接她上下班，甚至是请所有的同事去高级酒店吃饭。

只是，这个誓言很快就被动摇了。

临近九月八号，一边忙工作，一边还要应付家里，给丁月的订婚宴寻找合适的酒店，丁瑶简直焦头烂额。

其实这何必需要女方麻烦呢？男方去准备一切不就好了吗？容家集团里就有酒店，在他们的酒店办订婚宴岂不是最好了？但是显然，容家并不这么想，因为他们本来看中的儿媳换了人。

容嘉勋的父母并不喜欢丁月，对于未婚先孕，以不正当手段夺得自己儿子的女孩，他们实在喜欢不起来。

丁月对此还非常不解，明明她和丁瑶都是丁家的人，不存在什么身份差别，虽然相貌确实不如姐姐，可她年轻啊，还怀着他们容家的孩子，这难道不是优势吗？

丁月等在《国家地理》杂志社门口，面上的表情阴沉沉的。

她在等丁瑶，丁瑶说要带她去看几家酒店，然后挑一家办订婚宴。

这对丁瑶来说本该是十分煎熬的事，至少丁月是这么认为，但事实是，丁瑶看起来毫无异常。

越想越咽不下这口气，丁月干脆走了进去，直接奔向丁瑶的办公室。

丁瑶现在很开心。

要问为什么？很简单，裴然来了。

庄老正和他站在一块儿说话，他很专注，并没特别朝她这边看，但她还是很高兴，不因为别的，只因为他来了。她才回来不到一周他就来了，想起他在凌沧对她说的话，她很难不自作多情。

终于，庄老放人了，周围不少女孩都关注着裴然，看他一得空，立马上前询问一些考古问题，其实她们哪里又真的是对那些问题感兴趣？她们真正感兴趣的其实是他这个人。

裴然漫不经心地回答着她们的问题，显然他也看得出她们的真实意图。

比起凌沧，江城温暖许多，九月份的天气甚至有些炎热，办公室里还开了空调，就算是这样的天气，裴然依旧穿着规规矩矩的三件套西装。他戴着眼镜，说话时眉尾上挑，朝她这边望来，那上扬的弧度、深邃的视线、意味深长的眼神，瞬间点燃了两人之间那把火。

就在裴然敷衍了其他人要走向她的时候，丁月走进了这间办公室，高高兴兴地说："姐，你怎么还不下班呀？不是说带我去看我和嘉勋订婚宴的酒店吗？"

此话一出，满场哗然。

这里没有人不知道容嘉勋是丁瑶的前男友，更没有人不知道丁月是丁瑶的亲妹妹。

丁月刚才那句话，信息量未免太大了些。

裴然的视线慢慢转到丁月身上，丁月也发现了他，她很难不去看他，他站在那儿，满室的光华便聚集在他身上。

她原以为，容嘉勋那样的男人已经是人间少有，可见到了裴然，她的认知又刷新了一个层次。

风度翩翩、学识渊博，满身的书香气，淡漠的表情，英俊的脸庞，从容优雅地站在距离丁瑶很近的地方，并且越来越接近……

他走到了丁瑶身边，十分自然而亲密地弯腰在她耳边问："我都不知道你还有个妹妹。"

这个男人，以保护者的姿态站在她姐姐的身边。

丁月紧紧攥着拳，脸上的笑容有些维持不下去。

难怪……难怪她和容嘉勋要订婚丁瑶一点都不难过，原来……原来她早就移情别恋了。

不得不承认，她的姐姐总是那么有本事，每一次都让她刮目相看，从小到大都是这样。

不论是在夺走父母的宠爱，还是公平的就学、工作机会，她都非常擅长。

丁月强忍着内心涌出来的恨意，温善地笑着问："这位是？"

丁瑶没回答，只是抬脚朝外走，临出门时才说："走吧，现在出发。"

这是要带她去看举办订婚宴的酒店。

她不愿意在工作的地方多说私事，丁月冲进来乱讲话的行为触到了她的逆鳞，但丁月一点都不紧张，也不害怕，反而非常兴奋。

"那我们先走了。"她用委婉而引诱的眼神睇着裴然，"这位陌生的先生，我们肯定有机会再见的。"说罢，她抬脚离开，大家都闻到了她们姐妹俩之间的火药味。

当然，也包括裴然与丁瑶之间的暧昧。

"裴教授，"袁城走到了裴然身后，淡定地说道，"别担心，丁瑶搞得定的。"

裴然将视线从门口收回来，严肃的脸，紧蹙的眉，无处不昭示着他此刻心情不甚好。

"庄老安排了晚饭，今晚社里几个领导陪您一起吃饭，我也作陪，您可千万别爽约啊。"袁城拿出手机，"来，留个电话，我待会儿去接您，您在哪儿住？"

裴然兴致不高地拿出名片递给袁城，随后快速告辞离开，他一出去，小乔就炸了。

"袁摄影，能不能请你告诉我，在凌沧到底发生了什么？为什么和容少爷结婚的人从瑶瑶换成了她妹妹？为什么传说中不近女色的裴教授会跟瑶瑶那么亲密？"小乔一脸崩溃，"到底是谁背叛了谁？"

袁城回眸睨着她："你不是丁瑶的好朋友吗？直接去问她就好了，我是个男人，并且不热爱八卦。"说完，他扫了一眼窃窃私语的其他人。大家都被他这指桑骂槐的话给膈应到了，闭上嘴各干各的。

杂志社门口，丁瑶把丁月塞进车里，上了驾驶座之后还替她系了安全带，随后坐正身子挂档踩油门，车子驶出去，缓慢而平稳。

"你怀了孕，不要老是乱动。"

看丁月还在折腾，丁瑶不悦地提醒。

看她终于板着脸了，丁月跃跃欲试地说："没事的姐，嘉勖给我买了很多补品，我这孩子稳当着呢。"

丁瑶用余光瞥了她一眼，没有说话。

丁月不死心，继续说："姐，刚才那个男人是谁啊？长得可真帅啊，比嘉勖还好看呢，也难怪你会那么快喜欢上别人。"

丁瑶还是没吭声，但丁月更惊讶了。

她居然没否认！这居然是真的！

她脸上带着显而易见的震惊，丁瑶瞧见，反而笑了。

"不高兴了？我没像你设想的那样痛苦颓废，很失望吗？"

她玩笑般地说完，开了广播。广播里在放音乐，贝多芬的悲怆第三乐章，还真是微妙地符合现在的情景呢。

丁月表情空白了一下，随后笑着说："怎么会呢？你是我姐姐，我们从小一起长大，我怎么会想要你难过？"

丁瑶很想点根烟，可惜她不太会抽，也没有烟。

"我也很好奇这个，一直想问你，但没机会，你估计也不会说实话。"丁瑶按了一下车喇叭、超车，前面很宽敞，没什么车辆了，她慢慢加踩油门，车子越开越快，丁月开始有点紧张。

"姐，你慢点开，"她抓紧安全带，皱着眉说，"你超速了。"

丁瑶看了一眼迈速表，放慢速度白了她一眼："你怕什么，我只是赶时间，又不会杀了你。"

丁月尴尬地坐在那儿。

"不做亏心事，怕什么鬼敲门？"丁瑶淡淡地陈述，仿佛在说与自己毫不相干的事，"你从小就心思重，我真不知道你都在想什么，你要是喜欢容嘉勋，你就好好和他在一起，也许是我跟他没缘分，我们在一起两年都没动静，要是我有个孩子，说不定早就结婚了，也轮不到你来插足。"

听见这话，丁月心里忽然有点不是滋味，但她还是硬着头皮说："你也别这么想。"

"那你想让我怎么想？"丁瑶把车停在一家奢华的酒店门口，没有立刻下车。她坐在那儿，也不解安全带，安静地看着丁月。

对上那个眼神，丁月居然有点慌乱。

须臾，丁瑶认真地说："容嘉勋是第一个，我希望也是最后一个。"她倾身靠近丁月，耐人寻味道，"不要打你今天看见的那个男人的主意，这是我的底线。当然了，你也没那个能力把他弄到手。"

说完，丁瑶开门下车，淡淡道："来看酒店吧。"

丁月难以置信地看着姐姐的背影，总觉得自己这一场白忙活了，非但没有达到目的，反而把自己给搭进去了！

想起丁瑶的后半句话，丁月不服输地瞪了她一眼，拉开车门下车。

有没有那个本事，可不是她说了算的。

夜里。

订好了酒店，容家安排了一起吃晚饭，就在订婚宴所在的酒店。

丁瑶作为丁家的一分子，必然要参加。

丁月盛装打扮，化妆时还跑来让丁瑶帮忙，甚至嚣张地说："就化你常化的那个妆就好，我看嘉勋妈妈挺喜欢那个妆容的。"

丁瑶看了她一会儿，勾唇："好啊。"

于是她真的帮她化得非常漂亮，化完了妆。

丁瑶看着镜子里的两个女孩，虽然都很漂亮，却长得并不像。她微微凝眸，没说什么，但丁月却一直抓着不放。

到了酒店，丁月还在说这件事。

她拿着镜子照着自己说："姐，你看，明明是一样的妆容，可我看起来和你差好多啊，我们不是姐妹吗？为什么长得这么不像呢？"

此话一出，走在前面的丁家二老都停住了脚步，转过头不赞同地看着她。

丁月浅笑一声："爸爸妈妈你们看我干什么啊，我说的又不是假话。"

丁瑶扫了她一眼，她的确没说假话，是不像，但她到底要表达什么呢？

"你姐姐长得比较像你姑姑。"丁妈妈直接说，"行了，我们都迟到了，亲家公最讨厌人迟到，快走吧。"

有人催促，丁月也无法再磨蹭，百般不情愿地加快了脚步。

等他们到了包间时，发现容嘉勋的父亲果然面色不太好。

他们的确迟到了，迟到了十分钟。

"容先生，真抱歉啊，路上堵车了，晚了十分钟。"

丁父热情地上前跟容老先生打招呼，但对方并不怎么理会他。

看父亲那么尴尬，丁月有些不忍心，直接说："伯父，对不起，是我化妆耗太长时间了，所以出来晚了，不怪我爸爸。"

容老先生看了她一眼，对她的不喜摆在脸上，都不用付诸言语了。

容太太则是不悦地说："不是怀孕了吗？怎么还乱化妆，伤到孩子怎么办？"

丁月无言以对，尴尬地笑了笑，朝容嘉勋使眼色，可他就跟没看见似的，杵在那儿看丁瑶，他这副样子简直让丁月想立刻甩手走人。

为什么到头来，丁瑶似乎没受到任何伤害，反而是她越来越招人恨？

以前容太太分明没这么讨厌自己，现在却这样，都怪她这个巧言令色的姐姐！

"伯父伯母，我前阵子出差到凌沧，给你们带了一点当地很有特色的小玩意儿，你们就当个玩物，也别嫌弃。"丁瑶拿出了一些小礼物来缓解尴尬的气氛。容太太面色稍霁，打开看了看，是手串，瞧着成色和质地都不错，虽不算昂贵，却是她喜欢的。

越是这样，她越觉得可惜，恨铁不成钢地看了看自己儿子，对丁瑶说："瑶瑶有心了。"

丁瑶笑了笑，没说话。

容嘉勋坐到丁月身边，失魂落魄的样子，他父亲是看在眼里的。

姜还是老的辣，这一看就能看出问题。之前容父还想着儿子到底发什么疯，放着那么好的姑娘不要，偏要娶人家妹妹。现在看来，怕是他自己也不想那么做。

容老先生不动声色地叫了服务员点菜，这顿煎熬的饭总算是开始吃了。

席间，丁瑶实在觉得有点压抑，便说了句去洗手间，想出去透透气。

丁月看她出去了，不多会儿也借口出去了。

容嘉勋有点担心丁瑶受什么刺激，毕竟丁月气人的本事他可是领教过的，索性也告辞先出去了。

这样一来，包间里就只剩下了双方父母。

容老先生把茶杯放下，端端正正地说："既然孩子们都出去了，咱们作为长辈的也该聊点正事儿了。"

外面。

丁瑶的确去了一趟洗手间。

但从里面出来之后，她不太想回去。

看着自己曾经当了两年公婆对待的人变成自己妹妹的公婆，实在是有点奇范，就算不会再因为这件事特别伤心，也有点接受无能。

这家酒店星级很高，设计得也不错，在临近包间那边有一条走廊，通向一个舞台，现在黑着灯，没人在，但摆着一架钢琴。

丁瑶慢慢走过去，高跟鞋踩在玻璃上，底下有水，还有金鱼。

她坐到了钢琴椅上，低头看着脚下的鱼，手指放在琴键上，弹了一首歌——《两只老虎》。

1231、1231、345、345……

"我还以为你要弹什么，居然是这个，"一个熟悉的声音说，"真令我失望。"

丁瑶抬眼去看，裴然从黑暗里渐渐地走出来，越靠近钢琴，他的身影越清晰。

他只穿着单薄的白衬衣，但在江城这样的天气里并不会冷。

无论何时，他衬衣的纽扣总是扣到脖子根，规整、纪律，是他的代名词。

"你怎么在这儿？"丁瑶有点惊讶地站起来，解释说，"我不会弹琴，只会弹这个，我妹妹倒是会弹。本来我妈想送我去学的，不过她看起来更有天赋，所以就换成送她去了，我只上了一节课，就会弹这个。"

裴然走到了她身边，垂眼睨了睨她，摆了摆手。

丁瑶明智地让开位置，立在钢琴一边。

裴然坐下来，身下有她的温度，他稍稍有些不自然，抬眼瞟了瞟她，她眼睛亮晶晶地看着他。他抬手推了一下金丝边眼镜，修长白皙的手放到了琴键上，那一瞬间，周围的灯似乎都亮起来了，闪闪发光的，但丁瑶知道，并不是灯真的亮了，而是她眼里的他发着光。

是啊，好像不管他走到哪里，她看见的他总是闪闪发光。

琴声缓缓流淌出来，悦耳，动听，技艺超群。

裴然真不愧是出自书香门第，琴棋书画样样精通。丁瑶凝视着他，眼睛里倒映着他的身影，这个糟糕的夜晚，似乎都因为他变得好起来了。

但是，偏偏有人要打破这份美好。

音乐停止，这首伊戈尔·克鲁托伊的《sad angel（悲伤的天使）》完成了，掌声随即响起，并不是来自丁瑶。

裴然和丁瑶一齐望向他们身后，丁月站在那儿鼓掌。

不得不说，丁家姐妹都是美人坯子，但她们的美却完全不同。

对裴然来说，丁瑶的美更得到他的认同。

"弹得真好，您也学过钢琴吗？"丁月走上前，巧笑嫣然地看着裴然，忽视了她的姐姐。

丁瑶靠到钢琴上，面色有些烦躁。

裴然站起来，肃然的眼睛凝视着丁月，片刻，他望向丁瑶问："她是想抢走了你的前男友之后，再如法炮制来抢走我吗？"

丁瑶怔住，他这话的意思是……他以她现任男友的身份自居吗？

这让她，稍稍有些惶恐了。

现在的情况有点微妙。

谁也不太好先开口，需要有个人来打破这个僵局。

出现在这儿的是容嘉勋。

他一路从女洗手间找到这里，看见在场的三个人之后，当场就黑了脸。

"丁月，你回去。"他走过来冷声吩咐丁月。

丁月拧眉："为什么要我回去？"

容嘉勋面无表情："今天是什么场合？难道你想让我爸妈和你爸妈单独在一起，别人都不参与这顿饭，是吗？"

丁月噎住，想了想也觉得不太合适，毕竟她和容嘉勋才是今天的主角。

她舒了口气，挽住容嘉勋的胳膊。

容嘉勋挣脱了，她瞪着他："行，我回去，我们走吧。"她再次强硬地拉住了他的手，容嘉勋这次又甩开了。

单独见面时，他再怎么冷淡都好，可现在当着丁瑶的面还这么对她，让丁月非常生气。

她产生一股浓浓的挫败感，感觉被全世界抛弃了，气得浑身都在发抖。

"你为什么一定要气她呢？你明知道她的性格。"丁瑶冷漠地说，"她现在怀了你的孩子，就算再不情愿，也请你好好对待她吧。"

容嘉勋皱起眉，他还没说什么。丁月却转过来大声道："关你什么事！我们两夫妻的事你乱掺和什么？他已经是我的男人了，你不要再干扰他了行不行？"她指着裴然，"你不是有新欢了吗？难道你还记挂着你的旧爱？"她露出可笑的表情，"那真可惜，这位新欢看起来也很优秀呢。"

丁瑶觉得十分抱歉，让裴然那么圣洁的一个人站在那儿感受这种不良风气，真是惭愧。

"裴教授，你先回去吃饭吧。"

他在这儿，无非就是社里安排了晚饭，这会儿估计一桌子领导在等他，丁瑶也不傻，自然能猜到。

不过，裴然的反应就有点在意料之外了。

"你身边有这么一群人，难为你精神到现在还没出问题。"裴然冷冰冰地说完，直接拉住了她的手腕就走，头也不回。

丁瑶被动地跟着他，小声问道："裴教授你要带我去哪儿啊？"

"吃饭。"

丁瑶窘："那是社里领导请你吃饭，我去算怎么回事儿啊？"

"陪酒。"

丁瑶："……"

于是庄老等领导听见门响看过去的时候，发现裴然身边多了一个人，那人还挺尴尬。

"……庄老、林社长、吴总编，"丁瑶一个个挨着叫下去，最后是，"袁摄影。"

袁城麻利地拉开自己旁边的椅子："来，丁瑶，快坐，我说裴教授怎么出去那么长时间，原来是去接你了。"

丁瑶想解释一下他不是去接她了，可裴然直接落了座，并且拉开了自己身边的椅子，搞得袁城那边怪不自在的。

不过，大家显然是多虑了，袁城怎么可能会不自在？向来只有他让别人不自在。

"看我，乱热心，丁瑶是裴教授的女朋友，当然得坐在裴教授身边。"袁城把椅子塞进去，端起红酒抿了一口，那模样，当真是恣意潇洒。有他这个心态的人，世间少有。

"什么？"最吃惊的要数庄老，他拧眉道，"丁瑶，怎么回事儿啊，你不是有男朋友吗？姓容的那个。"

丁瑶扯了扯嘴角说："庄老，我们早就分手了。"

庄老还是有些惊讶，半晌才说："你们这些年轻人啊，变得太快了，我是跟不上节奏了。"

略顿，他忍了半天没忍住，偷偷给丁瑶使眼色，小声说："那你和裴教授是真的？"

年纪再大学术再高，有时候也不得不败给好奇心。

丁瑶看了一眼裴然，他靠在椅背上，双腿交叠漫不经心地喝着茶，全桌人都在喝酒，白的啤的红的，只有他一个人在喝茶，醇香的茶流连在唇齿间。

他微微抬眸回望丁瑶，金丝边眼镜后面那双狭长的丹凤眼，真是足以令女性为之疯狂。

忽然感觉好像落到了弱势，丁瑶耸耸鼻子，直起身朝庄老一笑，没说话。

但有时候不说话，就等于变相承认。

众领导万千感慨，也不知是为终于找到女朋友的裴教授高兴，还是为就这么被毁了清白的裴教授伤心。

丁瑶跟他们一起吃饭，没一会儿手机就响了，是丁母打来的，不用怀疑，肯定是那边的饭局出问题了。

他们总是这样，一有事就找丁瑶，好像她才是这个家的大家长，可其实，她比丁月也就大了三岁。

"我出去接个电话。"

丁瑶凑到裴然耳边低声说了一句，随后起身朝领导们道歉。她出去时，并没注意到裴然因为她靠近时呼吸拂过他的脸颊而红了耳根。

丁瑶一边接电话一边朝洗手间走，母亲无非就是在催她回去吃饭，可今天的主角本来就不是她，她回不回去又哪里那么重要？

"妈，"站在洗手间的流理台边，丁瑶轻声说，"你就别让我去了，难道月月是你的女儿，我就不是你的女儿？你那么想看我尴尬吗？"

丁母闻言，当场就变了脸色，在场的其他人都察觉到了，多少也知道是为什么，都没提及这件事，敏感地避开了。

随后，没人再让丁瑶过去吃饭。

丁瑶把手机丢进背包，拿出化妆品补妆，结束后回到包间，继续吃饭。

当晚，大概因为心情烦躁，丁瑶在饭局上喝了一杯。

其实啤酒不算什么，一杯而已，普通人都没事的，但是丁瑶不一样，她从小时候开始就是一杯倒，不要说一杯，就是半杯她都能喝醉。

她喝醉了，裴然就成了唯一适合送她回家的男人。

可上了路，裴然才发现其实他并不知道她住在哪里。

其他人都以为他们在一起了，所以理所当然地认为他们知道对方的住址，也就没刻意透露。

车子行驶在江城夜晚的街上，裴然食指敲了敲方向盘，还真是个棘手的问题。左思右想了半晌，绕着平港路转了三圈，周围走路的人三次都看见同一辆车，都露出奇怪的表情。

许久，裴然总算是有了决定，他直接把车开回了他在江城的住所。

他在首都和江城等主要的经济中心都有住所，为的是方便在各地工作。

他抱着丁瑶，开门时把她放下来，一手搂着她一手开门。进了屋丁瑶就开始不老实，往他身上挂，紧紧抱着他。

说真的，裴然真担心一会儿她那张莹润的嘴里会嘟嘟囔囔地冒出"容嘉勋"这个名字。

也不是因为什么别的，只是因为今天他又见到了那个仍然没死心的男人，有些烦躁罢了。

还好丁瑶并没那么做。

好不容易把她扔到了床上。

丁瑶又不甘寂寞地抱着被子打滚，裴然站在床边单手搭在腰间，另一手扯开衬衫领口的纽扣，短促地呼吸了一下，望了一下天花板，终于还是有点无奈。

这女人酒品这么差，为什么还要喝酒呢？

裴然转身去浴室用冷水洗了毛巾，想过来帮她擦擦脸清醒一下，不过显然，喝醉后的丁瑶根本不是那种按常理出牌的人。

"冷！"丁瑶直接搂住了裴然的脖子，整个人挂在他身上，他本身就弯着腰，这样使他不得不因为沉重的身体而倒在床上，压到了她身上。

上帝作证，这真是意外！

"你……"

裴然欲语，下一秒她的唇就印在了他的唇上，她还笑眯眯地说："这样就不冷了。"

裴然停住了所有动作，安静地凝视着她闪闪发光的眼睛。

其实现在是非常危险的时候，必须保持理智，不然很容易后悔终生。

但是，美丽的诱惑太大了，他真是顾不上什么危险了。

一张床，两个人也足以放下，因为它非常大。

裴然瞧着身下哼哼唧唧的女人，用非常冷静的语气说："是不是感觉头昏脑涨，身体发热？"

丁瑶困惑地睁开眼，抓着他衬衣的纽扣，他敢肯定要不是衣服质量够好，纽扣早就被抓掉了。

"是……"她含混不清地说了一个字。

裴然微微勾唇，露出一种奇异的表情，邪邪的？

不，不会，他身上怎么会有邪气，杀气还差不多。

"那你可得想好了，再这样下去，我不保证会发生什么事。如果你真醉了，那就不用回答，没醉的话，你应该知道要怎么做。"

裴然淡淡地说完，起身离开了床，因为这个动作，被丁瑶抓在手里的衬衣纽扣还真被抓下来了，啪嗒一声掉在地板上，弹了几下，没了声响。

丁瑶仰躺在床上，上衣因为动作卷了上去，露出了白皙平坦的小腹。

她的身材真的是……无可挑剔。

对正常男性，有着无法言喻的吸引力。

裴然低头睨了睨身上已经无法正常穿着的衬衣，仿佛叹了口气，转身去了衣帽间。

他去换衣服了，必然要脱掉原来的衣服。

在他刚刚脱下衬衣的时候，衣帽间门口传来了响动。

裴然回眸望去。

丁瑶半梦半醒地眯着眼趴在门口，像是清醒，又似乎醉了。

"我好像看见你没穿衣服。"她低声说。

裴然背对着她漠然道："你难道没看见我穿着裤子吗？"

他慢条斯理地从衣柜里挑了一件衬衫，黑色的，深颜色衬得他肌肤越发雪白。他生得太精致，不管是脸还是身材，多一分则显凌厉，少一分则显薄弱，就他现在这样，刚好。

"其实我……不太醉的。"丁瑶慢慢直起身，踩着高跟鞋一步一步往里面走，呼出的气都是热的，脸颊红得像熟透的苹果，"我就是……也不知道怎么了，就是特别想靠近你。"

说完话时，她已经到了他面前。

他早已穿上了衬衫，只是还没来得及扣扣子。

这样面对他，她可以清晰地看见他胸前匀称精瘦的线条，想不到那么一个斯斯文文满身书香气的男人，脱下衣服之后竟也会有这样的身材，她几乎见不到他健身，他是怎么保持的呢？

"你在看什么？"

头顶上，男人的问话让她稍稍回神，她仰起头，显得有些局促，红着脸别开头说："没什么。"

裴然脸上的表情耐人寻味，但下一秒，眼前的丁瑶忽然像变了一个人似的，深呼了一口气，踮起脚尖搂住了他的脖颈，吻上了他的唇。

他没主动去做的事，她做了，这样还拒绝，好像就有点不像个男人了。

裴然闭了闭眼，抬手按在她腰间，衣帽间的镜子里倒映出两人紧紧相拥的美好躯体，这一场视觉盛宴，注定只有他们两人能看见。

裴然发现了这一幕。

他睁着眼睛望进去，慢慢加深这个吻。

接吻时还睁着眼，这看起来不太正常，丁瑶顺着他的视线想去看看那里到底有什么，但他直接抬手捂住了她的眼睛。她"唔"了一声，他将她推到身后的衣柜上，滚烫的身体贴着微凉的木板上，她浑身一激灵，早就忘了去追究他方才在看什么。

夜晚来临了，月亮升了起来，天上不见什么星星，大概是雾霾吹到了这里。

窗帘还没来得及拉上，屋子里开着灯，回到卧室之后，这里面的人在做什么，外面的人可以看得一清二楚。

这近乎于展览的行为，不受到任何人的期望，裴然起身去拉窗帘，丁瑶伸手去关灯，屋子里瞬间黑暗下来。

丁瑶的酒醒了一半。

眼睛适应了黑暗之后，慢慢可以看见彼此的身影，他们越靠越近，他看着她，她也看着他，就在他们要再次拥抱的时候，裴然的电话响了起来。

大概是个陌生的号码，因为没有存在手机里，不过他手机里其实没有存任何人的电话，所以也许他认识也说不定……

然而，丁瑶这辈子从来没有像此刻这么后悔，自己的想法为什么会成真。

从裴然看见号码的表情来看，他显然知道来电的人是谁，并且他们一定还有着什么纠葛。

那种表情，丁瑶曾经在自己脸上看到过，那时候她刚刚和容嘉勋分手。

裴然没有接电话，他直接挂断，将手机丢到床上，发出轻轻的响声。

"抱歉。"裴然缓缓地吐出两个字，然后吸了口气，"你想喝点什么？"

丁瑶知道，今晚那些本该发生的事，都将不再发生。

她心里产生些微的遗憾，但也不强求。毕竟，有心事的男人，她也不能强迫他什么。更何况，她也没有饥渴到那种程度。

她原以为，这个男人的人际交往一定非常简单，除了学术与研究，他可能根本不会接触其他的人或事。

但很显然，她的想象力太匮乏，将他的过去猜测得太纯洁。

裴然已经是三十多岁的人，而且还那么优秀，怎么可能毫无感情史？即便现在的他是她所想的那种状态，不代表他一直都是那样。人是会变的，没有人是从出生便是如今的模样。

丁瑶回身开了灯，浅笑着说："能醒酒的东西就好，我今晚有些逾越了。"

裴然转身去了厨房，床上的手机又响了起来。

丁瑶看过去，还是那个号码。

她思索了一下，朗声道："裴教授，你的手机响了。"

"随它去。"

这是他的回答。

但从他端着醒酒汤出来时紧锁的眉头来看，他似乎并没有嘴上说得那么洒脱。

手机又一次响起，这已经不知道是第几次了。

坐在沙发上，丁瑶看了看表，已经夜里十二点，因为吃饭时跟母亲说的那番话，母亲到现在也没主动联系她，大概是心里存了芥蒂。

想了想，似乎还真是孤单，没人可以关心自己。

丁瑶看着坐在对面的裴然，柔声说："想接就接吧，别把自己憋坏了。"她站起来，拎起背包，轻声道，"我也该走了，很晚了，就不打搅你了。"

她转身要走，裴然立刻追上来，抓着她的手腕说："很晚了，你现在自己出去不安全。"

丁瑶回眸注视着他，眼神很直接，那分明是在问：你要留下我？

这或许是一个变相的答案，如果他点头，他们之间的关系会发生质的飞跃，就像刚才差点擦枪走火一样。

不过，片刻过后，裴然说："我送你回去。"

他转身去拿了西装外套，面无表情地穿上，取了车钥匙，先去开了门，在门口等她。

丁瑶站在原地停顿须臾，抬脚朝外走，两人一起下楼，上车，车子行驶到夜里安静宽广的马路上，谁都没有说话。

裴然的手机还在响，响到最后刚刚安静一点，就有短信进来。

丁瑶真不是故意要看的，只是手机放的位置在她的余光范围内，她很想有

修养地侧开头避开那些敏感的东西，但她管不住自己的眼睛，她甚至不由自主地
去努力分辨着不大的手机屏幕上那几个字。

其实也没什么，就一句话，还不超过十个字，但看得人心里莫名发慌。

"裴然，是我，我回来了。"

他回来了？抑或是，她回来了？

到底是谁回来了？

丁瑶抓紧了背包带子，她咬着下唇，像是担心失去什么一样。

在裴然去处理短信时，她鼓起勇气说了一句话。

"裴然，我以后不想叫你裴教授了，或者还是其他什么，可以吗？"她快
速地问，"我想以后可以想找你就找你，不管什么时间，想给你打电话就给你打
电话，不用担心合不合适，不用担心会不会被讨厌，我的意思是说……你愿意跟
我在一起吗？"

刺耳的刹车声响起，车子停在马路上，前方有一辆电动车，骑车的人诧异
地看着他们。

丁瑶透过车窗朝外看，那人咒骂了一句，继续横穿马路，离开了。

裴然目视前方，表情看不出有什么变化，又或者是因为他的想法太多，表
情已经无法全部表达。

手机又响了起来，丁瑶迟疑了一下，将手机拿了过来，问："关掉它可以
吗？"

裴然再次发动车子，虽然没有言语和眼神上的回应，但他点了一下头。

于是丁瑶便关了手机。

他最终将车靠边停了下来，丁瑶发现这里距离自己的住处已经不远了。

事实上，裴然都没问过她住在哪里，也不知怎么就开到了这儿。

"你都没问我住在哪儿，"丁瑶看着外面说，"不过很巧，我就住在这附
近的小区，自己走回去就行，你回去的时候开车小心些。"

她匆忙地说完就要打开门下车，似乎忘记了自己刚才的问题。

在她即将走下去之前，裴然终于望向了她，克制地说："你不想听我的回
答吗？"

丁瑶停住脚步，弯腰回眸，认真地说："如果不是我想听到的回答，你还是不要说了，我不想我们连朋友都做不成。"

裴然微微勾唇，镜片后的眸子眯起来，这个笑看起来很古怪。

他幽雅地低声说话，像大提琴悦耳的声音："我愿意。"

这三个字，真是比他的声音要悦耳千倍万倍。

第七章
前度重现

不管那顿饭吃得如何不好，丁月的订婚典礼都如约而至了。

她和容嘉勋的正式婚礼在订婚后一个月，这看上去有些着急，但她的肚子已经等不了了。

那天晚上，丁瑶都不知道自己是怎么走回家的，其实她能感觉到，裴然说愿意和她在一起，可能有其他的成分，在很大原因上那个不断打来的电话成了他们之间的催化剂。

这样听起来，似乎这段感情开始得不太纯洁，但丁瑶并不想错过这个机会，丁月孩子都有了，马上就要结婚，这个时候，她更加不想自己一个人。

其实表面上表现得多自在淡定，心里多少还是会寂寞失落。

她相信裴然和容嘉勋不是一类人，也是因此，她愿意给两个人时间磨合。

站在酒店门口，丁瑶胸口别着亲属的花签，裴然说会来参加这个订婚宴，她便站在这儿等他。

看着有些阴沉沉的天，好像随时都会开始下雨，人家都说，下雨天结婚的夫妻很容易离婚。丁瑶抱住双臂，感觉到有些冷，她想，因为害怕落单而去直面仍有些模棱两可的感情……这样好吗？

明知道不好。

黑色的轿车慢慢停在酒店门口，因为阴天，裴然今天穿了件黑色的风衣，越发衬得他身材高挑修长。他戴了副金丝边眼镜，儒雅斯文，镜片后的眸子眼神深邃，似有心事，眉梢眼角，都透着不可侵犯的肃然。

他慢慢走过来，注视着台阶上只穿了一条淡紫色长裙的丁瑶，眼尾挑起凌然的弧度。

不知是不是她的错觉，她总觉得裴然变得和之前不一样了。

之前的他虽然严肃古板，话也很少，但经常会有些冷幽默，看上去也是挺有趣的一个人，并不是完全冷冰冰。

但现在的裴然，是真的拒人于千里之外，脸上没有一点点笑意，话依旧很少，淡淡地看着人时，有些高高在上的倨傲。

怎么说呢，简单来讲，以前的他最多也就是冷淡一些，但现在是冷酷。

"等很久了？"

他低头看着她，她情不自禁地瑟缩了一下。

他微微蹙眉，脱下了风衣盖在了她肩上。

"冷就不要穿那么少。"说着，他与她一起走进酒店。

其实丁瑶想说，我没有很冷，只是你那个眼神让人有点心寒。

说到底，她还是没有勇气说出口。两人并肩走进去，堪称一对璧人。

其实今天这场订婚宴对丁瑶是很大的考验，因为所有人在这之前都以为和容嘉勖结婚的必然是丁瑶，突然换成了她的妹妹，会产生什么样的风言风语可想而知。

不过，现在有裴然站在她身边，她感觉到了前所未有的安稳。

她想，这样就够了，不管他心里是否真的爱她，又或者有多爱她，此时此刻，他是站在她身边的，足以让她依赖的，那就够了。

再多，她也要不起。

今天的准新郎容嘉勖站在宴会厅入口处，瞧见了姗姗来迟的裴然，当然还有去迎接他的丁瑶。她穿着他的衣服，那么亲密地牵着手，那本该是属于自己的，现在却全给了其他的男人。

容嘉勖慢慢握紧了拳，转过身进了宴会厅。

如果无力改变现状，他也只能让自己不要再看。

"新娘子马上就要到了。"周围有人在议论，"只是真奇怪啊，这丁家怎么就把新娘换成了小的？"

似乎是几个老邻居，年岁很大了，有些八卦，几个老太太站在一起意味深长地打量丁瑶和裴然，评头论足的语气和手势让人不适应。

丁瑶干脆不去看她们，但路过她们身边时却听见了一句非常有歧义的话——"这么好的金龟婿，当然要给亲生的了。"

丁瑶脚步一顿，说话的老太太立刻噤声，拉着另外一个老太太走了。

"怎么了？"裴然刚才有些心不在焉，并不知道丁瑶听见了什么。

丁瑶想起之前她给丁月化妆时她说的话，她们明明是姐妹，化的又是一个妆容，可为什么长得一点都不像呢？

丁瑶强迫自己不要胡思乱想，不要对号入座，可脑子里那个疯狂的想法生根发芽，很快吞噬了她的理智，她几乎整个人都在颤抖。

"你怎么了？"裴然弯下腰来观察她，见她咬着唇瓣脸色发白，停顿片刻说，"你心里还有他？"

丁瑶闻言愣住了，接着迅速摇头，露出哭笑不得的表情："不是的，不是那样，我只是……"

"如果你心里还有他，就不要把他让给别人。"他直起身，黑白分明的眸子里闪着隐隐的寒光，"如果你觉得时间久了就会忘记他，那你就错了，时间不会让你得失忆症，只会让你慢慢失去继续追求的能力和勇气。"

丁瑶拧眉道："你这些话到底是说给我听还是说给你自己听的？"

裴然缄默不语。

丁瑶吐了口气："裴然，我都快不认识你了，你最近是怎么了，我之前认识的那个裴教授去哪儿了？你可以质疑我的性格，甚至是我的人格，但请你不要质疑我的感情。我想和你在一起，哪怕不是因为全心全意地爱你，也不会掺杂什么纠缠不清的感情，倒是你，你心里到底还有谁？"

这一句句质问直戳进裴然的心里，他甚至有些茫然地凝视着她。

她掉了眼泪，又抬手抹掉，丢下一句"我先去忙了"便离开了。

裴然站在原地，抬手按了一下额头突突直跳的青筋，转身想去追她，可在拐角处，却看见了一个他再熟悉不过的身影。

后台。

丁瑶想去看看丁月妆化得怎么样了，她走到门口，正要开门进去，就听见了里面传出来的交谈声，恰好和她刚才在那群老邻居口中听见的是同一个话题。

她看了看半掩的门，停住了脚步。

"月月，你现在是要结婚的人了，也要当母亲了，以后要乖一点，不要老是跟你姐姐闹别扭了。"丁母语重心长，"她连容嘉勋都让给你了，你还有什么不满的呢？"

稍稍停顿了一会儿，丁月的声音响了起来："妈，这根本不够，你没看见吗，她马上又找了一个比容嘉勋还要好的男朋友，我怎么咽得下那口气？她是存心要气我。"

丁父生气地说："你这丫头到底在想什么，那是你姐姐，不是你的仇人！你为什么老是要跟她比？你们是一家人！你抢走了她的幸福还不够吗？"

丁月忍无可忍道："我现在根本一点都不幸福！她已经不喜欢容嘉勋了！我只是又捡了她剩下的而已！爸，我才是你们的亲生女儿，她一个抱养回来的，凭什么从小跟我争到大？"

丁瑶难以置信地推开门："你说什么？"

屋子里的三个人都愣住了，丁母立刻捂住了丁月的嘴巴，丁父走上前拉着丁瑶朝外走："没什么，瑶瑶，订婚宴快开始了，我们先出去接待客人。"

丁瑶挣扎着停下脚步，红着眼圈道："爸，月月刚才说的都是真的？我不是你们的亲生女儿……我是抱养来的？"

丁父没说话，他从来不是擅长说谎的人，他这辈子说的唯一一个谎，就是骗了丁瑶。

"看来这件事是真的了。"

丁瑶后退几步，高跟鞋踩到裙摆，她面如死灰地摔倒，容嘉勋恰好出现在这儿，瞧见她这副模样立刻过来扶住了她。

"瑶瑶，你怎么了？"他关切地问，"你怎么摔倒了？受伤了没？"

丁瑶摇了摇头，咬唇看着父母和丁月，丁月瞧见容嘉勋对丁瑶那么好就火大，本来还有些心虚，这下什么也不顾了。

"容嘉勋，你到我这来，我才是你老婆，你蹲在她身边做什么？"丁月不悦地说。

容嘉勋恍若未闻。

丁瑶抓住他的衣袖："你是不是也知道了？"

容嘉勋不解地看着她。

"我不是他们的亲生女儿，你是不是早就知道了？"丁瑶颤声问他。

容嘉勋不可思议道："什么？我不知道，怎么会这样？不可能……"

他看向丁父丁母，他们都哭了，都不说话，答案是什么，一目了然。

丁瑶慢慢站起来，头也不回地离开。容嘉勋不放心，追着她离开，可订婚宴马上就要开始，新郎怎么可以缺席？

丁月上前拉人，丁父丁母怕她动了胎气，也上前帮忙，容嘉勋被强行拉了回去，脸上充满不甘。

丁瑶失魂落魄地走出酒店，走在阴冷的天气中，因为裙子单薄，还是露肩的，裴然给她的外套早就不知丢在了哪里，她被冻得不停颤抖，可她自己也分不清，那是因为震惊和难过，还是因为天气冷。

天开始下雨了，雷阵雨，豆大的雨点落在她身上，疼得她想哭。

然后她就哭了。

她抹了抹脸，也不知道脸上的水是雨水还是泪水，她想起裴然，慌张地转身回去找他，刚回到酒店门口，就看见他站在他的车子边，也在淋雨。

而他面前站着一个女人，个子很高，非常瘦，脸色也不是很好看。

她也淋过雨了，但现在没事了，裴然给她撑着伞，他本人站在雨里，两人对视着，那个眼神，即便他们谁也不说话，也能看得出来，他们曾经有过什么样的感情。

丁瑶愣在那儿，仿佛孤独城市中一个被人丢掉的空酒瓶，其实她很想过去质问，质问裴然那是谁，质问他为什么在她最需要他的时候，不在她的身边，明明他现在是她的男朋友。

可她说不出话来，耳边有个声音在说，乖乖站着不要动，不然只会更痛。

是啊，几个月的感情，姑且说是有感情，又怎么比得上他们看上去无人可以介入的感情？

如果现在走过去，只不过是自取其辱罢了。

丁瑶吸了吸鼻子，看了看天色，雨越下越大。她想，她该走了，本来她还想再站一下，看看他会不会看见她，他会有什么反应。但仔细想想还是算了，她的自尊不允许她继续留下来，该走的时候，就不要强留下来。

丁瑶转身，朝反方向离开，那里没有容嘉勋，也没有裴然。

"你不要淋雨了。"裴然对面的女人把伞推给他，拉开车门说，"我们去车上说，我真没想到会在这里遇见你，我原以为这辈子都见不到你了。"她看上去很痛苦。

裴然面无表情，他转身要走打算回酒店，根本不理会她，甚至不管自己的车。他一转身，就看见了丁瑶单薄的背影，她身上早已经没有披着他的风衣，影影绰绰地行走在大雨中，看上去那么可怜。

他立刻朝她跑过去，她缓缓倒在了地上，脸上毫无血色，再也不是那个眼波流转的盛放牡丹了。

丁瑶再次醒过来的时候，身在医院。

眼前白茫茫的一片，穿着白袍的男医生站在她面前，戴着口罩，紧蹙眉头，神色严肃。

"你醒了。"他淡淡地说。

丁瑶回神："我怎么在这儿？"

男医生挑挑眉："当然是有人把你送来的，难不成是你自己飞来的？"

丁瑶无语地看着男医生。

男医生与她对视片刻，弯起眸子笑了，摘掉口罩，是一张英俊无比的脸。

"开个玩笑，别认真。"说着，他转身说，"病人醒了，短时间内不要再有剧烈的心情起伏，我先走了。"说着，他抬脚离开，他离开后，他身后站着的人就出现了。

是裴然。

他似乎和男医生比较熟悉，两人有眼神交流，默契十足。

他坐到了床边的椅子上，拿起桌子上的水果，手法熟练地用刀削皮。

"我怎么了？"丁瑶唇瓣干燥，强忍着心里的不自在问道。

裴然的动作顿了一下，抬头凝视着她，她稍稍别开脸，他清癯的表情有些松动，将水果切好递给她。

"吃一个。"

丁瑶看着他手里的水果，垂着眼睑说："不用了，谢谢。"

裴然也没强求，微微颔首说："也好，那喝点水。"

他起身去倒水，身上只穿着件白衬衣，还是之前她见到的那件，他也淋过雨，却没时间去换衣服，竟然就那么硬生生地挺着，直到衣服被体温烘干。

他端回了水，透明的玻璃杯子，她就着杯子喝水，唇瓣湿润了许多，她后撤头，示意够了。等他拿开杯子时，她正要开口说"谢谢"，他忽然在她额头亲了一下。

丁瑶怔住了。

"虽然不知道昨天在你身上发生了什么事，也不确定你是否愿意分享，但如果你需要，我近期会一直陪着你。"他放下水杯，看着地面，"我将工作推后了。"

裴然真的是个工作狂人。

如非身体支撑不住，他绝对不会推后他热爱的考古工作。

但这次他推后了，说会陪着她，这实在太难得。

可丁瑶又想起了自己之前见到的那个女生。

她望着他的眼睛，突然抓住了他的手，力道很紧，像怕他跑掉一样。

"你真的只是为了陪我吗？"丁瑶渴求地看着他，"说实话，不要骗我，不然我会很伤心。"

她真是再也撑不住失去谁了，她原以为她拥有全世界，可到头来，其实她什么都没有，亲人不是自己的，男朋友也变成了别人的，只有裴然还是她自己的，她不希望这里再出什么问题。

裴然又拿起了桌上的水果，递给丁瑶说："你吃一口我就回答你。"

丁瑶接过水果慢慢塞进嘴里，眼圈有些发红："那个和你站在一起的女生子是谁？"

裴然似乎没料到她会这么直接问出来，并没很快回答。

丁瑶扯着他的衣袖说："快说，不许想，不许编。"

裴然抽了张纸巾递给她，她尴尬地擦了擦嘴巴，他漫不经心地说："以前的女朋友，很多年没见了，变化挺大。"

一副老友的口气，简直毫无破绽，让丁瑶不得不相信，他其实并没有对那个女生还存有感情。

只是，他们之间仍有纠葛和误会，这是必然的。

"是吗？"丁瑶念叨了一句，"你知道我和容嘉勖为什么分手，可我都不知道你们为什么分手，这不太公平，你干脆也告诉我吧？"

裴然闲适地抽出手，靠到椅背上，双腿交叠，慢悠悠地说："那你还没告诉我订婚宴现场到底发生了什么？这好像也不太公平。"

丁瑶抿抿唇，没说话。

"不管发生了什么，订婚宴都顺利举行了，你会失望吗？"他观察着她的表情，不愿错过一丝一毫的变化，"容嘉勖没有真的出来追你，你会失望吗？"

裴然用冷静的语气说了这句话，就好像在为一个朋友分析事实情况。

丁瑶忍无可忍地说："别再提他了，我这辈子都不想再看见他，以前是因为家人，可能还不得不和他见面，现在的话……"她露出古怪的表情，轻笑一声，"什么顾忌都没有了。"

裴然总算是听出了一点什么。

他看了她一会儿："你和家人吵架了？因为你妹妹？"

丁瑶有点焦躁地别开了头，裴然直接话锋一转说："如果你不喜欢住院，可以住我家。我没有联系你的家人，之前还觉得不妥，现在想来却是好事。"

"你好像还没告诉我，你和那个女生为什么分手？"

丁瑶也来了个话题360度转弯，试探性地再次开口，眼睛眨巴眨巴，显得局促无措。

裴然垂下眼，可能是因为淋雨而有些感冒，唇瓣颜色发白，他低声说道：

"也没什么，那年我母亲去世，我和父亲关系一直不太好，她也在那个时候失踪了。"他望向别处，拖长音调说，"她家里人也跟着不见了，一直都找不到，直到那天晚上她才再次出现。"他睨向她，神色淡淡的，不起一丝波澜，"我跟她已经没有任何关系，也不会再有其他可能，你完全不必因为她而有心理负担。"他眼神认真，并且极其坚定，"你是我现在放在心里的人，这一点不会变，只要你没有变心。"

丁瑶看着他，忘记了说话，即便穿着病号服，她依旧十分美丽，醒过来的她真好，眼带桃花的模样虽然让人有点不自在，但也只有这样才是真正的她。她好像就该是那样的，让他时而愉悦，时而惊讶，时而……欢喜，时而心疼。

裴然有些自嘲，他竟然还会有二十岁小伙子特有的"脑子一热"，突然就说："一个星期之后是我离开的最后期限，你要不要和我一起走？"

丁瑶愣了一下，诧异地看着他："什么？"

他快速地说话，好像怕一停顿他就说不下去了一样。

"我要带队去一趟金林的白鹿山，那边发现了一个比较特别的古墓群，如果你想去，我会跟庄老打招呼。"他神色淡淡，"之前吃饭时他提过这件事，想派个人和我一起去，我拒绝了。"

丁瑶闻言，立刻精神了，上前紧紧抱住他就亲。

"我必须去啊，我当然要去，什么时候出发？我们干脆现在就走吧！"

裴然垂眼望着她，不动声色道："你的病号服纽扣没扣好，从刚才就想提醒你，但一直没机会。"他直接朝她胸口看，"你走光了。"

丁瑶低头看看，果然，胸前春光乍泄，真是让人尴尬，但她没有任何遮掩的动作。

见她如此，裴然勾勾嘴角，波澜不惊地说着近乎于调情的话。

"很好看，"他声音有些低沉，还带着些微的哑，"让人有罪恶感。"

丁瑶歪着头："罪恶感？"

裴然紧盯着她的眼睛，接着忽然靠近，亲了一下她的脸，然后顺着她的脖颈下来，吻落在她胸口。

"像这样。"

他用平时那么禁欲冷淡的声音说着这样的话，让丁瑶感觉到前所未有的矛盾与刺激。

感觉，真的是要坏掉了。

裴然慢慢直起身，靠到椅子上，瘦削的男人，身材高挑，衬衣有些狼狈，领口难得解开了那总是规规矩矩的纽扣。尽管刚刚做过那样的事，可他整个人却还是带着一股冷冽禁欲的气息，让人不得不怀疑，一会儿要被扒光的，究竟是她还是他。

他微微挑起唇，笑得有些揶揄，她这才发现自己竟然看他看呆了。

她眯起眼，跟着轻笑一声，然后起身下床，跨坐到了他身上，低头问他："还笑得出来吗？"

裴然没说话，目光直接赤裸地凝视她。

就在这时，门外响起敲门声，之前离开的男医生推门进来，十分不见外地说："老裴，我碰上莹莹了，就把她带来了。"

他走进来，身后的何莹也走了进来，进屋后瞧见这一幕，让何莹再也无法保持那勉强的笑脸，手里的果篮重重掉在了地上。

丁瑶立刻便想从裴然身上下去，但裴然的手按在了她腰间，她动弹不得。

她低头凝视他的黑眸，他眼下有淡淡的青黑，这几天睡得应该也不好。

此时此刻，他没什么特别的表情，只是放在她腰间的手摩挲了一下，让她感觉浑身发痒。

丁瑶整个人哆嗦了一下，他挑起嘴角，笑得耐人寻味。

"咳！"男医生冷着脸咳了一声，挡在何莹面前，瞪着丁瑶说，"能先下来说话吗？秀恩爱分得快。"

丁瑶恍然，难怪这位男医生好像一直很讨厌她，原来他认识那个女生。

叫何莹是吗？裴然之前的女朋友。

"我要下去。"丁瑶在裴然的耳边低声说了一句，然后再起来时，他放开了她。

丁瑶回到床上，盖好被子，靠在枕头上说："这位是？"

裴然慢慢抚平衬衣上的褶皱，神色看上去十分平淡，仿佛并没发生什么能让他上心的事，他甚至没有转头。

何莹慢慢从男医生背后走出来，强颜欢笑地说："周煜，我没事。"

她朝前一步，捡起果篮，温和地说："你好，我是何莹，之前看到你在雨里晕倒了，来看看你好些了没。"

这个女生看上去非常和善，是那种真的和善，五官组合起来就是那种你瞧一眼，就知道她是非常好的女孩子。温柔善良，像潺潺流淌的小溪，柔顺极了。

天生拉好感的样貌和笑容，连身为女人的丁瑶都无法抗拒。

她和缓了表情，点头说："谢谢，已经好多了。"

何莹将果篮放到桌上，要做完这个动作的前提是她必须走到裴然身后。

她就那么走过来了，叫周煜的男医生紧紧地盯着她，好像怕她出什么事儿一样。

真是有意思，这个周煜看着应该是裴然的朋友，却喜欢他的前女友，三角恋？丁瑶不动声色地看着，保持沉默。

何莹把东西放好之后松了口气，说实在话，她真的很瘦，瘦得让人有点想塞二十斤肉给她。

"裴然，"何莹小心翼翼地开口，"你还好吗？"

裴然侧头看她，眼神平静："很好，谢谢你来看她，还有别的事吗？"

这明显是在赶人了，何莹有些尴尬。

周煜走上来说："老裴，你别这样，何莹她当初也是有苦衷……"

裴然皱起眉，他还没说什么，丁瑶就笑着说："这位是周医生？你好，我是丁瑶，是裴然的女朋友，你能不能稍微关心一下我的感受，你觉得这些话在我面前说合适吗？"

周煜冷淡地说："没什么不合适的，你们在一起就在一起，这和何莹来不冲突，就算无法继续以前的感情，还是可以做朋友的。"

丁瑶没说话，但裴然直接说："丁瑶需要休息，你们不要在这里吵她，周煜，下次进来之前请你先敲门。至于何小姐，东西我替丁瑶收下了，你可以走了。"

他站了起来，冷冰冰的脸，没有一点感情。

何莹被那表情伤到了，受伤地笑着点头，头也不回地离开。

周煜无奈地看了裴然一眼，说了句"你会后悔的"便追了出来。

病房里安静下来，裴然回头望向丁瑶。

丁瑶直视着他说："你会后悔吗？"

裴然端起她刚才喝水的杯子，慢慢喝了一口水，丁瑶亲眼看见他喝完之后舔了一下唇瓣，瞬间脑子轰的一下全乱了，那个动作……根本就是犯规。

"你刚才问我什么？"他似乎没听清似的重复了一遍，但他接下来的话告诉她，他听清了。

"抱歉，我的字典里没有'后悔'这两个字。"他转身，又给她倒了一杯水，"再喝一杯。"

丁瑶抿抿唇："不渴了。"

"你需要多喝点热水。"他不为所动。

丁瑶接过来，安静片刻忽然说："我们这样算不算间接接吻？"

她指着杯子壁，他刚刚喝水的地方。

裴然眯起眼睛，狭长的眸子里有危险的光芒。

他推了一下眼镜，将水杯从丁瑶手里拿了过来，丁瑶有点失望，还以为他因为避嫌不给她喝了。心情正复杂着，他忽然喝了一大口水，然后低下头揽住她的脖子，吻住了她的唇。

如果是这样喝水，那请给她再来八杯。

因为何莹的事，丁瑶不想再住院，很快就回了家。

进了家门，她直奔卧室，踢掉鞋子，仰躺着休息，裴然进来看见，皱着眉，明显不赞同。

看着眼前这个高大威武的身影，丁瑶坐直了身子微笑玩味着说："你过来一下。"

裴然不为所动地睨着她，最后却还是走了过去。

丁瑶倏地泛红了两颊，眼神似乎无处安放地在四周打转，拽着被子轻咬嘴唇缓缓道："那个，之前我们在医院，没做完的事，现在继续吧。"

裴然表情空白了几秒开口："知不知道自己在说什么。"

丁瑶直接上前将他拉下来，轻轻呼口气"嗯"了一声，无限柔情。

这一夜，注定得发生点什么……

在裴然的怀里醒过来这种美好的事，连意淫都有点惭愧，这太不可思议了。

但这样不可思议的事真的发生了。

第二天早上，丁瑶迷迷糊糊地睁开眼，发现自己靠在一个人怀里，睁开眼便是他雪白无瑕的胸膛，那起伏的肌理线条，真是看得人小腹发烫。

她红着脸抬头，发现裴然早就醒了，正戴着眼镜在看书，她靠在他臂弯里，小小一只。

裴然发现怀里人的动静，垂下头波澜不惊道："醒了。"

丁瑶犹犹豫豫地"嗯"了一声，小声问："你早就醒了？"

裴然微微颔首："生物钟，六点准时醒。"

"那么早？"丁瑶惊讶地看着他，脸上带着心疼。

裴然注视了她一会儿，低头凑到她耳边轻语道："但今天睡得很好，七点多才醒。"

丁瑶脸更红了，这般耳鬓厮磨让人心尖都痒痒的，她往常看见的裴然总是那么冷冷淡淡、清贵倨傲的，这样的反差，真的让她越发……

"不想起床吗？"

见她不说话，裴然亲了一下她的耳郭，轻声细语地询问。

丁瑶立刻坐起来说："起，当然要起床了，我现在就起床……"

她想掀开被子下床，却忽然记起自己身上没穿衣服，于是又钻回了被窝里，抱紧了裴然。

裴然掀起被子盖住两人，正要做什么，床头柜上安静了一夜的手机忽然响了。

裴然一脸扫兴地掀开被子，拿过手机，仍然只是一串数字。

丁瑶躺在他身下，注视着他接起电话，他叫那边的人："周煜。"

也不知周煜在那边说了什么，裴然的脸色一下子变得很难看。

丁瑶担心地环住他的脖子说："怎么了？发生什么事了吗？"

裴然冷着脸挂了电话，躺到她身边，沉默着。

"到底怎么了？"丁瑶坐起来，拉紧被子说，"不能告诉我吗？"

裴然望向她，沉默片刻说："何莹住院了。"

丁瑶一愣："何莹？"

"周煜打电话专程告诉我这件事，让我过去。"裴然眯起了眼，清隽的眉宇间多了一丝不易察觉的厌烦与冷厉。

丁瑶沉默了一会儿，点头说："那你去吧。"

裴然惊讶地看着她，那表情好像在看一个大笨蛋。

他按住她的头，匪夷所思道："你让我去看她？你确定？"

丁瑶别开头，反问："不然呢？看你的表情就知道你的想法了，你不用顾忌我的，我不想让你为难。"

"你这么解读我的表情？"

丁瑶回头盯着他猛点头。

裴然二话不说掀开被子，丁瑶尖叫一声使劲拉，就是抢不过他，这下全被看光了。

裴然倨傲地冷笑道："昨晚都看过了，现在还害羞？"

忽然，他又耳根泛红，眼睛紧紧盯着她说："像我之前……在陕博看见的一个唐三彩方枕，一点瑕疵都没有，很好看。"

丁瑶表情复杂："原来我是方枕啊？"

裴然的表情有了一点裂缝，无奈地放下被子，独自起身朝衣帽间走。

趁着他走的时候，丁瑶抄起床角他的衬衣就套在了身上，他个子太高，他的衬衣都能到她的大腿根，穿上还挺有安全感的。

"裴然。"丁瑶光着脚踩在地毯上，跑到衣帽间，裴然的衣服已经穿得差不多了，还没系腰带，裤子的纽扣松着，只差把拉链拉起来了。

丁瑶笑眯眯地走过去，仰着头说："我来帮你吧？"

早在她出现在衣帽间门口的那一刻开始，裴然的目光就一直定在她身上没有移开过。

他慢条斯理地扣上衬衣纽扣，睨着她说："怕我真去医院？"

丁瑶噎住，没说话，脑袋缩了缩。

裴然朝前一步，丁瑶后退一步，后来又觉得今天退让了许多，干脆直接上前踩在他脚面上。

他也没穿鞋，她搂住他的腰，叹了口气说："你想去的话，我也拦不住，还不如装作大度。"

裴然轻嗤一声，背过身去穿鞋："丁瑶，你喜欢我吗？"

丁瑶有些惊讶，不太理解他为什么忽然这么问。

他们两个谁也没有如此直白地提起过这个话题，这还是第一次。

"我……"她正要回答，裴然就继续说话了。

"想来也是否定的答案，你要是真喜欢我，就不会总是把我往外推。"他转回身，已经穿好了鞋子，个子看起来更高了。

他垂着眼睛，平静地说："因为怕被拒绝而受伤，所以用尽力气退让，有点可笑，有点可怜。"他拍拍她的肩膀，拿了外套往外走，丢下一句，"我去买早餐，老老实实在家等着。"

走到衣帽间门口，裴然忽然停住脚步，回过头加重语气说："如果我回来你还是穿成这个样子，家里还是这么乱，那我不保证会发生什么事。"

说完，他头也不回地离开，她都没来得及看他说话的表情。

只是，那个语气，还真是和昨夜的他一模一样……

丁瑶忍不住笑起来，高兴得忍不住蹦蹦跳跳跑到卧室，把自己扔到床上裹着被子滚来滚去。可这样好像仍然不能抒发她心中的激动，她站起来在床上跳了两下，恰好这时裴然不知是不是忘了什么，又返回了家里，正好在卧室门口瞧见这一幕。

丁瑶尴尬地站在那儿，拉了拉身上的男士衬衫，盖住大腿。

裴然的表情耐人寻味，慢慢握住门把手，拖长音调说："你慢慢玩。"

说罢，替她关上了门，多体贴？

丁瑶羞愧地扑到床上，哀号一声。

其实，她心里还是有点担心的。

裴然会不会在买早餐的路上偷偷去医院看何莹？

刚产生这个想法，丁瑶就把自己拍死了，这是怎么了，被人背叛过一次，就总疑神疑鬼吗？她不要做这样的女人，这太失败了。

可是……

还是忍不住忐忑不安。

丁瑶吸了口气，爬起来收拾房间，前阵子搬进来，她拿了几件衣服放在这儿，收拾好房间之后就换上衣服洗漱，总共用了不到一个小时的时间。

等她打扫完毕，烧了热水，裴然也拿着早餐回来了。

其实在小区门口就有好几家买早餐的饭店，环境都不错，味道也大同小异，但裴然去了那么久，显然不是在那里买的，但……也可能是店里面人太多了，所以才晚了！

丁瑶这样劝慰着自己，一路小跑飞扑到裴然身边，接过他手里的餐盒，仰头笑着说："怎么才回来呀？"

裴然面不改色道："走得远了点，凌波桥那边有一家早茶店不错，想让你尝尝。"

凌波桥与周煜所在的医院正好成反方向，丁瑶低头一看，果然是来自地址在凌波桥的一家粤菜馆。丁瑶一下子因为自己心里那些怀疑着愧死了，单手抱住他道歉说："对不起。"

裴然淡淡地说："怎么？"

丁瑶一五一十地说："我怀疑你了，我不对，我保证以后再也不这样了。"

裴然冰冻似的表情有了明显的缓和，睨了她一眼，避开她满身的女人香，微微沙哑道："吃饭吧。"

再不吃饭，就不知道是该吃饭还是该吃她了。

丁瑶满口应下，两人吃饭的时候商量了一下过几天要去金林的事。

金林比凌沧位置还要偏，又是在知名的旅游胜地白鹿山，那边就算是夏天也要穿大衣或者羽绒服，风景虽然很美，但环境有些恶劣。

丁瑶回家收拾行李，装了一大箱的御寒衣物和化妆品，裴然在楼下的车子里等她。她拉着行李箱走出房间，扫了一眼屋子里唯唯诺诺的父母，丁月不在家，在家肯定还得羞辱嘲讽她。她们本是形影不离的姐妹，现在丁瑶却时时产生"她不在可真好"的想法，何其悲哀。

"我要走了，出差，你们不用担心我，自己要多注意身体。"

丁瑶简单地说了一句，转身离开，关门时最后看了他们一眼，毫不犹豫地离去。

丁母想追上去说些什么，可走到门口又停下脚步，虚弱地靠在门边，喃喃道："我还能说什么？我该怎么办呢？"

丁父看了她一眼，深深地叹了口气。

江城国际机场，又一次要离开家了，以前那种恋家的心情早就没了，大概是因为……她在这个地方已经没有所谓的家了。

那个家，早已不是真正的家，走在去办理登机牌的路上，丁瑶脑子里闪过一个念头，很快，但抓得住。

如果现在的父母不是她的亲生父母，那她的亲生父母在哪儿呢？

走在前面的裴然发现丁瑶跟不上他的步伐，于是放慢了些，低声说："因为你，我迟到了近一周，下飞机时学生和队员会来接，到时候不要再这么魂不守舍，他们会以为我让你伤心了。"

丁瑶闻言抿了抿唇，拉住他的衣袖说："其实，那天我妹妹的订婚宴上，发生了一些事……"

裴然立刻说："不全是因为我才气得你晕倒，这真是天大的好消息。"

丁瑶有些哭笑不得，正要告诉他那些事，发现他忽然怔在了那里，惊讶地看着一处。

丁瑶顺着他的视线望去，穿着病号服的何莹站在机场大厅里，手上还有输液贴。

她身后站在仍然穿着白大褂的周煜，他气急败坏地说："何莹！你知不知自己的身体？你不要命了？"

何莹没有理会周煜的质问，摇摇晃晃地走过来，吸引了周围不少人的注意。

她实在太瘦了，肥肥大大的病号服好像麻袋一样套在她身上，整个人仿佛一阵风就能吹倒。

丁瑶下意识抓住了裴然的手，她惊觉自己竟然那么担心裴然离开。她想，如果她这次真的失去了裴然，今后恐怕都无法再对任何人投入感情了。

裴然回眸望向她，慢慢收紧她的手，将她小小的手包在他的大手里。

何莹瞧见这一幕，苍白的脸上多了一丝自嘲的笑意。

她面向丁瑶，先鞠了个躬，认真地说："丁小姐，对不起，我不是故意打搅你们的旅途，只是……"她看向裴然，眼泪啪嗒啪嗒掉下来，吸了吸鼻子说，"这次裴然走了之后，我可能这辈子都没机会再见他了，所以我想……好好和他道个别。"

丁瑶木着脸没说话，裴然皱起眉，直接越过她看向周煜："你是医生，她这样的身体状态，你怎么会让她离开医院？"

周煜好像也很生气，刚才一直在隐忍，这会儿听见裴然的质问彻底忍不住了，走过来暴躁地说："你以为我愿意让她跑出来找你？我甚至都不想让她回国！你知道她当年为什么离开吗？因为她得了胃癌，以为自己没可能活下去了！"

何莹立刻抓住了周煜的手，激动地阻止说："谁让你告诉他的！你为什么要说出来！闭嘴！"

她说完，一口气没喘上来，就那么晕了过去。

周煜赶紧抱住她："何莹？何莹！"

裴然震惊地看着晕过去的何莹，丁瑶已经不知道该做出何种表情来回应此刻的场面了。

这实在太让人尴尬了，胃癌吗？恶性肿瘤里的第一位，难怪那么瘦，应该是切了胃吧。

治好了吗？真幸运，丁瑶想恭喜她一两句，可她目前的状态并不怎么好，她说出去恐怕会被当作冷嘲热讽，还是不要说了。

"裴然。"丁瑶抓着身边男人的手，并不去看他，而是紧紧盯着何莹和周煜说，"时间差不多了，我们再不办理登机就来不及了。"她压低声音，尾音有可疑的颤抖。

裴然紧紧地握着她的手，他眉间有一道深深的刻痕，暴露了他此刻纠葛的心情。

见何莹都晕倒了，裴然依然无动于衷，周煜有些愤怒。

"裴然，是我看错了你，没想到你是这种薄情寡义的人。"周煜气愤地说，"很好，你可以不来看她，她醒了我会告诉她，你就是一个忘恩负义的人！亏得她这么多年忍着化疗，每天吃得跟猫粮一样，仍然坚持活着，只为了能再见你！可你呢？你倒好，有了新人忘了旧人，真够厉害的，从今往后，就当我没你这个兄弟。"

周煜说完就抱起何莹离开，周围的人也听不下去了，对裴然指指点点。

裴然嘲弄地自语道："所以这一切都怪我？怪我没有一直等着她？是她自己不辞而别，如果她全都告诉我……"

"那你今天就不会遇见我。"丁瑶接过了话茬，牵着他的手朝休息区走，围观的人作鸟兽散。

她一边走一边继续说："你什么都没做错，要怪只能怪你们有缘无分。没有规定谁一定要等着谁，你没做错，她也没做错。她以为自己死定了，为了不让你伤心，所以想要你把她当成坏人，这样便少一些伤心。"

她忽然停住脚步，回头看着难得面露迟钝的他，安静了一会儿，温柔地说："想回去看看她就去吧，这次不是把你推开，我会先飞去金林，在那里等你。我知道你的心意，也希望你了解我对你的心，我说过会永远相信你，就会信守承诺。我希望你这次可以整理好自己过去的那份感情，就算以后跟何莹不能再做情人，我还是希望你们不要成为仇人，更不希望你因为这件事，失去周煜这个朋友。"

裴然紧抿唇瓣，眼睛里凝着一丝冷淡，他紧绷地说："我不想去。"

丁瑶抬手摸了摸他的脸，轻声说："你真的不想去吗？就算不是为了看她，而是为了证明你没有做错？"

裴然缄默不语，他看了她好一会儿，才舒了口气说："我想，我知道自己为什么会喜欢你了。"

丁瑶装作轻松地摆了个造型："哦，是吗？是因为什么？我还以为你是因为我长得漂亮才喜欢我呢。"

看她那玩笑样子，裴然却依旧十分认真，他一把抱住她低声说："因为你，让我重新开始相信感情，相信一个人。"

丁瑶微微一怔，慢慢用手臂环住他的腰，拍了拍他的背。

最后的结果就是，丁瑶一个人乘飞机去了金林，裴然暂时留在了江城。

他向她承诺，两天后就会过去，但坐在飞机上，丁瑶轻轻把头靠在窗户玻璃上，看着外面无边无际的蓝天白云，心情缓和的同时，弯起嘴角苦笑了一下。

其实，即便说得那么潇洒和有道理，心底里还是不情愿的。

现在她这心里，还像压着石头一样抑郁得厉害。

机舱里的电视上播放着歌曲，是辛晓琪多年前的老歌《两两相望》，这个"两"字和"望"字，真是让丁瑶备感焦灼。

希望两天之后，他们不会两两相"忘"。

第八章 🌿
白鹿山下的苗寨

金林在我国的最北边，白鹿山紧邻市郊，终年被雪覆盖，远远望去便是一片白茫茫，上面生活着许多我国濒危保护鹿种，所以被称作白鹿山。

下了飞机，刚走出机场，丁瑶就看见了小樱。

她笑眯眯地举着牌，身边是万唐和尹征。

让丁瑶意外的是，袁城居然也来了。

"怎么来得这么晚？我们都到了好几天了。"袁城戴着墨镜，大高个儿站在那儿特别显眼。尹征单看也挺高的，现在瞧着却似乎矮了一些。

"你别和我站在一起，"尹征嫌弃地躲开，"都怪你，搞得这儿的女孩都觉得我海拔低。"

袁城低头，墨镜稍稍下滑，他谈笑风生的样子真是英俊极了，带着一丝淡淡的邪气，玩世不恭的，与裴然是截然不同的类型。

"哪里，是那些妹子没眼光，我一个摄影师，怎么能和咱们未来的尹博士相提并论？"袁城说着称赞的话，眼角上挑。

小樱忙上前询问丁瑶："丁小姐，裴教授呢？你们不是一起过来的吗？"

丁瑶停顿了一下，笑着说："他临时有点事需要处理，要迟两天到。"

"哦。"小樱扯出一个难看的笑容。

万唐附和说："刚才教授给我打电话了，他最迟大后天过来，回头我们再来接他，咱们别在这儿站着了，先回去吧。"他领着大家朝外走。

还没上白鹿山，已经感觉到冷了。

出了机场，丁瑶身上的外套就显得有些单薄，她哈出的气都是白色的。

"丁小姐，给你这个。"小樱递来一件呢子大衣，面色平淡道，"这边很冷，袁摄影猜到你会穿得少，让我给你带件衣服。"

丁瑶下意识地瞄了瞄袁城，他好像什么都没听见一样望着别处，她不由得一笑。

尹征开着不着边际的玩笑："小樱这丫头平日挺冷清的，以前也不见这么热心，这次袁摄影拜托你你就肯了呀？这么巴结师娘，是怕师娘以后哪天怪罪你？"

丁瑶为什么要怪罪小樱呢？理由相信大家心里都很清楚。

她现在是裴然真正的女朋友，心态变了，态度也就不一样了。

丁瑶慢慢敛起了笑容。

小樱的笑也僵在嘴边，随后瞪了尹征一眼说："你别乱说话。"

尹征也自知说错了话，立马去开车了，几人乘坐一辆吉普车前往白鹿山脚下一个小寨子。

虽说是小寨子，但特别精致，下了车，丁瑶就瞧见寨子外的木桥边坐着两个十三四岁的少女，她们穿着苗族的衣裳，正在绣东西。这个地方弥漫着浓浓的古韵气息，让他们一行人显得格格不入。

"这里还有苗人？"丁瑶惊讶地问。

袁城从车上下来，朝那边的少女们一笑，少女们立刻红着脸低下头，有一个甚至害羞地站起来跑开了。

丁瑶无奈地叹了口气。

袁城浅笑着说："很可爱是不是？女孩子真是造物主最神奇的作品。"

丁瑶慢慢说："那男人呢？"

袁城毫不犹豫地说："男人当然是最粗糙的作品。"

丁瑶眨眨眼没说话。

袁城回答了她之前的问题："这儿的确有一些苗人，但不多，全都是一家人，加起来也不到二十个。这个寨子就住了他们这一家，没人肯透露他们为什么到这里来定居。"

一行人朝寨子最里面走，气温越来越低，小樱开口说："瑶瑶姐，因为房间有限，我们俩暂时住一个房间，你看要是有什么不方便的就跟我说。"

万唐说："是的，现在就剩下一间房了，金林的老专家们都在自己家里住，每天开车过来，这才省下了这么一间房。寨子里的族长不太愿意我们住太久、住太多人，他们比较忌讳和汉人来往。"

丁瑶有些意外："现在少数民族还会忌讳和汉人来往吗？"

尹征小声说："虽然总宣扬着是一家人，但文化等各个方面还是有很大区别的，尤其是他们与世隔绝久了。要不是白鹿山上发现了古墓，很少会有人知道这里还住着这样一家子人，他们肯定会排斥与我们接触。"

也对，他们来的时候经过了一段很长的无人居住地，荒凉、寸草不生，渐渐靠近苗寨才有些树木和生气。

从金林开车到这儿，至少得一个半小时，白鹿山景区的入口又在另一边，如果不是发现了古墓，估计没人会来山这头一探究竟，也就没人发现他们。

"我们就住在那边。"

袁城指了个方向。丁瑶顺着看去，一棵枯树下面有几间连着的木屋，看上去有些简陋，条件可真是连凌沧还不如。

"要是觉得住不惯，你也可以住到金林城里去，反正那些专家每天都要过来，你跟车来就行了。"袁城给她指了一条明路。

但很可惜，丁瑶没有采纳。

"我就住在这儿吧。"丁瑶望着近在咫尺的白鹿山，眼神执着地说，"我也想试试住在这种地方的感觉，以前不觉得，现在却觉得，这样的地方好像才是最适合我的。那么大的一个江城，偏偏就没有一个真正属于我的立足之处。"

最后一句感慨恐怕只有她自己能听明白，袁城意外地注视着她，隐隐从她的表情里察觉到了什么。但他很聪明地没有询问，去帮丁瑶安排行李了。

小樱住的房间就在裴然隔壁，很近，因为是木房子，隔壁声音稍微大一点就可以听见。

丁瑶有点明白为什么尹征会觉得以后她会怪小樱了，她坐到床上，两张床中间隔着很短的距离，但勉强可以过人。

"那个，我是觉得丁小姐肯定想离教授近点，所以才选了这个隔壁的房间，没有别的意思，你不要误会。"小樱掩饰性地解释。

丁瑶装作什么都不知道的样子点点头，温和地笑着说："你想得很周到，谢谢你了。"

小樱缄默不语。

"就是有点冷，晚上你能睡得着吗？我原本以为你这个年纪的小姑娘都很娇气，我妹妹和你年纪一样大，你都不知道，她……"丁瑶说到一半忽然顿住了，恍惚意识到自己提到了谁。

她改了话题，说起其他的东西，小樱发觉她情绪不太好，便顺着她的话说起了别的。

"还可以，不算太冷，这里有电热毯，还有电暖器，但睡着之前得关掉，不然容易引发火灾。"小樱说，"这里的条件比起那些苗人还算好一些，他们不用电器，连灯都不用，天一黑就睡觉，太阳出来就起床，作息时间准到极点。"

说着话，收拾着东西，天就慢慢黑下来了。

丁瑶坐在窗前，看着外面渐渐黑下来的天，想象着天没有黑之前有多么蓝，这在江城是很难见到的。

想完了蓝天，她又开始想裴然，他在做什么呢？他准备过来了吗？他会不会不来呢？

其实，此刻裴然也在想她。

他知道她已经到了金林，可她没有来电话，是万唐转告的。

裴然坐在何莹的病床边，屋子里黑漆漆的，只有他的手机亮着光。

他慢慢地将她的电话存到通讯录里，这是第一个也是唯一一个电话号码，他希望她打来电话的第一时间，他就能看见她的名字。

何莹还没醒，她的身体情况很糟糕，专家会诊的结果是，如果她再这么折腾下去，不按时继续治疗，仍然会有很大可能失去生命。

其实，要说听见何莹离开的原因时不惊讶、不后悔、不自责，是不可能的。

可除了这些之外，更多的却是无可奈何。

事情已经到了这个地步，说什么都晚了，哪里还有爱与不爱可谈？这么多年过去，就是那人的心没变，也凉了，很难再对那个人产生什么感情。

只是，即便没有感情，也有余温，毕竟他们曾经那么好。

裴然慢慢地呼吸着，他靠在椅背上，将视线移到何莹身上。她瘦得只剩下一副骨架，几乎可以跟厌食症患者相比。但他听周煜说，即便很难受，何莹也会每顿按时吃饭，因为她不想死，她还想见到他。

裴然扯了扯嘴角，仰头无声地微笑，然后忽然低下头，看向何莹，她猝不及防地被他发现，无措而慌乱地转开了头。

"醒了，为什么不睁开眼？"他悦耳的声音毫无起伏，像在诉说很平淡的事。

这种毫不在意的态度，让何莹十分受伤，她抓住被子，吸了吸鼻子说："对不起，我只是希望你可以明早再离开。"

她顿了一下，努力地说："我只是想就这么一晚上，你能留在我身边，让我在你睡的时候好好看看你。"她鼓起勇气望向他，尽管他的眼神冷漠而拒人于千里之外，但她坚持着没有转开眼，"我已经很久没有看见真实的你了，在国外治疗的时候，我都是通过电视和杂志看你。那些是你，好像又不是你，我一直觉得是因为不是真人的问题，但看见你本人的那一刻我才发现，那些都是你，只是你和我印象中的那个人不一样了。"

裴然安静地坐在那儿，不言不语。

何莹像抓住了救命稻草，短促地喘息着说："那时我常常做梦，梦里面你在安慰我，支撑着我坚持下去，可醒来才发现只是个梦。"她无声地哭泣，自己都没发觉，"裴然，我知道，我们的关系已经走到头了。可是我没办法死心，我不想打搅你和丁瑶的，可我还是忍不住骗自己，我们还有路可走。"

裴然没说别的，只是低头看了看表，适当地别开头，皱起眉，像是听得不耐烦了。

何莹有些崩溃地笑了笑，颤抖地握着拳说："你别急，我就这几句话，你听我说完，让我死心……"

裴然望向她，神色平静，面对这样的她，他眼睛里没有一丝心疼，这种不动声色的样子就像刀子一样一块一块割掉何莹的肉。这样的他，明明那么安然，却好像是刽子手一样，对她那么狠绝。

"我想问问你，你怎么忍心看我这样呢？"何莹忽然有些生气，她坐起来，呼吸急促地质问他，大眼睛里布满血丝，在瘦得脸颊凹陷的脸上有些吓人。

裴然凝视着她，表情终于有了细微的松动。他叹了口气，缓缓说道："谈不上忍不忍心，看见你这样，只觉得不应该。"

这一刻，何莹才清清楚楚地感受到，自己是真的没机会了。

他对她真的没有任何感情了。

如果说她一直不出现，还会成为他心里的一根刺；那么她现在出现，解开一切谜团，她就彻底在他心里消失了。

他跟她说话的语气像在谈工作，没有半分退让的表情，男人这种生物一旦绝情起来，可真是无所能及。

"我没办法，我也是为你好……"何莹委屈地说着，哭得无法言语，捂住了脸。

她不看着他时，裴然才会有一些小的情绪波动，他目不转睛地盯着她，抿起唇瓣，喉结滑动，微微沙哑道："何莹，真为我好，就别再爱我，也别记得我，更别再想方设法地告诉我，你还喜欢我。"

何莹目瞪口呆地望着他，他的话似乎毁掉了她心里最后一道防线，她激动地说："是，是我错了，我以为你会和我一样一直爱我，不管我们分别多久，不管我们天各一方！"

裴然还没说什么，病房的门就被打开了，周煜从外面进来，开了灯，几乎要和裴然打起来。

"你怎么能做到这么淡定地伤害她的？以前那么爱她的人是谁？你到底在想什么？一个刚认识几个月的丁瑶真的就比得上跟你在一起几年，为了你努力活下来的何莹吗？"

周煜声嘶力竭地质问裴然，裴然的反应却十分冷淡。

他慢慢推开周煜，堪称冷静地说："周煜，这里是医院，你是医生，不用我提醒你应该保持安静吧。"

周煜怒极反笑，都不知道该跟他说什么了。

裴然淡淡地站在那儿，看了何莹一会儿，上前拍了拍她的背。

她一怔，又眼含希冀地望着他，他知道，此刻不能给她任何希望，那不但是对她不负责，也是对丁瑶不负责。

既然一定要辜负一个人，那么，就不要反复无常了。

"何莹，有些话我不想再说第二遍，你知道就好，我会坐今晚的飞机离开，你以后注意身体。"

客气地关怀过后，是他欲走的背影。

何莹忍无可忍地大声说："你怎么能丢下我一个人面对这个世界？！你怎么能这样？！"

裴然倏地回头，额头青筋直跳，他尽可能地保持着镇静，但还是失败了。

"这句话我也同样想问你。"他脸上甚至带出一些笑意，"你当初一走了之的时候，怎么不想想未来的可能？你为什么不打听一下当时的情况？我母亲去世了，周煜肯定告诉你了。但你不知道，你走的那一天，就是我母亲去世的日子。"

何莹瞬间怔住，这件事周煜根本没告诉她，如果告诉她，她绝对不会离开。她不可思议地望向周煜，他怎么能隐瞒这么重要的事？

周煜不言语，事实上，如果他真的说了，何莹肯定是宁愿死也不会离开裴然的，可他怎么可能眼睁睁看着她送命？

其实，与其说裴然有父亲，倒不如说没有。

裴然的父亲十分痴迷于考古，在他母亲怀孕时就从来不回家，他出生的时候也还在外面考古，等他念小学时，才偶然见到父亲一次，还是在古玩市场上。

他对父亲的感情十分凉薄，却又因为偏执地渴望父爱，而去学习父亲喜欢的东西，想要以这种方式博得一些父亲的关注。

可这种方式根本不行，还直接导致裴然的母亲去世。

那时裴然一意孤行去一座山里寻找正在考古的父亲，他母亲因为担心也随后跟着过来，却遇上泥石流，死在了路上。

裴然知道这个消息的时候刚和父亲一起走出大山，连母亲最后一面都没见到。他后悔极了，简直恨不得也死在那里，而何莹恰恰也就是在那一天，和家人一起消失得无影无踪。

现在想想这些，裴然依旧十分懊悔，也是从那时候开始，他开始学会淡漠，对于任何感情都不强求，而一旦得到，就会倍加珍惜，就像对丁瑶。

这些事，裴然没有告诉何莹，只是安静地说："我曾经在古玩市场见过一个卖瓷器的老人，他用篮子挑着瓷器，步履蹒跚地朝前走。有个碗掉出来了，我的学生告诉他，可他虽然听见了却没有回头。学生好奇地追上他，把碎片递给他，他却拒绝了。"他整理了一下西装外套，压低声音说，"他说：'碎都碎了，即便再捡起来，碗也仍然是碎的，何必再白费力气？'"

何莹诧异地看着他，哭得梨花带雨。

裴然越过周煜身边，看了他一会儿，说："周煜，感情是需要经营的，当一方退出，就没理由要求另一方继续演独角戏。一成不变的感情只存在于戏剧里，而现实中，结局不会永远停留在美好的时候。"

他说完，抬脚便走，在他即将开门离开时，何莹忽然又叫住了他。

"裴然！"

裴然停住脚步回头看向她，她抹掉了脸上的泪水，哽咽着说："你真的……真的不愿意再要我了吗？"

裴然薄唇开合，轻声道："对不起。"

何莹身子抖了一下，周煜赶紧上前扶住了她，她吸了吸鼻子说："我知道了，谢谢你告诉我这个答案。"

裴然沉默了一会儿，终于还是没忍住，低声说："我希望你今后能好好活着，但……"他垂下眼睑，放轻声音，"不用让我看到。"说罢，转身就走。

看着空荡荡的门边，何莹又哭出声来。

周煜心疼地抱着她，在她的呜咽中听见她断断续续地说："我知道，我会的，我一直都在坚持，以后也会继续坚持下去的……"

"何莹，别太伤心了，小心自己的身体，还没有完全康复……"周煜忧心忡忡。

何莹吸了吸鼻子，收回视线低声说："周煜，不要告诉他我的病，事到如今，也许彻底离开他，才是我唯一能为他做的事。"

白鹿山山脚下的住宿环境是真的不好。

丁瑶本身就有点体寒，在这里睡了一晚，后半夜关了电暖气，真是冷得浑身发抖。

小樱早上起来就瞧见她黑眼圈很重，脸色苍白，好像一夜没睡。

她小心询问道："丁小姐你没事吧？"

丁瑶抿着干燥的唇摇了摇头，吐了口气说："能给我倒杯热水吗？"

小樱点头，转身去倒水。丁瑶看着她的背影叹了口气，心想，自己还是不行，这身体跟人家真是没法比，还没有适应考古的恶劣环境。

今天虽然裴然没来，但他们依旧需要上山，因为老专家们会过来，她和袁城是杂志社派过来工作的，不是享福的。

丁瑶抬手按了按额角，看了看身上的衣服，好看的衣裳好像已经离她很远了，现在整天穿的都是保暖耐脏的，真怀念那个如今还十分温暖的江城。

那里，似乎也只有这一点值得她怀念了。

她到达这里已经超过一天，可母亲没有来一个电话，父亲也没有，这让她不得不产生一种"看，果然不是亲生的，就是不关心"的哀怨想法。她真受不了这样的自己，赶紧转了个念头，想着工作的事。

小樱倒来热水，喝了一杯之后，丁瑶感觉好了很多。

洗漱完毕后，是一顿十分简单的早餐。吃得倒是比凌沧好一点，因为不用吃泡面和干粮了。

这里虽然偏僻，但苗寨里的人每天吃饭都是一起做，也会给他们做出来。虽说苗寨的人不怎么愿意跟他们来往，但也会照顾他们的饮食习惯，送过来的吃食都是热腾腾的米饭炒菜。

丁瑶吃了饭之后，感觉身体比早上有力量了很多。

看着寨子里走动的苗女们，丁瑶有些感慨地说："到底还是一家人啊，不分民族，人家给我们弄的这些吃的……"

袁城叼着烟笑着打断她的话："等等丁瑶，你先别感慨，这些饭菜是花了钱的，包括我们的住处，可都是花钱租下来的。"

丁瑶摸摸脸，尴尬地笑笑说："看我，总是异想天开。"

"倒也不是，其实我觉得这些人不缺钱，一开始也不愿意租给我们住处。"袁城坐到她身边压低声音说，"只是不知道为什么，在我们表明身份之后，族长又改变了主意。"

丁瑶闻言微微一怔，望向族长所住的木屋方向，那里离这边有一段距离，在高坡上，远远望去只能看到一角。

"算了，这些不重要，重要的是工作。"袁城拍了拍她肩膀，拉起她的手腕就走。

丁瑶低头看着他拉着她手腕的手，试着扯回来，但都失败了。

她皱起眉，总觉得哪里不太对劲，于是直接开口说："我自己走就行，你松开我。"

袁城脚步一顿，回眸笑着说："看我，拉小姑娘拉习惯了，忘了你是有夫之妇了。"

丁瑶缄默不语。

袁城松开手，继续朝前走，也不见半分尴尬。

丁瑶慢慢吐了口气，跟上去，上了一辆很大的切诺基，车里有两个约莫四十来岁的男性，衣着打扮都很讲究，应该就是他们口中说的那些本地专家了。

在丁瑶一行人上山工作的同时，裴然也正在前往金林的飞机上。

他看了看手表，还有两个半小时才能到金林，估计这会儿考古队已经都上山工作了。他本来说的是明天才过去，估计他们也没留下人来接他，不过没关系，他可以自己乘车过去。

已经到了白鹿山上的丁瑶，并不知道自己这次回去就可以见到裴然了。

她出了点小意外，山越高，雾就越大，因为昨天下了雨，山路有些湿滑，在经过一片林子时，小樱走在她前面，偶尔侧头可以看见她脚步凌乱，有点撑不住，差点滑倒。

丁瑶感觉到小樱的注视，笑着说了一声："啊，没事，一不小心滑了一下。"

小樱点了一下头，转回去继续往前走。丁瑶也收回视线紧盯着脚下的路，但不一会儿，走在她前面的小樱忽然滑了一下，朝后面倒去，丁瑶猝不及防，被她撞得朝一侧倒下，她们两个女生走在最后。

这会儿丁瑶身后也没人能扶住她，她在半空中努力保持平衡，可因为角度问题崴了脚，直接朝侧面的滑坡摔去。小樱则很有经验，抓住了身边的树干，保持住了平衡，得以幸免。

她回头看着丁瑶掉下去的方向，耳边响起袁城的惊呼。

"丁瑶！"

袁城眼睁睁地看着丁瑶朝山沟里滚去，立刻离开台阶朝着她的方向跟着去了。

一个大男人，这么斜的滑坡，溜下去的姿态不会太优美，但他并不介意，甚至还嫌弃速度有些慢，因为丁瑶的身影已经不见了，那里杂草丛生，他根本瞧不清楚，只能确定一个方位。

"丁瑶！"刚刚稳住身形，他便高声唤她，期待得到回复，但现实让人失望，丁瑶没有任何声音。

山路上，小樱似乎终于反应了过来，惊慌失措地想要下去找丁瑶，但被尹征拦住了。

"你去干什么，这不是添乱吗？！"尹征大声说。

小樱那样淡淡的性子，现在却哭得泪流满面："都怪我，都是我撞倒了丁小姐，要不是我她也不会摔下去，这下可怎么办，我怎么跟教授交代？"

万唐一直在旁边查看事态，听见小樱的话莫名来了句："这个时候你首先想到的居然是没法和教授交代？"

小樱愣住，哭得更伤心了。

万唐叹了一口气，也顺着滑坡下去了，念叨了一句："还真是没法和教授交代。"

时间一点点流逝，太阳的方向一点点转变，临近夜幕时，大家依然没有找到丁瑶。

这很可怕，深山野林，可能还藏着盗墓贼，但就是找不到丁瑶的身影，她好像人间蒸发了一样，明明就摔到了那里，可那里连个人影都没有。

"天色已经很晚了，要是我们再不回去，今晚就下不了山了。"万唐坐在台阶边叹了口气。

其他专家并不知道有人失踪这件事，他们都已经结束工作离开，这边只有跟着裴然的几个学生，当然还有袁城。

"我已经报警了。"袁城点了根烟说，"你们打算怎么办？"

"警察怎么说？"小樱倏地看过去，看上去异常急切。

袁城冷笑："天太黑了，目前情况不允许上山，会在凌晨天一亮就来找人。"

"等到那时候丁小姐都不知道怎么样了。"小樱站起来，"不行，我要下去找她！"

万唐睨了睨她，不耐烦道："你还想再失踪一个人吗？！"

小樱被拉住，苍白的脸上挂满泪水，愣在那里不言不语。

恰巧在这时，万唐的手机响了。

山上信号不好，接了电话怕也说不了太久。

"是教授。"万唐看看大家，硬着头皮接起来，低声说，"教授，这么晚了还没休息？"

裴然的声音很稳定，在电话那头听起来十分悦耳："怎么这么晚了还不回来？"

万唐一怔，顿时面如死灰："教授你到了？"

"嗯。"裴然仍然蒙在鼓里，语带疑惑地问，"怎么回事，是不是出了什么问题？"

万唐心想完了，踌躇地看看众人，袁城直接夺过电话说："你可算来了，丁瑶出事了，被你学生撞倒摔进了山沟里，还没找到！"

小樱闻言，紧握起拳，低头小声说："我不是故意的，真的不是……"

万唐都无法回忆自己是如何将车安全开下山的，好像偏一寸就会掉下山崖。

可他不下来不行，裴然执意要趁夜上山，他们即便再担心丁瑶的安危，也不能让裴然也失踪。

几人决定下山时，只有袁城不同意，但考虑到警方目前还不会出发来找人，袁城决定下山直接到公安局去当面寻求帮助。

于是一行人在山脚下碰见了正要上山的裴然，他冷着脸，谁也不看，目不斜视地开车过去。万唐没办法，将他的车横在了裴然的车前面，意图阻拦他。

"教授，已经很晚了，你现在上去非常危险。"万唐下车劝阻道，"我们已经报警了，天一亮警察就会上山找人的，你别担心。"

裴然只问了一句："你们不是安全下来了吗？"

万唐噎住。

裴然直接说："把车挪开，否则我没你这个学生。"

万唐无奈，袁城靠在车边直接说："让开吧，你觉得你拦得住他？"

看看袁城，又看看裴然，万唐妥协，上车准备挪开，小樱却忽然下车跑到了裴然面前，哭得眼睛都看不见人了。

"对不起教授，都怪我，要不是我滑倒撞到了丁小姐，丁小姐根本不会出事，都怪我……"小樱自责地说着，即便她口口声声说着不求原谅，但来道歉的人，无非就是希望得到对方的谅解。

裴然居高临下地睨了她一眼，低声道："我现在没时间跟你说这些，我得上山去找丁瑶。如果她出了什么事，孙小樱，我会好好跟你谈一下。"

说罢，在万唐挪开了车之后迅速离开。

小樱怔在原地，满脸绝望，喃喃自语地说："我真不是故意的啊，为什么你们都不信我？教授也不相信我？如果掉下去的人是我，你们会不会像现在这样责怪丁瑶……"

小樱自嘲地笑笑，朝前跑去想追上裴然的车子，雪天路滑，她没跑几步就摔倒在地上。其他人正苦恼要怎么找丁瑶，没注意看她，她艰难地爬起来回过头，看到袁城冷冰冰投射过来的眼神，像是看着杀人凶手一样。

"我不是故意的！"小樱站起来，大声朝他们嚷嚷，大家被吓了一跳。

"你发什么神经？"万唐本来就心烦，说话语气就不太好，这让小樱心里更难受。

如果没有丁瑶出现，她便是团队里的宠儿，所有男士都会爱护她让着她，教授对她的态度也不会像现在这样。

说到底，人和人的命不一样，人家的命，好像就是比较值钱。

这会儿在山上，裴然根本无暇顾及小樱会怎么想，车子驶出越远，速度就越慢，即便裴然心急如焚，却不能不顾危险。

如果他再出事，就真的没人去找丁瑶了。

还好，他有惊无险地到达了万唐之前所说的位置。

停好了车，他拿了工具和强光手电筒，开始在山雾中寻找丁瑶的身影。

他找到了那个滑坡，仔细观察了一下，顺着边缘处稍微好走的地方一点点往下。

这个时候，丁瑶正昏迷在一个山洞里。

土坑，雨后第二天，积水还没干，她半个身子都浸在水里，周围杂草丛生，恶臭扑鼻，她呼吸困难。

丁瑶慢慢苏醒，后脑有剧痛，大概是她昏迷的原因。

掉下来时撞到脑袋了，还好没狗血的失忆，不然不知道会发生什么事。

丁瑶忍着全身的酸痛努力坐起来，轻轻揉了一下后脑，疼得她直吸气。

沉默了好一会儿，她才开始观察周围，其实什么也看不见，黑漆漆的，甚至不知道自己置身何处，只知道有草、有水、有恶臭，身下凹凸不平，坑挖得不太专业。

真倒霉。

心里念叨了一句，她开始寻找手机，裤袋里的手机被水淹了，已经不能用了，一点光都发不出来。丁瑶暗暗发誓以后一定要买防水的手机，然后试着站起来，那股熟悉的感觉又出现了。

倒霉，脚崴了！在凌沧就崴了一次，这次又来？！

不过，这次好像没有上次严重，疼得不那么厉害，可以勉强行走，可惜她站不起来。

太窄了，这地方也太窄了，想站直都不行，只能半弯着腰。

她凭着意识，一点点伸手朝前，探到墙壁时才发现是死路，于是她又转身往反方向走，走着走着脚下嘎吱一声，有什么东西被她踩到了，还断了，她也没放在心上，只当是树枝。

这么晚了，她还没被找到，其他人肯定都已经离开，她不能指望着谁来救她，这种时候自救才最重要，否则这深山野林的，万一来个什么东西把她怎么样呢？

带着这种担忧，丁瑶手忙脚乱地寻找出口，功夫不负有心人，还真被她找到了，可她根本上不去。

太高了，她找了一圈发现都是墙壁之后，就直接朝头顶看，隐隐约约有月光。

真是……倒霉。

丁瑶哭笑不得地吸了吸鼻子，对自己现在肮脏的状态很无法忍受，可也无力改变现状。

她思索了一下，又开始轻轻触摸四周的墙壁，应该都是土的，她试着往上爬，她有一米七高，这坑估计得有两米多，要是能爬出去就好了。

她尝试了三四次，都摔了下来，但现实让她不能放弃。

她不断失败，不断尝试，后面终于让她摸到了出口边缘。

她用手机在土坑壁上砸出一个一个坑，然后用手攀着坑好像攀岩一样上去，还真就成功了。

只是她已经失败太多次，没有更多的力气翻上去。

在出口悬挂了一会儿，她开始绝望，又不敢呼救，担心引来什么动物，她开始无意识地掉眼泪，手上的力气一点点消失，几乎要重新掉下去。

就在这一刻，她听见了那仿佛天籁一样的声音。

很小，隐约传来，但她听见了。

"丁瑶！"

是裴然的声音。

他这个时候应该还在江城的，怎么会出现在这里？难不成是山鬼化做了他的模样?

如果真是这样,那她也甘心被欺骗。

与其死在这地方,还不如死在鬼手里。

她用尽全身的力气,努力朝上爬,终于把上身挪了上去。

"我在这儿……"她喘息着回应他的话,可她没力气了,声音太小,她自己都听不清,她慌乱地流泪,担心他听不见,她此刻才发现,她那么怕死,怕再也见不到他。

好像是有心电感应一样,裴然拿着手电筒,本来正朝反方向走,忽然就转了过来,快步朝丁瑶所在的方向走去。

他刚才已经在这里走过一遍,那时丁瑶还没醒过来,这是他第二次走过。

因为被杂草覆盖和遮掩,他没有发现那个山洞的入口,这次他看见了。

丁瑶狼狈地趴在洞口,虚弱地朝他伸着手:"裴然……"

她眼见着就要晕过去。

裴然立刻上前拉住了即将掉回去的她,男人的力量让她轻而易举地脱困。

"真的是你……"靠在他干净的怀中,丁瑶笑了笑,苍白的脸和唇,看上去极为可怜。

裴然自己都没意识到他有多激动和后怕,他抱着她的身体,整个人都在颤抖,颤抖着将她拥入怀中,听见她颤抖着低喃:"别,脏……"

裴然完全不听劝告,即便她很抗拒,但他直接在她满是脏水的脸上亲了一下。她羞愧不已,可她已经无力再讲话,只是昏昏沉沉的,勉强保留着意识。

"我带你回去。"裴然短促地喘息着,戴上头灯,将她横抱起来,转身离开时,头灯的光芒晃到了那个山洞的底部,他看清了里面的画面,顿时一惊。

不过,他没有多做停留,果断地转身离开。

丁瑶迷迷糊糊的,感觉好像是躺到了后车座上,他在旁边用干净毛巾沾了热水给她擦拭身上的泥土。

她吸了吸鼻子,那股子委屈和危险中压抑的恐惧都涌了出来,就开始哭,裴然看她这样子更加心疼了。

"都是我不好,"他摸了摸她的头,克制地说,"我应该和你一起来,如果我和你在一起，你就不会出事。"

　　丁瑶在他手心里蹭了蹭，然后就没了意识，裴然轻轻抚过她的脸，她脸上有很多伤口，这要是醒过来发现，估计也不会太高兴。

　　还是先帮她处理一下比较好。

　　于是，夜幕的山林中，一辆车亮着灯，裴然替她简单清理过后，打开医药箱替她的伤口进行处理。

第九章

龙门古墓

丁瑶再次醒来的时候，躺在柔软的床上，周围很温暖，还有米饭的香气。

"你醒了？"

是裴然的声音。

她睁开眼看去，他穿着白衬衫坐在床边，手里端着一碗米饭。

"本来想弄点粥给你吃，但他们不肯借给我厨房。"裴然皱着眉陈述对方的吝啬，"不过有热水，你先别出声，喝点水再说话。"

丁瑶点点头，在他的搀扶下坐起来，观察了一下周围，发现这里不是她和小樱的房间，条件明显比那边要好，这样看来，应该是他的房间。

"喝水，不要再胡思乱想。"

裴然蹙眉吩咐，拉回了她的心神。

丁瑶无力地笑笑，赶紧就着他的手喝了一杯热水，喝完之后感觉整个人都复活了。

"你怎么提前来了？"她询问着，声音沙哑，但没得到回答。

因为有人闯了进来。

是万唐。

"教授！"万唐急促地喘息。

裴然面不改色道："出去敲门。"

　　万唐立刻关门出去重新敲门，看样子以前常受到这样的要求，也对，方才他闯进来的行为本身就不礼貌，这可不是什么好习惯。

　　"进来。"

　　裴然这次才允许他进来说话。

　　万唐惭愧地说："教授，这回不是我失礼，是真有急事儿，小樱她犯傻了，跑到山上要自杀！"

　　丁瑶惊讶地反问："什么？"

　　其实万唐还没有找到小樱，只是早上叫小樱吃饭的时候发现她的门开着，里面没人，桌上放了一张字条，上面写着：既然我罪无可恕，你们都不相信我，那就让我以死明志。

　　山脚下，没有河，那么如果要寻死，最大的可能就是上山去。

　　尤其是，昨晚丁瑶就是在山上出的事，她可能会效仿，让自己也出事。

　　万唐把自己的想法告诉裴然，丁瑶显得比他着急多了，他不紧不慢地用勺子慢慢搅拌碗里的饭，时不时还轻轻吹一下。

　　"你先吃饭。"裴然轻声细语地对丁瑶说着，把碗朝她的方向送了送。

　　丁瑶有些意外，低声说："小樱出事儿了，我们得去看看，昨天那是个意外，不能怪她。"

　　裴然淡淡地说："你脚还没好，就不要乱跑了，让万唐他们去找就行了。"说着，他吩咐万唐，"你带着尹征他们去山上找找，主要从昨天丁瑶摔下去的地方找，还有件事要你去办。"他起身朝外走，万唐跟着出去，一脸疑惑。

　　"教授，还有什么事吗？"他不解地问。

　　裴然望着白鹿山的方向说："我今天会在这里照顾丁瑶，没时间再上山，工作推后一天。另外，丁瑶昨天摔进的那个山洞有问题，你们回去确认一下，如果是真的，就报警。"

　　万唐惊讶道："教授，那山洞里有什么？是陷阱吗？"

　　裴然波澜不惊地说出让人毛骨悚然的话："不是陷阱，是坟坑。"

　　事实上，他没有看错，那的确就是个坟坑。

　　万唐一行人顺着裴然昨晚留下的记号找到了那个隐蔽的山洞，洞深近三米，从上往里看，能看见森森白骨。

很多很多。

尹征倒吸一口凉气，袁城直接拿起相机拍照，万唐举起手机报警。这是警察第二次收到他们的报警信息，这次他们来得很快，发现山洞里的白骨之后，立刻封锁了现场。

"我找到小樱了！"

有人喊了一声。

万唐几人便快速跑了过去，在靠近山崖边的地方发现了小樱。

她站在山崖边，好像随时要跳下去，哭得眼睛都肿了，精神状态很不好。

"你在那儿干什么，一大早做什么傻事，多大点事儿，丁瑶安全回来了不就行了吗，你还闹什么呀。"万唐无奈地说道，"快过来，我们赶紧回去，都耽误工作了。"

小樱大声说："你别过来！你过来我就跳下去！"

尹征喘着气说："我们这一大早就来陪你胡闹了，都累死你哥我了，这山上山下跑，我腹肌都锻炼出来了。得了小樱，听话啊，快点过来，回去吃个饭该工作了。"

小樱吸了吸鼻子说："你们都觉得我是胡闹？我不是！"

她受不了被喜欢了那么久的人那样对待，她更无法接受回去后裴然冷淡的态度。

她看了来找她的人，里面没有裴然，答案已经十分明显。

不论她是不是故意的，裴然都不打算原谅她，他竟然那么爱丁瑶，这让她绝望。

她朝后退了一步，砂石掉落进山崖。

山风吹动她的长发，看上去凄美极了。

"孙小姐，虽然我和你不太熟，但我还是想告诉你，天作孽犹可违，自作孽不可活。你死了你父母怎么办？你年纪轻轻的，怎么心态这么极端？丁瑶是裴教授的爱人，心态和我们不一样，你差点害死他的爱人，就算你不是故意的，他也一时半会儿无法谅解你，这是人之常情。"袁城点了根烟，一边抽一边淡淡地说，"但不代表会永远这样，你是想就这么窝囊地死了，在他心里留下一席之地？你仔细想想，以你对他的的了解，他会吗？"

小樱怔住，脸色苍白，面如死灰。

"你看，他都不来找你，你何必为了他浪费生命，让你父母白发人送黑发人呢？你要真有那能耐，就活着回去让他爱上你啊。"袁城嘴角露出意味深长的笑容。在场的其他人都倏地看向了他，表情各异。

这不是给教授和丁瑶添堵吗？这丫头要是真听了他的话，倒是能不自杀，可回来就得作死啊。

不应该用这样的理由劝她回来。

可好像只有这样的理由可以劝得住她。

寂静半晌。

小樱慢慢离开山崖边，走向众人，她也不哭了，抹掉了眼泪。

"不好意思，我发疯了，耽误大家的时间了，我们赶紧回去吧。"说着，她拍了拍身上的尘土。

她笑得那么平静、那么自然，与往常似乎没什么不同，却给人一种风雨欲来的感觉。

丁瑶这次的伤势没有在凌沧时严重，休息了两天就好了很多，只是脸上的伤口就没那么快好了。

原以为，她照镜子发现伤口之后会很难过，但令人惊讶的是，那么一个美丽的女人，却一点都不爱美。

"我不是不爱美，只是不担心它好不了，现在还是工作要紧，何必担心不会有什么结果的坏事呢？"朝山顶出发的路上，丁瑶俏生生地朝裴然抛媚眼，笑眯眯地说着话。

裴然目不斜视地朝山上走，冷笑一声说："工作就专心一点，不要老是勾引我。"

丁瑶惊讶地指着自己："我勾引你？"

裴然直接大跨步朝前走，把她甩在后面。

丁瑶摸摸头，嘴角是甜蜜的笑意。小樱走在她后面，面无表情地看着她，等走到她身边时，脸上已经带起歉意的笑容。

"丁小姐，我们一起走吧。"她上前几步，声音里带着内疚，"我一直没机会和你当面说，那天真的很抱歉，幸好你没事，否则我也……"

丁瑶赶紧打断她："行啦，我这不是没什么大事吗？别自责了，你又不是故意的。"

小樱表情复杂地点了点头。两个女孩追上队伍，前方已经可以看见曙光，胜利就在眼前。

很冷，真的有点冷，这一路上，白雪皑皑，只有到了山顶的墓址，才渐渐没有雪。

为了方便挖掘，这里的雪都被清理了。

裴然站在墓址入口处，几位专家比他们来得早，已经开始发掘工作。墓室入口初见其形，大概还需要一到两天，就可以到地下发掘了。

裴然直接走过去，放下背包，开始工作，其他人也各就各位，丁瑶和袁城站在外围，进行他们的工作，双方互不打搅，各安其事。

这两天，他们一直是这样平和的工作状态，只是这片平和中又隐隐透露着风雨欲来的味道。

傍晚时分，工作接近尾声时，突然有了重大发现。

在发掘墓室入口的工作人员高声唤去了几位专家，丁瑶和袁城凑过去看了看，原来他们发现了一扇石门，十分厚重，想打开它进入墓室，比登天还难。

大家都在犯难时，裴然冷静地说："门口可能有机关，大家仔细找一找。"

听了他的话，大家都开始寻找所谓的机关，可无一例外都失败了。

裴然的眉头越皱越紧，最后干脆离开了入口，去另一边了。

丁瑶看了他一眼，又看看入口处，果断地跟着他过去了。

"你去哪儿？"她脆生生地问。

裴然指着前方说："那儿。"

丁瑶顺着看去，这里是他们之前推测出的一号墓室的顶端，他到这里来做什么?

她看见他弯下了腰,时不时地拨开杂草看看地面,走了一段,忽然顿住了脚步。

"去把李教授和王教授他们叫来。"裴然头也不抬地对身后的丁瑶吩咐。

丁瑶二话不说起身去叫人。

万唐他们也闻讯赶来,裴然到底发现了什么呢?

多巧合,一个盗洞!

"看来有人先下手为强了。"李教授摩挲着下巴说,"可我前阵子检查这边的时候没发现这个盗洞啊。"

王教授附和说:"这里我们之前走过一遍,确实没有盗洞,难不成是新的?"

裴然蹲在盗洞边说:"不是新的,如果是新的,土不会是这个状态。"

几位专家都蹲在盗洞边研究,最后得出的结论是,这个盗洞很早很早就有了,至少已经有几十年,之前他们来时是没有的,但最近几天有人想让他们发现,所以给挖开了。

"这可有点邪门了。"李教授说,"这盗墓贼偷完了还不跑得无影无踪,居然还守在这里几十年?"

王教授拧眉说:"这里面可能有问题,我们还是不要鲁莽下去比较好。"

最后他们决定先报警。

在警察查看了一遍,确定没有问题时,他们才开始安排下墓,就通过那个盗洞。

有盗洞,说明里面的文物已经凶多吉少。

裴然简直迫不及待地想下去一探究竟,他急切的心情都表现在了脸上,在宣告安全之后,第一个串了绳索跳下去。

丁瑶目瞪口呆地站在盗洞旁边,袁城笑着拍拍她的头。

丁瑶皱眉躲开,嘀咕:"不要因为你长得高就老拍我的头。"

他也不介意,低声问她:"你要下去吗?"

丁瑶反问他:"你呢?"

袁城用夸张的表情说："这么难得的机会，我肯定是要下去的，你嘛……"他嫌弃地看看她，"就你这小身板，鼻子都冻红了，还是老老实实回车上暖和一会儿吧。"

丁瑶白了他一眼说："我先下去！"说着，就朝前走，跟考古队地打了个招呼，在万唐的指导下顺着绳索滑了下去。

这下来的一路，要不是有头灯，真是黑得吓人，还有一股阴森森的压抑感。

大概也就一分多钟就有了落地感，只是这过程在感觉上却那么漫长。

落地时，有温暖的怀抱抱住了她，她瞬间放松下来。

"裴然。"她甜甜地叫了一句，回抱住了他。

裴然淡淡地应了一声，替她解开身上的绳索，又拽了拽，上面便将绳子抽了回去，换其他人下来。

第三个下来的还是女孩，是小樱。

不算明亮的洞口处，她目光灼灼地凝视着裴然，裴然恍若未见，他抓紧了绳索，缓缓扯开，走到丁瑶身边，浅淡地笑着。

"丁小姐，你刚才下来的样子太帅了。"她似乎无比地倾慕丁瑶。

丁瑶垂眼，打量了她一会儿，才慢慢说："我都怕死了，还是第一次做这样的事。"

小樱立刻说："丁小姐不用怕，我跟教授一起走过很多地方了，也是习惯了才会这么……"

她的话还没说完，裴然就冷冰冰地说："让开些，你站在那儿让别人下来站在哪里。"

小樱怔住，红着眼看了一眼裴然，抿起唇让开位置。

丁瑶抬眼去看裴然，他眼眸深邃，侧脸看去鼻梁极为高挺，薄薄的唇瓣，高高的个子，宽肩窄腰，完美的线条，完美的声线，一举一动都带着非凡的魅力。

的确有让小姑娘神魂颠倒寻死觅活的能耐。

丁瑶默默地收回目光，站到他旁边，等待着大家都下来。

因为空间有限，在李教授和王教授还有万唐、袁城下来之后，裴然便让上面的人收起了绳子，等在那里，不要再下来了。

他们一行六人跟着裴然往前走，丁瑶在他身后，后面紧跟着结伴的李教授还有王教授，再后面是袁城和万唐，两人低声耳语，十分合契，唯有走在最后的小樱是孤身一人，甚至没有人回头查看她是否跟得上，是否安全。

小樱目不转睛地凝视着前方，心想，如果她消失在古墓里，他们会像紧张丁瑶那样紧张她吗？

尤其是教授。

他会因为他们的疏忽导致她失踪后，而产生一丝丝愧疚吗？

她真的，好想知道。

被盗墓贼捷足先登，真不是什么好的感受。

从盗洞下来，墓道有两个方向，一边黑漆漆的，一边却漆成了白色。

"我们该往哪边走？"丁瑶低声问裴然。

两位教授也望向裴然："你怎么看？"

裴然在两边墓道里都观察了一下，随后走回来说："中国古代认为万物先阴后阳，白为阳黑为阴，走黑色的墓道。"

大家都没有不同意见，很快便一起往黑色的墓道方向走，这里面十分黑暗，基本没有光线，全靠他们头顶上戴着的晃晃悠悠的头灯。

"如果我们走白色的墓道，会发生什么事？"丁瑶一边走一边问裴然。

裴然目不斜视地说："你可以去试试，我也很好奇那会怎样。"

丁瑶悄悄掐了他一下，他没一点反应，但这样打情骂俏的行为还是让后面的人看见了，也都因此笑了笑，凝重的气氛缓和了许多。

黑色，往往象征着黑暗和不好的东西，如果是普通人，肯定会选择走白色的墓道，但裴然做的决定，却显得那么可靠和让人信赖，没有任何人质疑。

黑色墓道很长，宽度也就勉强足够两人行走，越往里面就越窄，走到最后只能一人通过。

于是七个人便按照顺序排队前行，裴然是走在最前面的，有任何危险都需要他先面对，走在后面的丁瑶不免有些担心。

她把位置让给了两位教授，此刻她走在袁城前面，要去查看裴然的情况就得越过两个男人，有点难度。

但她可以听见稳定的脚步声，那就代表他没事。

不过，事态并不容乐观。

很快，队伍停了下来，周围的气氛陡然凝重了起来。

不是因为别的，只是因为三位教授级别的人都发出了惊叹。

丁瑶勉强透过缝隙朝前看去，袁城对于她如此费劲的行为实在无法忍受，直接掐着她的腰将她举了起来。这下视野是高了，前面是啥也看清楚了，可真挺吓人的，在这种阴森森的地方突然被触碰，很难不受到惊吓。

丁瑶不可避免地惊呼了一声，前面三位教授都朝后看来，丁瑶尴尬地朝后一踢，袁城只好放下了她。

"喂喂，好心当成驴肝肺，怕你看不见才举你起来，居然还踢我。"袁城散漫地念叨。

裴然凝视了他一会儿，慢慢收回目光，眉间多了一道刻痕。

黑色墓道的尽头是一扇门，青铜龙头雕刻得栩栩如生，威严的面容在黑暗中无比骇人，不论是精湛的雕刻技艺，还是它所出现的地点，都让人感叹不已。

如果说要打开入口处的石门需要费很大的功夫，那么这扇门要如何打开，也颇让人困扰。

如在门口时一样，大家开始四下寻找有没有什么开关。按照古人习惯，这样的墓室里总会有些机关，丁瑶这一次是切身感觉好像身处在武侠片里，靠到黑墙上喘了口气。

她还没缓过来呢，前面的龙门就打开了，众人瞬间顿住，都不明白是碰到了哪里。

丁瑶感觉到身后有什么东西鼓了出来，于是直起身朝后看，发现一块方形的砖挤了出来。

"在这儿！"

她清脆地说了一声。

大家都望了过来，所有的光芒都聚集在这里，那块砖上的图腾也落入了他们眼中。

繁复的龙纹，狰狞的面孔，如果说是皇室墓穴，可那龙的表情也太吓人了些，但如果不是，又会有谁胆子那么大，在古时候就用代表着权力的龙作为图腾呢？

随着方砖一点点凸出来，龙门也渐渐打开，令人非常意外的是，里面竟然十分明亮。

这可能是裴然考古史上发现的最诡异的墓穴，他在来之前就听说了这个地方很特别，真正进来之后，才会发现它的与众不同。

龙门后面十分明亮，是因为有夜明珠。

很意外，盗墓贼光顾过，可价值连城的夜明珠居然还在，这多可疑？

李教授激动地想上前，被裴然拉住了。

"先别进去。"他冷凝地说。

李教授不解地看着他，他抬抬下巴，众人望去，新的墓道中央有一具骸骨，衣裳残破，布满蛛网，一颗夜明珠在骸骨身边，闪闪发光。

万唐眉梢眼角都是兴奋："哇，该不会进去之后会有乱箭射出来，把那人给射死了？"

"已经是骸骨了，说明死了很久了，从盗洞的年份来看，这具骸骨应该就是盗墓贼的。"李教授分析说。

王教授疑惑道："可是不对劲啊，盗墓贼一般不会一个人来下墓，其他人呢？"

裴然淡淡地说："墓还没走完，会发现其他的骸骨也说不定。我先过去看看，你们不要动。"

众人压下心里的怀疑，注视着裴然迈出第一步。

丁瑶担心地说："你小心点。"

裴然动作一顿，回过头来微勾嘴角，露出温柔的笑容。

真是看得人羡慕嫉妒恨，毕竟这位可是平时总板着一张棺材脸的主儿，唯有对着那个人时才会露出这样的笑容，能不让人嫉妒吗？

事实上，虽然这里神神秘秘奇奇怪怪的，可的确没什么太大的危险。

裴然安然无恙地走到骸骨旁边，蹲下来观察了一下，望向门口处的大家说："过来吧。"

几人都走了过去。

袁城对着骸骨拍了几张照片，疑惑地说："是不是墓里之前有什么机关，盗墓贼死在了这里，机关是一次性的，所以我们再进来就没事了？"

裴然冷淡地睨了他一眼："袁摄影，你小说看多了。"

袁城挑了挑眉。

裴然漠然地说："有时候人比那些虚构出来的鬼神更可怕，我下过那么多墓，没有发生过任何奇怪的事，即便有，最终也都是人在作怪。"

丁瑶闻言，想起了在凌沧的事。

的确，那天在墓里也发生了许多奇怪的事，但其实是盗墓贼搞出来的。

裴然的话说得没错，可还是让人忍不住害怕。

一行人继续前行，并没有擅自动照明的夜明珠，因为谁也不知道会发生什么事。

在不能保证绝对安全的情况下，谁也不被允许拿走那些价值连城的东西。

越靠近里面，光线就越昏暗，墓道从窄又变得很宽，慢慢开始出现拐弯。脚下有什么声响，丁瑶低头一看，是飞快跑掉的虫子，分辨不清它的模样，但还是让人毛骨悚然。

丁瑶忍不住朝前几步和裴然并肩。

其实很奇怪，这里有许多人，有比裴然身材更加伟岸的袁城，也有比裴然年纪更加值得依靠的教授，但丁瑶只有在裴然身边时，才会觉得是安全的。

他总会给人一种难以言喻的安全感，好像没有什么事是他搞不定的，他似乎无所不能。

时间不早了，他们已经下来了一段时间，该上去了。

在这个时候，前路也终于有了更有价值的发现。

他们发现了一个墓室，没有墓门，大敞着，凹陷进去的坑，棺材摆在里面，只有盖是凸出地面的，有被人挖掘过的痕迹。

裴然大跨步朝前走，蹲在棺材前观察着，是石棺，但不确定里面是否套了木棺。从外面的痕迹来看，虽然被挖掘过，但没有人能打开它，因为设备不齐全。

不过，从石棺周围凌乱不堪的状况来看，这里的陪葬品恐怕早已经被洗劫一空。

"我们……"裴然站起来要说什么，却被人打断。

万唐惊讶地说："哎？小樱怎么不见了？"

众人这才发现，刚才一直跟在队伍最后面的小樱不见了。

她悄无声息地消失在了这个诡异的古墓里。

"不必着急，"裴然轻声道，"这里只有一个出口，回去问一下她有没有上去，如果没有，就在下面找。"

万唐按照裴然的吩咐原路返回去询问，可他回来时带来的消息却是令人遗憾的。

"小樱没上去，尹征他们没收到任何消息。"万唐紧蹙眉头，"按理说，她也算有经验，不会走丢或者乱跑啊，这到底是怎么回事？"

裴然看了看腕表："时间差不多了，我们先离开这儿再说。"

两位教授还想再好好研究一下石棺，可看时间确实不早了，山上的条件不允许久待，也只能先行离开。

上了年纪的专家直接回了地面上，丁瑶、裴然还有万唐和袁城他们四个继续在下面寻找小樱。

从黑色墓道那边一路回来，他们都没发现小樱的身影，那么唯一的可能就是，她在白色墓道那边。

那里还不曾去过，是否安全也未可知，但小樱一个年轻女孩，又怎么能把她留在墓里？

无论如何都要去白色墓道那边寻找她。

裴然站在盗洞下面，拉下绳子系在丁瑶身上，用不容置喙的语气说："你去上面等。"

丁瑶担心地拉住他的手："那你呢？"

裴然望向白色墓道那边，漫不经心道："我去那边找她。"

丁瑶抿起唇，看上去有些不情愿。

裴然拍了拍她的手背，柔声道："不必担心，我有分寸，她是我的学生，是我把她带到这里来，我就得把她完整无缺地带回去。"

至于带回去之后还要不要继续让她跟着，那就取决于她消失的原因了。

丁瑶没办法，裴然十分坚决，她只能先上去等着，但上去之后她还是不放心，尹征见此，主动下了墓去帮忙。

丁瑶和几个本地的工作人员一起在上面等着，天色越来越晚，下面一点声响都没有。

丁瑶紧握着手机坐在盗洞旁边，紧紧盯着洞口，期盼着裴然的声音响起。

忽然，里面发出几声巨响，大得好像要把墓室震塌一样，丁瑶瞬间站起来，其他工作人员也上前来查看。放在盗洞边的绳索被人从下面拽了拽，丁瑶和众人立刻帮忙拉着下面的人上来，人一上来，丁瑶的脸色就变了几变。

是小樱，她脸色苍白，像是遭遇了什么可怕的事，哆哆嗦嗦地歪倒在草地上，丁瑶上前询问："小樱，裴然呢？"

小樱倏地回神，嘀嘀咕咕地念着"裴然"的名字，却给不出一个答案。

丁瑶没心思再等，直接顺着绳索滑了下去，这次可比第一次果断和娴熟多了，把旁边的工作人员都镇住了。

丁瑶也说不清自己现在的想法，但她能确定的是她此刻无所畏惧，她不怕任何意外，她就是要下去一探究竟，找到她的男人。

丁瑶脚一落地，便固定好头灯毫不犹豫地朝漆成白色的墓道那边跑去。

随着奔跑的动作，她头顶戴的头灯不断地颤动着，画面也开始晃动，光线朦胧。

路好像瞧不见尽头，她不断遇见转弯，每次都毫不犹豫地拐过去，但很快，她就停下了脚步。

她面临了一个难题。

两个方向，不知道裴然他们去了哪边，墙壁上有奇怪的壁画，全是残缺的古人身体和叫不出名字的虫子，不确定代表着什么意义，总之毫无美感。

丁瑶吸了口气，犹豫片刻，站在交叉口提高音量唤道："裴然！"

她只喊了一声，但无数声回音反射回来，即便是自己的声音，听起来也有些骇人。

丁瑶壮着胆子又喊了一次，孤身一人站在这黑漆漆的墓道中，她想，这是她这辈子做的最勇敢的一件事了。爱情真的可以让人失去理智，做出平时根本做不出来的事。

好在，裴然总是不会让她失望。

她的呼唤落下后三四分钟，在她正苦恼到底往那边走时，裴然的身影出现在了她的视野里。

起初，因为那忽然而至的脚步声，她还有些担心，但很快她就安下了心，眼眶发热地看着左边的墓道。

她看见了那个熟悉的男人的轮廓，他奔跑着朝她而来，气质沉稳又高贵，透过眼镜片望着她的眼神温情脉脉。

真好，他没事。

带着这样的念头，在裴然到达她面前，正拧起眉要责怪她擅自下来时，她紧紧地抱住了他，吻上了他的唇。

他一怔，双手僵硬了一下，慢慢环住了她的腰，回应了她的吻。

随后赶来的万唐、尹征和袁城看见这一幕，前两人都露出了会心的笑容，唯有第三人的表情耐人寻味。

似嘲讽，又似艳羡，袁城别开头，闭了闭眼。

直到回到寨子里，神秘消失了一段时间的小樱依旧一言不发。

不管谁来问，哪怕是裴然，她也仅仅是抬一抬眼，只字不言。

这不免让人觉得有些怪异。

裴然对此的做法是，无限期取消孙小樱的一切跟队工作，留她在寨子里养着。

听到这个消息，小樱终于有了一点反应，她双手合十祈求地说："别，我要去工作，别把我一个人扔在这儿，求您了教授，求您了！"

裴然只轻问了句："那么，你在墓室里到底出了什么事？"

小樱噎住，哑口无言。

裴然瞥了她一眼，直接对丁瑶说："她最近情绪不太稳定，你收拾一下东西，搬过来和我住。"

其实这个想法他早就有了，但一直不太好付诸实践，他从不是那种分不清工作与私人生活的人，小樱的事给了他很好的理由。

听见这个要求，小樱简直要炸了，抱住丁瑶就不撒手，哭着说："瑶瑶姐你别走，别把我一个人扔在这儿，我害怕……"

裴然的话听起来不近人情："古墓那种地方你都可以独自行动，这里到处都是人，你又有什么可害怕的？"

小樱噎住，慌乱无措地说："教授，我……我……"

她"我"了半天，却说不出个所以然，让人无法信任。

"小樱，你自己好好想想吧。"丁瑶也无可奈何，她轻轻拍了一下小樱的肩膀，开始收拾东西。

小樱注视着她将行李装好，与裴然携手离开，脸上的表情变化万千，陌生而诡异。

丁瑶眯了眯眼，转身离开，给她关上了门。

"我觉得小樱不太对劲。"

进了裴然的房间，丁瑶就压低声音说了这句话。

因为担心隔壁的人听见，她刻意把声音放得很轻，不过没关系，裴然还是可以清晰地听见。

"她的确有问题。"裴然一边说话，一边脱掉黑色的外套，露出里面灰色的毛衣和雪白的衬衫领子。

丁瑶瞬间有点慌乱，红着脸说："还没吃饭呢，你脱衣服做什么……"

裴然恍若未闻，继续说："你知道我在白色墓道那边看见了什么吗？"

丁瑶好奇地望着他："什么？"

裴然与她对视，慢慢朝她走来，特别利落地脱了毛衣，只剩里面纤尘不染的白衬衣。

说实话，丁瑶从来没有见过哪个男人把白衬衫穿得像裴然这么好看。他没戴眼镜，散漫的样子与平日里一丝不苟的模样有很大区别，他有些疲倦地走到她身边坐下，揽住她的肩膀，语调平和舒缓地说："我见到许多骸骨，还有珍贵的文物，它们散落一地，满是灰尘……白色墓道的墙壁上，绘制了许多奇怪的壁画，你应该也看见了。越往里面就越密集，我有一种预感，从墓道里面的构造来看，那里可能是用来祭祀的……"

他慢慢睁大眼，目光坚定："我猜测，白色墓道可能在用一种很残忍的方式祭祀先人，那些死在那儿的盗墓贼，都是例子。"

丁瑶心中升起一丝凉意，压低声音说："你是说……活人献祭？"

裴然竖起食指放在唇上，轻轻地"嘘"了一声，目光望向与隔壁交接的墙壁，眼神深邃，让人捉摸不透他此刻的想法。但可以确定的是，他对于小樱这个学生，已经没有半分师长情分。

这一晚，与裴然一起到过白色墓道的人都难以安枕。

尤其是袁城。他拿出相机，耳边回响着裴然的警告，里面的照片一张张闪过，随便一张拿出去都可以轰动世界。这对一个摄影师来说，非常具有诱惑力，但他知道，他不能公布。

裴然允许他拍下来，只是专门用于考古队研究，如果他擅自发布，后果可想而知。

袁城自嘲地笑笑，将照片导入电脑中，看着那些奇怪的图案和骸骨，以及满地流落的"宝藏"，心想，这些要是拿出去，肯定都以为是电影的布景，但他心里知道这都是真实的，这就很难不让人不由自主地产生一种凝重情绪。

他一夜没睡，脑中不断回想着当时在白色墓道见到的画面，这对一个摄影师来说，可能是一生的奇遇。

第十章

影子人谜团

同样的，裴然也没有睡觉。他低头看看怀中安睡的丁瑶，手指轻轻抚过她的脸颊，接着视线转向窗户。

虽然拉着窗帘，但窗帘很薄，还是有月光照射进来，树木的影子随风摇曳，投射在窗帘上，稍一恍惚，便会以为是什么梦魇。

忽然，一个人影从窗边闪过，很快，轻盈极了。

裴然瞬间起身到床边查看，但外面已经什么都没有，只有呼啸而过的寒风，以及簌簌飘落的雪花。

"怎么了？"丁瑶惊醒，坐在床上疑惑地问他。

裴然面无表情地凝视着黑暗中雪白的地面："没什么，下雪了。"

丁瑶也睡不着了，揉了揉眼睛下床。她穿着柔软的睡衣，雪白的颜色，黑色的长发披散在身后，走到他身边便靠在了他身上。

"还真是下雪了，下得好大，看来明天山路更难走了，我们还要上山吗？"她仰头问。

裴然安静了一会儿道："不去了，留在这儿，我有更重要的事要做。"

事情越来越复杂了，他要留下来，查清楚到底是怎么回事，这是目前最重要的事。

作为本次考古行动的队长，保护所有人的安全，是他的责任。

次日一早，公安局的人来了。

他们带来一个消息，也希望裴然和丁瑶配合调查。

他们在上次丁瑶掉进去的山洞里发现了五个人的骸骨，因为年代久远，已经没有什么有价值的线索，但从骸骨上判断，里面有人是中毒死亡的。

丁瑶和裴然是最先发现这些的人，公安局的人希望他们可以提供一些线索。

但很遗憾，那一晚的事，丁瑶除了恐惧和害怕，什么都不记得了，甚至那里面是什么样她都没看清楚。

公安局的人商量了一下，决定带他们上山去那里看看现场。

如今，现场已经被封锁，在深山之上的山林中，应该也没什么人有那种癖好去那里逛游，但等他们冒着寒风和雪上了山，却在那里发现了脚印。

"有人来过这里。"越过警戒线，宋警官皱着眉说，"这样的天气，没有人会无缘无故地到这种地方来，看来这件事牵扯到的人还在这附近生活，并且密切关注着我们的行动。"

裴然慢慢替丁瑶裹紧围巾，她在他的强迫下不得不穿得好像一个球，行动都有些不方便。手上的手套是他一大早去市集上买的，也不知是不是因为是他买的，戴上之后感觉非常温暖。

她哈出雪白的气，笑眯眯地踮起脚亲了一下裴然的脸。

裴然依旧表情严肃。

"你们俩看起来真淡定。"一位警官实在看不过去，诚恳地说，"同志，单身狗也是狗，可以不爱但不要伤害啊。"

丁瑶朝对方歉意地笑笑，在警官的带领下，回到了那个给她带来过噩梦的地方。

当时她真的以为自己死定了，已经在心里给自己安排了一百次后事，可最终还是不愿意就这么离开这个世界。

她才刚拿下裴然，还没享受过他的美味，就这么撒手离开，做鬼都不会安心啊。

"所以，这就是激发你求生意志的原因？"

耳边响起裴然的话，丁瑶倏地发现自己居然把心里话给说出来了，无比尴尬地望向他。

"呃……"她转开眼，不敢与他对视。

他扣住她的下巴，强迫她跟他对视，然后一字一顿，极为认真地说："丁瑶，你真是好样的。"接着，压低声音，意味深长道，"晚上，我会让你好好享受我的美味。"

丁瑶："……"

裴然放开她，两人终于要直面那个山洞。

警方已经将这里整理过，洞口处的杂草不见了，白天可以清晰看见里面的样子。

因为近几天气候寒冷，里面的水已经结冰，再加上今天下雪，里面已经是白茫茫的一片，看不出什么蛛丝马迹。

宋警官说："骸骨我们已经取走拼好，我们怀疑那些死者是被人杀害后抛尸在这里，一直都没被发现。"

这个猜测有些残忍，但除此之外，也没有其他的好解释。

没有人会集体跳进山洞自杀，更不要说，从法医的鉴定来看，其中有人中过毒。

中毒死后，被抛尸在那里，会跟山上的古墓有关系吗？

离开时，丁瑶时不时会转头看看那个被封锁的山洞，雪花中，它显得神秘而可怕。

犹记得逃出来那晚她踩碎了什么，现在想想，搞不好就是其中一具骸骨的某个部位。

有些后怕，丁瑶收回视线挽住裴然的手臂回去。

回去之后，裴然和袁城一起去了公安局，袁城之所以跟去，是因为那些照片都在他手中。

当宋警官看到那些墓里面的骸骨照片时，也为之震惊。他蹙眉思索片刻，有了个大胆的想法。

"你们说，山洞里会不会也是那些盗墓贼的骸骨？他们逃出来后分赃不均所以自相残杀？"

裴然低声道："如果是这样，就该是外部伤致死，而不是中毒致死。"

言之有理。

宋警官十分苦恼，但这是警察的事，裴然他们终究要离开。

大雪封山。

工作必须暂停。

留在苗寨里这几天，裴然每晚都会醒来，因为那个诡异的身影每晚都会出现。

丁瑶时常睁开眼就能看见他站在窗边。

裴然在思考什么，他暂时不愿意讲出来，没有关系，她可以安静地等待，不打搅他。

暂停工作的第三天，苗寨的族长忽然找上门来，说要请他们一起吃顿饭，这让大家都十分意外。仍然记得，他们一开始要到这里来工作时，不管是租房还是饭食，对方都十分抗拒提供的，即便他们会支付金钱。

如今是怎么了，族长居然主动请他们吃饭了？

尽管有疑问，但还是必须赴约。

夜幕降临，考古队的工作人员开始顶着寒风前往族长的住所。

那里离他们这儿有一段距离，房屋又密集，不太适合开车，只能走过去。

这些人里，本来小樱并不被允许出席，她最近整个人都很神经质，大家担心她又忽然失踪，才没有通知她。

但很意外，族长路过她房间时，也不知是不是巧合，他发现了她，并且特地嘱咐了这件事。

丁瑶问身边的裴然："你觉不觉得这件事很奇怪？"

裴然扫了一眼身后。

小樱目不转睛地盯着他，那执着的眼神让人心生厌烦。

"我会注意，你不必担心。"

听见他的话，丁瑶顿时安了心，舒缓地笑了笑，继续朝前走。

族长的住处比其他的木屋子都要大一些，很宽敞，容纳他们这么多人也不觉得狭窄。

只是屋子里很冷，比起外面似乎还要冷一些。进入之后会在大堂见到许多民族特色的东西，有悬挂的面具和奇怪的画卷。画上有个穿着民族服饰的男人，两手拿着两个大号角，正在吹奏。他身后的背景看上去有些熟悉，但一时想不起来是哪里，灰蒙蒙的，十分阴暗。

"大家坐吧，不必客气。"

穿着民族服饰的族长低声让大家入座，这里已经准备好了丰富的晚餐。

大家纷纷坐下，丁瑶悄悄观察着族长。他年纪很大了，有七十多岁，两鬓斑白，人很瘦，颧骨凸出，这里没有电灯，只有蜡烛，昏暗的灯光让他的模样看上去十分吓人。

丁瑶魂不守舍地坐下，她坐在靠墙的位置，刚坐下忽然感觉身后有些硌得慌，于是扭头看了一下，瞬间吓了一跳。

青面獠牙的面具，刚才硌着她后背的就是面具上的獠牙。

那面具上镂空的眼睛，好像在冲着她诡异微笑。

然后就真的有人笑了起来，阴鸷、可怕的笑声，丁瑶浑身一震，回过头来，正对上族长意味深长的笑脸。那个笑脸让她猛然想起为什么会觉得墙上那幅画熟悉，那幅画的背景就是墓室里的白色墓道！而族长这个笑脸，与白色墓道墙壁上绘制的壁画人物是那么相似。

真是令人毛骨悚然的发现。

丁瑶倒吸一口凉气，收回视线。

裴然直接站起来挡在了她面前，淡淡道："我们换座位。"

丁瑶握住他的手，慌乱的心情好了许多。

她走到他的座位坐下，与小樱之间只隔着一个万唐。

她扫了那边一眼，小樱竟然也在笑。

自从那次诡异的失踪事件之后，小樱几乎都没有笑过，更是不曾笑得好像现在这么不怀好意。

丁瑶收回了视线，安安稳稳地坐在椅子上，在桌子下面抓住了裴然的手。

裴然直视前方，恍若这件事没有发生。

他打量了一下族长，开口讲话，把对方的视线转到了他身上。

"还不知道贵姓？"

裴然说话时不算非常礼貌，表情也很冷淡，甚至有点不耐烦。考古队的许多人都对这场饭局所处的地方感到不适应，他们都皱着眉，只有小樱嘴角一直噙着笑，还在悠闲地喝茶。

外面又飘起了雪花，这几天都是这样，断断续续不停地下着雪，地面上的积雪还没有化，就又盖上了一层。这里又不比城市，有人扫雪也有扫雪车，山脚下人迹罕至的，没几个人愿意主动清理。

老族长眯了眯眼，轻声细语地说："叫我引勾族长就可以了。"

苗族的名字，不太懂其中的含义，丁瑶也不在意，她不着痕迹地打量着墙上那幅画。

那幅画有戴着面具的人在白色墓道里作法的画挂在这儿，让人很难不怀疑引勾族长和这整个苗寨和墓道里的尸体有什么关系，甚至让人觉得他们可能就是那批盗墓贼，又或者是用活人祭祀的元凶。

只是，如果真的是这样，他为什么还敢如此大张旗鼓地把画挂在这里？

他明知道他们今晚会过来吃饭，甚至……

"墙上那幅画不错，不知道能不能借给我欣赏一下？"

在丁瑶还在观察的时候，裴然居然直接开口要了，这可真令人意外。

引勾族长显然也难得地很惊讶，他微微睁大眼，身边的年长女子用奇异的眼神凝视着裴然，其中的含义实在复杂，以丁瑶的功力，还无法揣测得太清楚。

小樱似乎有些着急，她也不笑了，紧张地看着裴然，欲言又止的样子。

裴然目不转睛地盯着引勾族长，手上捏着木杯子，里面是热水，还在冒热气。

引勾族长露出耐人寻味的笑容，他抬抬手，对身边的女人说："阿朵，去把画摘下来，借给裴教授好好研究研究。"

叫阿朵的年长女人有些惊讶，拧眉瞥了一眼裴然，还是起身摘画了。

她穿着苗族的传统服饰，走起路来叮叮当当响，这声音很熟悉，好像在哪里听过，但一时想不起来。

丁瑶有点担心地看向裴然，裴然在桌下握着她的手紧了紧，悄无声息地安抚着她焦灼的情绪。

她舒了口气，告诉自己要冷静，他可以处理得很好。

她现在可以肯定，裴然也看出了画上的问题，但她不解，为什么他会这么直白地讲出来。

不过转念想想，他的性格就是这样，会这么做也理所应当。

阿朵拿着画来到丁瑶这边，越过她将画递给裴然，眼睛却没注视接画的人，反而看着丁瑶。

忽然，她莫名其妙地说了句："小姐长得很漂亮。"

丁瑶愣了愣，道："谢谢。"

阿朵勾起嘴角笑了笑："不用客气，您跟我说谢谢，那太折煞我了。"

丁瑶不解她的意思，她看着丁瑶的眼神好像她才是晚辈，可她明明比丁瑶年长许多。想不通怎么回事，丁瑶只能回了一个勉强的笑容，随后转开视线，看着裴然。

裴然淡淡地说："很感谢您对我女朋友的夸赞。"

老妇人阿朵皱皱眉，低低念道："您的女朋友？您不应该这样。"

裴然斜睨着她说："我为什么不可以这样？"

老妇人看上去开始有些激动，她握着拳说："不，你们有没有……"

她的话还没说完，引勾族长忽然大喝一声说："回来！不要怠慢了客人！"

丁瑶被吓了一跳，直接后撤躲到了裴然怀里。

裴然紧紧抱着她，小樱注视着他们伉俪情深的画面，握了握拳，转开眼睛，紧紧盯着自己眼前的杯子，克制着。

陆陆续续地，盖在菜上的罩子被撤下去了，很难想象这样的穷乡僻壤会有什么好菜，但今晚的宴席的确不错，鸡鸭鱼肉，齐了。

"粗茶淡饭，招待不周，还望见谅。"引勾族长轻笑一声慢慢说道。

大家看着这桌子比起他们最近的吃食来说堪称御膳的菜，这也算粗茶淡饭的话，那他们之前吃的就都是狗粮了。

"千万别客气，开始吧？"

见大家都不动筷子，引勾族长先动了筷子，但眼睛根本没看他夹的菜一眼。

这顿饭真是吃得人很糟心，根本就没心思享受美食，精神高度紧张，丁瑶更甚。

回程的时候，走在路上，裴然不停地替她整理帽子和围巾，雪花落在他没有戴手套的手上，很快融化，他呼出白色的哈气，却好像感觉不到冷，眉头都不眨一下。

丁瑶握住他的手使劲塞回他的大衣口袋，严肃地说："我一点都不冷，你别管我了，你的手都凉成什么样子了。"

裴然不为所动地强调："我是男人。"

丁瑶叹了口气，把手抄进兜里，让他无计可施，转开话题说："这个引勾族长怪怪的，这顿饭我都怕是鸿门宴，我们吃完了回去全部食物中毒。"

裴然望着前面，他们的住处快到了，因为又下雪了，前面白茫茫的一片，连个脚印都没有，大半夜怪瘆人的，还好人多。

"别担心，万事有我在。"

他说得很轻，甚至有些匆忙，但那种可靠的安全感却让丁瑶非常安心。

她挽住他的手臂，两人举止亲密地朝前走。

袁城摸了摸鼻子，安静地跟在后面，尹征和万唐在讨论那幅画，他们没有带回来，但裴然在席间已经全都记在了脑子里，而作为裴然的学生，他们俩在这方面的记忆力也非常出色。

只有小樱，慢慢地走在最后，雪花在她身上落得很厚，她也不拍掉，整个人冻得瑟瑟发抖，鼻尖红极了，眼眶也发红，要是还能流出眼泪，估计可以直接冻成冰。

这个世界对她很不公平，非常不公平，她不能让一切就这样下去，她要改变这个现状。

小樱吸了吸气，加快了脚步。

夜越来越深，雪越来越大，所有人回到住处就直接回去休息取暖，小樱也不例外。她回到房间，二话不说直接贴到墙壁上，听着隔壁房间的动静。

丁瑶回了房间，看了一眼小樱屋子那边，又看看裴然，压低声音说："我们换个房间吧？"

裴然扫了一眼她刚才看的地方，其实他们都在猜测，小樱和苗寨的人是否有什么联系，她今天的表现太反常太出奇，但在没有确凿证据之前，他们也做不了什么。

思索片刻，裴然点了一下头。

小樱听见隔壁房间里有不少响动，很长时间才停止，过了一段时间又有人声响起来，是尹征和万唐的声音。

"教授真是太好了，把这么好的房间让给我们，我一定跟他一辈子！"万唐兴奋地放下行李。

尹征白了他一眼："谁要和你一辈子，教授又不喜欢男人。"

万唐踹了他一脚："起开，谁说那种意思了，哥也是直男好吗？"

尹征嫌弃地看着他："你要不是直男，我会和你一个房间？"

两人打闹着，这对话对隔壁的小樱来说却好像刀子在剜她的心。

"他居然换房间了。"小樱喃喃地说着，跑到门口开门出去，望向万唐他们之前住的那个房间，离这儿有几米，正对着现在的这间房，中间还立着一盏挂灯。

那房里果然亮着灯，但窗帘拉着，只能看见模糊的人影，可就算这样她也能认出来那是谁，那是她心心念念的教授。

"我们就这么换了房间，也不知道小樱会怎么想，会不会又受刺激？我感觉她最近精神不太好，要不我们找个心理医生给她看看？"

房间里，丁瑶一边收拾东西一边问裴然。

裴然坐在书桌前画画，手里捏着铅笔，推了一下眼镜，台灯的光芒为他整个人镀上了一层淡淡的金色。

"那样只会更刺激她。"他技艺娴熟地勾勒着一幅素描画的雏形，赫然就是方才在引勾族长那儿见到的那幅画。

他淡淡地嘱咐丁瑶："随她去，什么事都不要跟她讲，也不要靠近她，你离她越近就越危险。"

丁瑶深以为然，感慨地说："我理解，蓝颜祸水嘛，我会小心的。"

裴然回眸，挑起眉，昏黄的光线下，当真是眉目如画。

"你说什么？"

他轻描淡写地询问，但深邃的眸子明显蕴藏着叫危险的东西。

丁瑶直勾勾地望着他，挑衅似的站起来，婀娜多姿的身段，性感妩媚的长发，本就俏丽美艳的五官越发诱人起来，看得人不自觉滑动喉结。

"你……"裴然喟叹一声，转回头继续画画。

他能感觉到她一步一步地走到了他身后，双臂环着他的脖颈，低下头来将下巴放在他肩上，吐气如兰道："在画什么呢？"

画什么？脑子里已经一片空白了，只记得她穿着什么。

"咦？"她似乎一点都没发觉，正打量着他的素描画，"这不是我们吃饭时你看的那幅画？你居然能默下来？"

裴然抓住她放在他肩上的手腕，压低声音道："我还会做很多令你意想不到的事。"

丁瑶低下头，坏心眼地笑了笑说："是吗，不妨试试看……"

深夜。

丁瑶嘴角勾着，睡得很安稳，大概还是有点冷，她把被子拉得很紧。

裴然收回落在她身上的视线，继续盯着窗外。那个诡异的白色影子又出来了，它从左到右，轻飘飘的，像随风而行一样，很快又消失了。

裴然穿上外套，轻手轻脚地开了门，快步跟了上去。

他来到屋子的后方，走下台阶，屋子角落，任何视角盲区，都没有一丁点可疑的痕迹。

侧头看向地面，因为下了一夜的雪，雪地上没有一丁点脚印痕迹，方才那个影子如果真的是人，不可能这样凌空飞走，必然会留下痕迹的。

这件事似乎越来越诡异了。

裴然不信鬼神。

他坚信是有人在装神弄鬼，希望他们知难而退。

那个人恐怕要失望了。

裴然无视越下越大的雪，披着一身白色的雪花回到他和丁瑶所住的木屋门口，站了几秒，朝前方走，来到一盏夜里长明的灯前。

古朴的灯罩着灯罩，它悬挂的方位按理说是会有落雪在上面的，照雪下的时间和大小来看，落雪的厚度应该还不小，可很奇怪，上面只有挺薄的几层，看上去应该是才落不久。

裴然眯了眯眼，从院子里搬来一个墩子放在那儿，站在墩子上试着将挂灯的灯罩拆下来，很快就达到了目的。然后就发现，灯罩上有一个小架子，里面还有很多化了的蜡痕，蜡遇热会融化，挨着发热的灯泡那么近，会融化很正常。

那么，在它融化之前，是什么样子的？

裴然将一切又恢复原样，悄无声息地回到了房间，褪去衣服睡觉。

雪下了一夜才停，山路被积雪覆盖，考古队的工作无法进行，只能暂时搁置。

裴然白天就和其他考古人员一起对照资料研究拍回来的照片，小樱身为考古队一员，一整天都没出现，但大家好像都没发现一样，唯独万唐察觉到了。可大家都不说，他也没当回事，只以为对方在休息，还不能来一起工作，毕竟小樱的精神状态是真的不好。

裴然工作的时候，丁瑶就在一旁观察和学习，偶尔记一下笔记，自从跟随考古队一起工作之后，她了解到了许多以前根本不知道的东西，那些神秘的文化，吸引着她去更深入的了解。

到了晚上，裴然总会先把丁瑶哄睡，等丁瑶睡着了，他再起来，站在窗前凝视着窗外。

今夜，那个影子人还会出现吗？

这毋庸置疑。

它一定会出现。

只要它的主人的目的还没有达到。

果然，在入夜之后，伴随开始下的雪，那个神秘的人影又出现了。

这次裴然没有犹豫，直接开门出去了。他并没发现丁瑶已经醒了，正欲跟他说话。

见裴然急匆匆地出去了，因为担心，丁瑶简单地穿了衣服跟着出去了。

丁瑶没费什么力气就找到了裴然，因为他没走远，就在不远处，站在一个木墩子上，正在拆卸一盏挂灯。那盏挂灯被呼呼而过的冷风吹得晃来晃去，有些奇怪的影子投射在窗子上、地面上，怪瘆人的。

丁瑶走过去小声问："怎么了？"

裴然回头看了一眼，微微诧异，又见她穿得那么少，眉头不赞同地皱了起来，但因为手下的事太紧急，也没顾上"教育"她，就直接将灯罩拆下来。果然……在挺大的灯罩侧边，有一个很小的架子，能看到上面立着用蜡烛做成的小人，灯罩放下来稍微晃动一下，蜡烛人的影子就投射在墙上，从很小变成很大，在夜里显得有些骇人。

裴然看了一下，又将中空的大灯罩按照原来的样子罩回去，拉着丁瑶离开那儿回到房间。两人一起站在床边，看着挂灯随着冷风一晃一晃，一个好像人一样的影子慢慢在他们的房间门口随着挂灯摇晃的角度晃来晃去，丁瑶一下子明白了是怎么回事。

"这些天你晚上一直不睡觉，就是因为这个？"丁瑶苍白着脸问。

裴然悠悠道："嗯，我感觉，做这件事的应该跟之前将掩埋了多年的盗洞清理出来好让我们发现的那人是一伙的，这伙人，很可能和山上那个坟坑里的死者有关系。"他望向丁瑶，"记不记得墓道里的祭坛？坟坑里的人是中毒而死，后来又被抛尸，现在已经只剩下骸骨。"

丁瑶浑身汗毛都竖了起来："或许那些盗墓贼生前就被人给控制了，下了毒扔在祭坛上进行祭祀。"

裴然放下窗帘，淡淡地补充完她的猜测："活人祭坛，他们中毒之后在祭坛上一点点失去生命，就好像是某些先祖在一点点吞下他们的生命和灵魂。"

丁瑶忍不住打了个寒战："太残忍了，就算是盗墓贼也不应该……"

裴然揽住她，他的怀抱温暖而可靠。

丁瑶靠着他，两人陷入了长久的沉默。

第二天一天，丁瑶哪儿也没去，就待在屋子里注视着不远处的挂灯，这是裴然留给她的任务。

丁瑶一整天都不敢分神，但下午三点多时才有一点收获。

一个长得很陌生的女孩急匆匆地走到了这边，左右环视了一下，灵活地跳上台阶，扯过之前裴然用过的那个木墩子，又垫了点别的东西后离开了。

丁瑶屏住呼吸，用手机将那女孩全程的行动都录制了下来。

夜里裴然回来的时候，丁瑶将录像播放给他看。

裴然将录像拷到自己的手机里，随后将丁瑶手机里的录像删除。存有证据这样的危险，还是由他来承担。

第十一章 🌿
祭祀新娘

又过了两天，被积雪覆盖的山路被简单地清理了出来，但上山还是有些危险。经过一番商讨，考古队决定派一辆车上去进行之前发现的一号棺的清理工作，然后用机械将一号棺运送下来，进行实验室考古。

裴然自然要走这一趟，一辆商务车里，最多坐下七个人，还得挤一挤才坐得下。丁瑶站在车子外面朝里面张望，袁城直接越过她上了车，拍拍她肩膀说："我去吧，天寒地冻的，女孩子不要出来冻着了。"

这一次裴然难得地没有跟袁城持反对意见，他蹙着眉头说："你回去。"

丁瑶犹豫了一下点头说："那我就不占地方了，你们路上千万小心点，雪天路滑。"

万唐坐在驾驶座上笑着说："师娘你就放心吧，我的车技还是很不错的。"

丁瑶现在已经可以非常自然地对待这个称呼，大概是因为她已经是名副其实的师娘了。

目送他们一行人离开，苗寨里只剩下丁瑶和小樱两个人。小樱站在她的房间门口面无表情地望着她。

丁瑶一回头就瞧见了她，小樱脸色苍白，衣着单薄，手指紧紧扣着门框。

丁瑶迟疑了片刻，抬脚走向她，一步步走上台阶，停在她面前。

"天很冷，你穿得这么少站在外面很容易感冒。"丁瑶淡淡地说。

小樱露出凄婉的笑容："想不到，最后这帮人里，来关心我的居然是你。"

丁瑶微微挑眉。

小樱看着她，一字一顿地说："别怪我。"

丁瑶疑惑地看着她："你说什么？"

"没什么。"小樱转身离开。

丁瑶微微蹙眉，总觉得风雨欲来。

她转身回自己的房间，走进屋时顿了一下，直觉好像有什么不对劲，但屋子里没什么异常。她站了几秒钟后转身关门，刚关上门，后颈突然一疼，眼前一黑什么意识都没有了。

山上。

裴然一行人过了很久才到达目的地，因为路滑，车不能开太快，不然很容易掉下山崖。

本来一个小时的车程，整整开了两个小时。

终于到达目的地时，万唐的手心已经都是汗了。

"我的妈呀，这可真考验心理素质。"万唐喘了口气，开门下车，大风吹了他一脸雪花，他抬头看了看周围被大雪覆盖的树，叹了口气，"这可真是名副其实的喝西北风。"

尹征从他身边走过，胳膊戳了他一下说："快走吧，没见教授都下去了吗？"

他们还是从之前的盗洞下去，古墓的入口处由专业施工人员发掘，但近两天大雪封山，他们也一直没上来。

裴然第一个下了墓室，站稳后，他推了推眼镜，扶正头灯，让开位置等其他人下来。

大家陆陆续续都下来之后，开始朝黑色的墓道那边前进。

裴然走着走着，忽然回头望了一眼白色墓道的入口，心里有些不踏实，也不知是因为什么。

"教授，怎么了？"尹征疑问道。

裴然摇了摇头，收回视线，朝黑色墓道的方向而去，白色墓道处忽然落下几片树叶，寥寥落落，好像有什么重要的东西被遗忘在了那里。

一路都很顺利，除了有点冷之外，没什么值得感慨的。

一行人很专业地开始工作，直到裴然的手机忽然响起来。

电子设备在这里信号很微弱，电话打进来几秒钟就断了，裴然也没去理会，但很快电话又响起来，裴然不得不直起身，摘掉了手套，拿出手机查看电话。

看见屏幕上丁瑶两个字，裴然立刻按下了接听键，可也不知是不是信号不好，电话里只闪过似乎是丁瑶尖叫的声音后就断了。

裴然彻底无法专心工作了，他开始不断回拨电话，但因为信号问题很难拨通，好不容易拨通了一次，那边却是个冰冷的女声在不断重复"您拨打的电话已关机"……

关机了？怎么会，刚给他打过电话就关机了？

回想起那个类似于尖叫的声音，裴然立刻收起手机说："今天先到这儿，马上回去。"

"怎么了？"袁城担心地问。

这个时间已经顾不上去介意某些东西，裴然只是冷着脸说："丁瑶可能出事了。"

袁城二话不说立刻往回走。

万唐和尹征担忧地对望了一下，和其他考古队的成员一起离开。

来到盗洞下时，裴然似乎听见了白色墓道那边传来了什么声音，好像是铃铛，可归心似箭的他只拧着眉犹豫了一下就走了，并没去查看。

其他人也是这样。

黑暗中，有穿着苗族红嫁衣的女人被拖着朝白色墓道深处前行，她好像听见了盗洞口处的人声与脚步声，伸着手想要求救，嘴巴却发不出一丁点声音。

人声一点点地消失，她越来越靠近白色墓道的深处，无边无际的绝望吞噬了她。

无数的铃铛发出丁零零的响声，她开始意识模糊，墓道的尽头，圆形的祭祀台上摆着一副棺材。古旧的棺材盖被打开，她被放进棺材里，鼻息间满是腐朽的味道，有粗糙的手为她整理着苗族银质的头饰和红色的嫁衣，接着棺材盖一点点被盖上，被绑在里面的她极尽所能地大吼、尖叫，但只能做出口型，发不出一点声音。

棺材盖慢慢盖上，发出厚重的声音，听不懂的苗语此起彼伏地响起，棺材钉一根一根钉下来的声音像催命曲，无边的黑暗逐渐侵蚀着她的理智，她眼前开始模糊，接着，什么都看不见了。

回程的路上车还是没办法开太快，裴然坐在副驾驶上，侧目看着路边闪过的景色，紧紧地握着拳。

不该留她一个人在那儿的，还不如带她一起出来，他早该顾及到这些，不管是小樱还是那个奇怪的寨子，都会让她身处在危险中。

他是个不合格的男朋友。

裴然抬手按了按突突直跳的额角，万唐看了他一眼叹息道："教授别急，说不定只是个误会，师娘也许没事。"

裴然紧抿着唇，表情紧绷，没有一点松懈。

自从丁瑶认识他以来，好像就总会出事，这很难不让他开始慎重考虑这段关系，他们是否真的适合在一起。

思绪一片混乱，他最期望的，还是回去之后看到完完整整的她。

而上天似乎听见了他的祷告，他飞奔回去的时候，的确在房间里找到了丁瑶，她手里还拿着手机，正要给他拨过去。

丁瑶看见他，欣喜一笑，上前几步笑着说："你怎么提前回来了？"

裴然凝眸看了她一会儿，低声问："你没事？"

丁瑶露出奇怪的表情："我没事啊教授，怎么了？"

裴然倏地皱起眉头，紧盯着她低沉地反问："你叫我什么？"

"哦，我就是想问你怎么这么快就回来了。"丁瑶神色有些僵硬，转换到之前的话题。

"雪下得太大就提前收工了。"裴然淡淡地回应，也没有再追问。

眼前这个人明明看着眼熟，可就是觉得哪里不同。

裴然离开了房间。

独自站在院子里，看着地面上的雪，深邃的眸子里翻涌着不知名的情绪。

袁城走到他身后，低声说："你也觉得不对劲？"

裴然回眸看向他，没有说话。

袁城微微颔首皱起眉："你在电话里到底听见了什么？"

裴然沉默了一会儿说："我听见她在尖叫。"

袁城回眸望了一眼丁瑶所在的房间，发现她不知何时走了出来，一点声音都没有，把他吓了一跳。

裴然看见他的反应也回过了头，丁瑶站在门口倚着门的样子看起来那么熟悉，就像……

"小樱不见了。"丁瑶非常担心地说，"我哪里都找不到她，你们都没发现吗？"

裴然缄默不语。

袁城停顿了一会儿，装作满不在乎地说："不见了就不见了吧，她不是总爱乱跑吗？神神道道的，我都怀疑她精神有问题了。"

丁瑶好像很不爱听他这么说话，袁城走过去对丁瑶勾肩搭背。

"怎么了丁瑶，哪里不舒服吗？走了，一起吃个饭，还有裴教授。"他热切地张罗着饭局。

丁瑶忍无可忍："你们就一点都不担心小樱吗？"

裴然还是没说话，漠然地转开头。

袁城露出好奇的表情："你怎么这么激动？她最近不是经常消失吗？又不是第一次。对待狼来了的孩子，大家没有什么关心和耐心也很正常。"

丁瑶奇怪地笑了一下，点点头说："也是。我有点累了，先去休息一会儿，就不和你们去吃饭了。"

她说完转身便走，到了门口忽然回过头，看着裴然犹豫了一下，说："晚上早点回来，我等你。"

裴然皱眉点了一下头。

她总算露出了舒缓的表情，开门进去了。

袁城望向裴然，耸耸肩说："察觉到哪里不对了吗？"

裴然望向白鹿山山顶的方向："不知道为什么，总觉得那里有牵挂。"

袁城也跟着望向白鹿山："现在还不到下午，到山上去一个来回还来得及，只看你要不要去了。"

裴然立刻看向他。

他朝一边抬抬下巴，两人不谋而合，立刻启程。

车子再次驶出，开车的是袁城，他叼着烟，裴然已经忘记了厌烦。

他目不转睛地盯着道路前方，无法抑制的心慌似乎也随着距离越来越近的山顶得到了舒缓。

天公不作美。

雪花又开始飘了，太阳躲到了云层里，天色显得有些昏暗，山顶的树林里都是薄雾，有渐渐加浓的趋势。

如果不早点下山，恐怕晚点再想下去都难了。

袁城停下车，裴然立刻下了车。

袁城瞠目结舌地看着他很快消失在可视范围，赶紧也下了车跟上去。这地方、这种环境，还有他们要做的事，都必须一起行动，否则不安全。

袁城追上裴然的时候他正蹲在盗洞门口那儿布置绳索，动作熟练而快速。

虽然两人之间互相存有偏见，但袁城仍然不得不承认，裴然在某些方面真的相当可靠和专业。

黑色的大衣，黑色的长裤，眼镜片因为呼吸急促而有些哈气，裴然干脆扯掉了围巾，将绳索扔下洞口，二话不说就下去了。

袁城看了一眼绳索拴着的挂钩，十分结实，等他完全下去之后也顺着滑了下去。

墓道里依旧十分寒冷，裴然直接朝白色墓道那边跑。

他和袁城没有交流，但他知道袁城一直跟着他。他侧头看了一眼，收回视线观察前方。

这里除了风声之外很安静，其实裴然也不确定要来这里找什么，但如果不来这里确认一下，他根本无法安心。

墓道渐渐出现了分岔，他停顿片刻，朝左边走去；袁城犹豫了一下，去了右边。

两人分头行动，裴然走到左侧墓道的尽头，这是他之前怀疑为祭祀台的地方，依然还是原来的模样，圆台、棺材……铃铛？

等等，这并不完全是之前的模样，这里多了铃铛和燃尽的白色蜡烛，就在棺材的四周，密密麻麻地分布着，似乎不久前这里进行过什么活动。

裴然短促地呼吸着抬脚靠近棺材，身后传来快速的奔跑声，他迅速回头，看见袁城。

袁城舒了口气说："那边没发现什么可疑的地方。"

裴然面无表情道："就算有你也看不出来。"

袁城欲言又止，最后还是放弃了辩论："正事要紧。"

裴然没理会他，跨过蜡烛和铃铛，用手摩挲了一下棺材上的泥土，盯着指腹看了看，头灯闪了几下，似乎电量不足。

"来得太匆忙了，头灯没有充电，我们恐怕坚持不了多久。"袁城皱着眉说道。

裴然摘下头灯，对着棺材的边缘一点点检查，他绕了一圈。

袁城不明所以地看着，片刻之后，裴然从随身携带的工具箱里拿出了扳手和改锥，丢了两个给袁城说："过来帮忙。"

袁城惊讶地捡起来："毁坏文物？这不是你的风格。"

裴然冷冰冰地说："这副棺材被人动过，棺材四周的钉子是新钉进去的。"

袁城瞬间没了交谈的心情，棺材钉是新钉进去的，那么，很有可能，棺材里面……

这简直让人难以想象。

怎么会发生这种事？

袁城紧跟着裴然用最大的力气、最快的速度起着棺材钉，但钉子钉得实在太结实，他们起了两个就已经耗费了很长时间，眼看着头灯就快没电了。

裴然干脆直接关了头灯，拿出手机打开自带的手电筒，放在一边照着，继续起钉。

袁城愣了一下，有样学样地拿出了手机，两个足有一米九的大男人忙活了得有一个小时，才起了四根。

袁城有些愤怒地说："唉，钉这么多，工具又不给力！"

裴然一刻不停地努力着，尽管他已经满头是汗。

他头也不抬地说："钉棺盖需要钉七根钉子，俗称子孙钉，古人认为这样可以让子孙兴旺发达。"

他竟然在给袁城解释，这让袁城受宠若惊，但他仅仅是眨了眨眼，便继续行动，因为时间已经太久了，他们再不完成，且不说能不能安全下山，就说这棺材里可能存在的人，都凶多吉少。

显然，裴然也意识到了这一点，一直平静淡定的动作有些凌乱了。越着急，错得就越多，他焦躁地使劲捶了一下棺材盖，袁城瞥了他一眼，舒了口气。

又是争分夺秒的半个小时，七根棺材钉总算是全被起了出来，裴然毫不犹豫地去推棺材盖，棺材里的景象一点点展现出来，裴然直接愣在了那里。

袁城拿起手机照着棺材里面，看见是什么之后也有些惊讶，虽然早就猜到会是谁，却还是被这个景象震到了。

精致的缎面，穿着苗族大红嫁衣的丁瑶闭着眼躺在里面，红到极致的唇瓣，毫无血色的脸，那副清醒时活力妩媚的容颜变得死气沉沉，却多了一分难以言喻的诡异美感。

不得不承认，丁瑶真是百年难遇的美人，只是这样的她实在让裴然无法欣赏。她的手相交放在身上，手背上可以看到清晰的血管和被注射过的针孔。

这与他之前在苗寨里见到的那个活生生的丁瑶完全不是同一个人。

裴然伸手去抱她出棺材时，手都在颤抖。

袁城担心地说："你行吗？要不我来？那头饰看起来挺重的。"

裴然没有回应，弯腰将丁瑶抱出了棺材，他无比庆幸，他还能感受到她的呼吸，即便已经很薄弱。

然而，事情并不顺利。

在裴然刚刚将丁瑶抱起来时，她身后发出了什么响声，好像被她压着的东西弹了出来，接着裴然就发现整个棺材底朝下挪了一层，无数的箭支朝外射了出来，他根本来不及直起身躲开，只能勉强抱着丁瑶朝一边跑，但还是太慢了，箭支发射的速度太快，他和丁瑶跌倒在地上。丁瑶身上的铃铛发出叮叮叮的响声，伴随着而来的是箭支射到墙上、墓顶上，还有人身上的声音。

"见鬼！"袁城赶紧拉着裴然往一边去，一脚踹上了棺材盖。

里面仍然不断有箭支往外射，棺材盖发出咚咚的响声，在这诡异的墓室里散发着骇人的气息。

"你没事吧？"袁城将倒在地上毫无意识的丁瑶扶起来，她歪着头靠在他怀里，但裴然已无心去追究这些。

裴然靠在棺材旁边，急促地喘息着，后背上有两支木箭刺入了他的身体，他咬牙挺着，没发出一丁点声音。

袁城将丁瑶放好，去检查裴然身后的伤口，但他转身时却发现一个东西。

"裴教授，你看那是什么？"袁城指着墓顶的凹槽说道。

裴然抬头去看，那里还残留着方才乱射的箭支，箭支碰触了开关，凹槽陷进去，是透明的沙漏，沙子飞快地下漏着，墓道另一端传来沉重的响声，裴然立刻站了起来。

"把箭拔出来。"他转过身背对着袁城吩咐道。

袁城愣住："就这么拔出来？不会有事吧？"

裴然不耐烦地催促："再晚就出不去了，让你拔就照做。"

袁城迟疑了两三秒，果断地伸手把两支箭给拔了出来。

裴然闷哼一声，吸了口气，扫了一眼倒在一边的丁瑶。她那么美丽，苍白的脸在昏暗的光线里越发诱人，像极了冥界的新娘。

"你抱着她，我们马上离开这里。"如果裴然的身体没问题，他一定不愿意让别人抱着丁瑶，但现在没办法，他抱着她只会拖慢进度。

袁城迅速抱起丁瑶，裴然走在前面带路，三人飞快地朝出口处离开，来的时候十分黑暗的墓道突然变得灯火通明，白色墓道墙壁上都出现了凹槽，有的里面摆着沙漏，有的摆着夜明珠，更让人无法不注意的，是摆着金银珠宝的凹槽。

货真价实的金银珠宝、价值连城的夜明珠点亮了整个墓道，墙壁上的诡异壁画好像恶魔的眼睛一样盯着他们，袁城和裴然目不转睛地通过，好像没有注意到那些财富。

再次来到左右选择的那条分岔路时，袁城下意识地从来时的方向回去，裴然脚步顿了一下，扯住袁城的胳膊说："走这边。"

袁城疑惑："你记错了吧？"

裴然脸色苍白，但仍然挺直了脊背，冷着脸说："跟我走，不然只有死路一条。"

袁城二话不说跟着他朝另外一边走，他忍不住回头看了一眼，猛然发现来时那条路和他之前先去探的那条错路一模一样，尽头还有白色的人影闪过，显然早有人埋伏。如果刚才裴然没及时拉住他，他真的会死在那儿，还会拖累了丁瑶。

袁城也不知道是怎么走的，但跟着裴然，他们还真的回到了入口处。

裴然站定，抬头看了一眼盗洞的顶端，对袁城说："绳子没办法支撑两个人的重量，你先上去，然后我把丁瑶绑在绳子上，你再拉她上去。"

袁城皱着眉点点头，握住绳子正准备上去，突然又回头问："那你呢？"

裴然冷着脸说："我最后上去，丁瑶上去之后你再把绳子扔下来。"

袁城颔首应了，快速爬了上去，随后拽了拽绳子给裴然信号。很快，下面传来裴然的信号，袁城立刻将绳子往洞口外拉，能感觉到有些重量，这让他稍稍安心。

他用尽力气以最快的速度将丁瑶拉了上来，她依旧昏迷不醒，但值得庆幸的是还没有失去心跳。

放好丁瑶后，袁城解下绳子正准备从盗洞再丢下去，可里面忽然传出猛烈的响声，靠近盗洞入口的地方弹出了一个屏障，可能是它曾掩藏在泥土里太久，所以弹出来时发出了剧烈的声响。

袁城怔怔地看着那个屏障，没猜错的话这应该是人为故意安置的。又望了望四周，雪覆盖了山顶，天黑得很早，夜幕已至，他想下山都难，裴然还在下面。

他上不来了。

无边无际的、白茫茫的白鹿山，袁城跌坐在墓室入口，一身红嫁衣的丁瑶毫无声息地靠着他，一切都透着绝望的色彩。

头灯和手机都彻底没电了。

裴然站在黑暗中，感觉着冷风拂过，一切响动都可能会要了他的命。

他仰头看着黑漆漆的入口，墓室与外界彻底隔绝。

他慢慢地靠倒在地上，后背不断有血流出来，身体沉重不堪，意识也开始模糊。

这种感觉让他想到了丁瑶，她醒着时是否也是这样的感觉？

无望，茫然。

有人将她偷偷抓来放进了棺材，还是以那样的装扮，很难不让人联想到祭祀新娘，看来这个墓的主人不是个简单的角色。

不过，他从来不信鬼神，今天的一切必然是人在作怪，这些人应该就是墓主的后人。

简单想想就猜到应该是苗寨里那些人，引勾族长大堂墙上挂的那幅画分明就是祭祀现场，他那么明目张胆，是已经断定他们活不下来了。

想起那个叫阿朵的苗族老妇人望着丁瑶说过的话，夸赞丁瑶美丽，又不允许他称呼她为女友，看来那时候就已经内定了丁瑶作为他们祖宗的"新娘"。

裴然彻底醒悟过来。

这一切都是个陷阱，他千不该万不该把丁瑶一个人丢在家里，原想着是为她好，反而害了她。

至于那个好端端出现在苗寨里的"丁瑶"毋庸置疑是假冒的了。

一个人的样貌可以伪装，习惯和气息却很难短时间内模仿得来。

也许从一开始，引勾族长答应借地方给他们住，就是为了方便随时了解他们的进展。既然考古队已经发现了这个墓，无论如何都要发掘，还不如把考古队放在身边，这样一切都还在他们的掌控之中，他们还可以继续完成他们所谓的"使命"。

眼见着考古队查到越来越多的事情，他们显然是着急了，今天这个陷阱如果不成功，接下来肯定还会布下更多陷阱。今天新娘的祭祀被打断，指不定回去还有什么等着他们。

裴然靠到墙上舒了口气，他必须不断思考，才能确保自己不至于昏迷在这里，这里随时可能会冒出人来，他不能死在这儿，否则外面的人也活不下去，他得想个办法。

裴然慢慢站起来，正准备想办法观察一下周围，却忽然被人从侧面打了一下，眼镜掉在地上，发出被人踩碎的声音。接着胸口狠狠一疼，有人将刀刺进了他的身体，他闷哼一声，倒在地上。

入口处，袁城也没有放弃搭救裴然。

尽管两个人之前可能有些不和，但生死关头，那些都是小事。

他将丁瑶扶到离入口不远的地方躺好，扫开地上的雪，把绳子拴在自己身上，打了个结实的结。最后确定了一眼丁瑶的安全，便直接往盗洞里跳，一米九的大男人，身材高大健美，这样的重量砸在洞口的屏障上，也是很大的打击。

袁城跳下去，再爬上来，每次都不忘查看丁瑶是否还在，直到他直接从碎掉的屏障掉下去。

这挺突然的，其实他没料到会那么快，掉下去的时候还在想，看来体型重也是有好处的，回去得增增肥了。

他突然掉下来，也把底下的人吓了一跳。

突然出现的光芒让所有人都停住了动作，最先反应过来的是刚才袭击裴然的人，那是个女孩，她转身就往白色墓道的方向跑，袁城反应过来，立刻要去追，却被裴然拦住了。

"我记住了她的脸，不要追了，马上离开这儿。"

他满身是血，说话声音很轻，脸色非常难看，明显是失血过多了。

袁城停住脚步，拉住他绑在绳子上说："这次你先上去！"

裴然深深地看了他一眼，抓住绳子，用尽最后的力气，终于回到了地面上。

他回到地面的第一件事就是查看丁瑶的情况，还好，她还安稳地躺在那儿，但身上已经覆盖了一层薄薄的雪。

裴然立刻将绳子放下去，确定袁城接住之后又回到丁瑶身边，他用手拍掉她身上的雪，看着她冰冷但仍有气息的脸，欣慰地勾了勾嘴角，接着头一昏，倒在了她身上。

袁城上来的时候，发现了这两位依偎着倒在那儿，他无奈地叹了口气，摸出已经摔碎了屏幕的手机，感慨地说："幸好手机坚强，还有信号，可别再出什么差错了。"

他们自行下山十分危险。

出发之前，他得先报个警，顺便给山下一个消息。

万唐接到电话之后，立刻和尹征他们一起上山帮忙。

裴然住的房间里有个熟悉的人影望着外面，摸了摸自己的脸，自嘲地笑了笑。"还不到一天，我就要恢复原来的样子了吗？"她自言自语着。

第十二章

消失的小樱

.

裴然再次醒来的时候，已经不知道是多长时间以后了。

他看了看四周，一片白，是医院。

他立刻坐起来，旁边守着的万唐马上说："教授小心点，还在挂水呢。"

裴然能感觉到后背因为突然的动作疼得厉害，他慢慢吐了口气，将打着点滴的手放平，问万唐："丁瑶呢？"

万唐松了口气说："教授你别担心，师娘没事。"

裴然这才算放下了心，他睨了一眼手背上的输液管，直接拔了，把万唐吓了一跳。

"我去看看她。"

他站起来，没事儿人似的朝前走，但仍然可以感觉到因为上身绑了绷带而僵硬了些，黑色的衬衫领口处能看见一丝绷带的痕迹。

万唐跟上来，一边走一边说："教授，你怎么搞得满身都是伤，后面有箭伤，前面有刀伤，这要是让师娘看见还不得心疼死？"

裴然侧过头警告道："不准告诉她这件事。"

万唐笑着说："教授你别担心，师娘还没醒呢，我想告诉她也没办法呀。"

说着话他们就到了丁瑶病房的门口，裴然微蹙眉头道："还没醒？为什么？医生怎么说？"

他握着病房的门把手，却不推开进去，分明是等万唐的回答。

万唐收起笑容说："教授，师娘真的没事，只是可能还要再睡一会儿，一来是受惊过度；二来是被人注射过一种毒药，会使人先昏迷然后内脏出血，幸好送医及时，已经脱离危险了。"

如果他没有及时去救她，后果简直不堪设想。

裴然想起丁瑶之前掉进去的那个坟坑，里面的人应该是跟丁瑶受到了同种对待，都被注射了那种毒药，只是他们就没那么幸运被人救出来，全都死在古墓里，等祭祀结束后被人抛尸在坟坑，过去了这么多年才重见天日。

裴然攥紧拳头转身说："帮我叫警察来，让她先安静地休息。"

他的话刚说完，袁城就从丁瑶的病房里出来了，笑着说："别急，宋警官已经到了，我这就去下面迎他，我们就在你的病房谈谈吧。"

裴然停住脚步，眯着眼看了看袁城，又睨了一眼丁瑶的病房门，黑着脸说："你为什么从这个房间里出来？"

袁城若无其事道："我来看看丁瑶啊。你放心，她昏迷着呢，我能做什么？我们俩也没法眉目传情呀。"

裴然嘴角抽了一下，两人之前在危急关头的默契瞬间荡然无存，取而代之的是一直存在的互看不惯。

袁城耸耸肩，抬脚去接宋警官。

裴然冷哼一声，转身进了丁瑶的病房。

万唐愣在原地，看看左边又看看右边，无奈地叹了口气。

病房里，昏迷不醒的女人安静地躺在那儿，比之在棺材里见到的她，现在的她面容素净了许多。没有血红的唇瓣，没有苍白的脸，气色着实好了不少，就好像灵魂又回到了阳世。

裴然走到病床边，看了看病床边摆着的椅子，将它挪到了很远的地方，回来之后，直接蹲在了病床边。因为眼镜在古墓里被踩坏了，他现在没戴眼镜，想要看清她就要靠近一些，但他发现，不管靠得多近都不够，他的呼吸离她越来越近，在唇瓣与她的脸只有几毫米距离的时候，他直接闭上眼亲了她一下。

可惜，睡美人并没有因此醒来。

他一辈子不会忘记，棺材盖打开时她的模样。

他伸手轻抚过她的脸庞，无声地叹了口气，起身离开。

关门十分小心，在门只剩下一条缝隙时，他最后看了她一眼，才慢慢关了起来。

"教授，刚才袁摄影过来说宋警官已经到了，让您过去呢。"万唐在门口等着，将这件事告诉了他。

裴然微微颔首，低声说："去帮我配副眼镜，按照以前的度数就好。"

万唐得令走了。裴然又回眸看了一眼丁瑶的病房，也不知是不是危机时的心态还没有变回来，他现在感觉丁瑶待在哪里都不安全。作为被选中的祭祀新娘，他们随时可能再对她产生威胁。

于是尹征就被叫到了这里来守着病房，不准任何奇怪的人靠近。他坐在病房外的长椅上，端起书本，慢慢看了起来。

裴然的病房里，他一进门，里面的两人便站了起来。

裴然关上门，开门见山道："袭击我的是苗寨的人。"

他靠近他们，继续："我记得她的长相，她也曾在我和丁瑶住的木屋外的挂灯上动过手脚，利用光影和蜡烛在半夜制造鬼影浮动的假相，看看这个你们就知道了。"

他将手机递给宋警官，在对方看录像时又来到桌子边，拉开抽屉，里面有方才让人准备好的纸和笔。

他坐在病床边，安静地绘制着素描，很快，一个女孩的模样便跃然纸上。

瞧清楚了之后，袁城有些吃惊。

这女孩与他们算不上认识，但他曾在苗寨里不止一次地见过她。

在丁瑶来的第一天，也见到了她。

就是那两个他仅仅是对她们笑了笑就害羞跑掉的苗女之一。

那样单纯年少的女孩，做出在古墓里袭击伤人，甚至是杀人的事，不免让人有些吃惊。

宋警官也有点意外："如果我没看错的话，这是个小女孩。"他将手机上的录像传送到自己的手机上，紧锁着眉头。

裴然慢慢停下笔，将素描拿起来，低语道："我倒宁愿是我们看错了，不管是坟坑里被抛尸的中毒者骸骨，还是丁瑶被抓去当祭祀新娘，都和那个苗寨脱不了关系。他们身上被下的毒应该是同一种，甚至如果我们没找到丁瑶，死亡过程都会一样。"

这也解开了坟坑里中毒死者的死因了，但他们生前的身份，恐怕只有抓到真正的凶手才知道。

宋警官立刻安排人去查这件事，只是却被告知，这个女孩前几天就死了。

"她死了？那我在墓里见到的岂不是鬼。"

裴然坐在太师椅上，安静地看着引勾族长。

对方十分平静，不见半点慌张。

引勾族长露出哀伤的表情："我也对此抱有疑惑，但裴教授、宋警官，娜内从出生起心脏就很不好，在你们刚刚开始对白鹿山古墓的考古工作时，她就已经去世下葬了。"

"都已经下葬了？"宋警官皱起眉，"我们能见一下她的父母吗？她涉嫌一起故意伤人案。"

引勾族长遗憾地说："抱歉，恐怕见不到了。"

"为什么？"袁城问道。

引勾族长浅笑着说："他们在娜内去世之后就去外面打工了，连我都没有他们的联系方式。你们知道，我们不用电器，更不会用电子设备，他们没有手机这些通信工具。"

这还真不是撒谎，他们的确不用那些电子设备，生活得跟古人一样，这是他们亲眼见过的。

宋警官站起来说："据调查，这里的人都是几辈子都在一起生活的，那么娜内父母的身份信息族长总应该知道吧？"

引勾族长再次给出了否定的答案："我年纪大了，已经不管什么事情了，大家不会向我提交什么。宋警官，真抱歉，不能给你们提供线索了。"

话虽如此，可他的样子看起来却一点都不像是在抱歉。

"那就只有一个办法了。"

在宋警官皱眉思索时，裴然也站了起来，说出了上面的话。

顿时，全部的人的目光都聚集在了他身上，他对宋警官说："既然引勾族长说娜内去世了，但我确信在墓室里面袭击我的人就是她。宋警官，如果我愿意承担一切连带后果，是否可以申请开棺检验？"

"不可能！"一直安静地站在引勾族长身边的阿朵突然厉声说，"逝者安息，怎么能这么做，我坚决不同意！"

宋警官也皱起了眉，开棺检验是一个好方法，但这前提是得获得家属或者亲朋的同意，但是目前看来，他们显然是不愿意的。

裴然却不为所动地说："只是开棺看看而已，不会毁坏尸体，您实在过于激动了，除非族长有其他令人信服的证据证明娜内已经死了，否则这件事，刻不容缓。"

话虽如此说，但事情最后还是没有得到定论。

走出引勾族长的住处，裴然突然顿住脚步回头问阿朵："既然你们不同意开棺，那总可以让我去看看娜内的坟墓吧？"

阿朵睁了睁眼，回头看向引勾族长。

对方迟疑片刻，点了一下头。

裴然微微勾起嘴角，露出今天的第一个笑容，接着毫不犹豫地转身离开。

袁城若有所思地看着裴然的背影，和宋警官对视片刻，跟着阿朵和裴然一起前往墓地。

娜内被埋葬在苗寨的边缘，靠近山脚的地方。

那里寸草不生，荒凉极了。

生前那样一个漂亮活泼的少女，被埋葬在这种地方，实在令人惋惜。

因为天气原因，土坟上覆盖了厚厚的雪，土坟前方有个墓碑。

裴然蹲下来查看，手指拂过墓碑上的刻字，若无其事地站起来说："我看过了，先回去了。"

说罢，他便往回走，似乎对此处毫不留恋。

阿朵意外地望着他离开的身影，像是松了口气，但又有些不放心。

宋警官给袁城使了个眼色，两人也相继告辞离去，跟着裴然回了他们在苗寨的住处。

因为丁瑶出了事，再在苗寨住下去大家都觉得不安全，所以人都已经搬进了金林市区住，这里只剩下寥落的空房子。

裴然直接回了他之前住的房间，行李已经被学生们搬走安置在酒店，他站在空荡荡的屋子里看表，似乎在算时间，袁城和宋警官走进来的时候便拉下了衣袖。

"裴教授，"宋警官问道，"接下来你打算怎么办？"

裴然轻声道："我当然是听从警方的安排了。"

宋警官稍稍凝眸，点了一下头，勾勾嘴角告辞离开。

裴然透过窗户注视着宋警官的身影消失在苗寨，在袁城要抬脚出门的时候叫住了他。

"想不想做点有趣的事？"裴然问他，嘴角带着耐人寻味的笑容。

袁城伸手在他和自己之间比画了一下："你和我？你确定？"

裴然睨着他："你脑子里能不能想点正常的事情？"

袁城无语："我一直在想正常的事，是你总是说些奇怪的话，我没记错吧，我们是情敌。"

裴然漫不经心地道："你不是。"

袁城："……"

"我让万唐和尹征守着丁瑶，今晚我们就行动。"

袁城还是答应了。

深夜，白鹿山山脚下，穿着黑色衣服的两个高个儿男人慢慢地来到一座土坟前。

他们在周围观察了很久，确定守在这里的人离开之后才现身。

此刻已经是夜里三点钟，鸦雀无声，只有阴冷的风。

裴然站定，新配的眼镜还没拿到，所以此刻用围巾遮住半张脸也不会因为有哈气而模糊视线，就是观察周围有些费眼睛。

"给你。"他将手里的铲子扔给了袁城一把。

袁城接过铲子拧眉问他:"你该不会是要做我想到的那件事吧?"

裴然没回答,一声不吭地开始挖坟。

袁城看了将近一分钟才认命地开始一起挖,一边挖一边喃喃自语:"老子真是疯了才会和你一起大半夜出来挖坟。"

显然,这土坟要比古墓里的棺材钉好处理,两个大男人,不消半个小时就挖出了棺材的痕迹。

"看见了。"袁城放下铲子,将棺材面上的土抚开,小声说,"这玩意儿看着挺新的,不像是埋进去一阵子了。我记得丁瑶来之前我就见过那个娜内,丁瑶来那天我还见过,后来就没见过了。"

裴然蹲下来清理棺材面上的土,翻找着起棺材钉的工具,幽幽地说:"看来袁摄影对女孩都相当关注,我至今只记得和她见过一面。"

袁城尴尬了一下说:"就一面你都能记住她的长相,你不是也挺关注吗?"

裴然冷淡地说:"就算不是人而是条狗,我也能记住。"

袁城彻底不说话了,闷声起棺材钉。

这上面的棺材钉要比古墓里的好起多了,没多久他们就全都起开了。

完成这项任务,袁城站起来退到了一边,夜晚阴森森的风吹过他的脸,让人滋生出一股恐惧感来。

就在这样的情景下,袁城看见裴然面不改色地踢开了棺材盖,这看起来有点对逝者不敬,尤其是裴然是那种对这些往生者比较尊重的人,做起这种事来就比较有违和感。

但等棺材盖打开之后,袁城就理解他为什么这么做了。

他显然对棺材里是否真的有所谓的"逝者"持有自己的判断,而最终的结果也和他的判断没有区别。

棺材里根本没有什么尸体,只是用衣服摆了个人的轮廓,退一万步讲,就算是火化,也不存在骨灰坛的痕迹。

归根结底,这里面没有所谓的"已经去世"的娜内。

袁城正思索着，便看见裴然拿出了手机，拨了个电话，听见他说："宋警官可以过来了。"

袁城顿时睁大眼睛，等他挂了电话就说："宋警官也来了？"

裴然扫了一眼不远处说："开始挖的时候我就给他发了短信。"

"……你这个做法不合理。"从远处走过来的宋警官迟疑地说。

但等他看见棺材里的情形，彻底没话说了。

"明天就告诉他们，这边遭了盗墓贼，本来是想去偷古墓的，恰好路过这里，顺手挖了，但什么都没捞到。"裴然将两把铲子捡起来，吩咐袁城，"拍照吧，宋警官大概没带照相机。"

袁城沉默几秒，拿出随身的相机拍照，宋警官从头到尾什么都没说，只是紧蹙眉头。

金林是个和平安宁的城市，多年来一直没发生过任何大案，这次苗寨的事情，恐怕会成为宋警官从警生涯的传奇案件。

裴然连夜赶回了医院，现在只有亲自陪在丁瑶身边他才踏实。

到了病房门口，他发现尹征正昏昏欲睡，万唐在他旁边玩PSP，精神极了。

瞧见裴然，万唐立刻站起来邀功："教授，我表现好吧？你看我都没睡觉。"

裴然看了他一会儿说："你什么时候才能长大？"

万唐瞬间蒙了，红着脸说："呃，教授……除了医生和护士外没人来过，你放心好了。"

裴然点点头拉开门，进去之前对万唐说："你和尹征回去睡吧，我在这儿看着她。"

万唐松了口气，其实他也困了，就是因为师命在那儿摆着不敢睡，这下可好了。

关上门，裴然望向病床上躺着的丁瑶，她还闭着眼，面色平静安详。

他在原地站了一会儿，确定身上的寒气消散了之后，才走到病床边坐下。看着她的睡颜，他久久没有移开视线。

就在这样的情形下，裴然眨了一下眼，下一秒，他就瞧见她睁开了眼，目不转睛地凝视着他，眼神清明得可怕。

"你醒了？"

裴然说出这三个字时仍然有些惊讶，虽然他十分期盼她可以醒过来，但没料到会这么快。

丁瑶应该不是突然醒过来的，她应该早就醒了，但一直没起来，否则眼神不会这么清醒。

她目不转睛地盯着裴然，眼神看上去有些奇异，她伸手去触碰他，他迟疑片刻，向她倾身弯腰，让她即便躺着也可以轻易触碰到他。

他们谁都没有说话。

裴然几乎是屏住呼吸望着睁着眼的她，竟感觉有些紧张。

丁瑶的手慢慢搭到他肩上，滑到他肩后，接着忽然环住他的脖子，将他整个人拉过来，紧紧地抱在怀里，吻住了他的唇。

这是非常令人意外的行为，裴然整个人都在状况之外。

丁瑶用力地亲吻着他，像失而复得的宝贝一样不肯离开。裴然顿了若干秒后迎合了这个热切的吻，顺势将她带入怀中，温柔地轻拍着她的背。

慢慢地，丁瑶放松下来，裴然因为这些天的忙碌加之受伤也有些疲惫，他搂紧了丁瑶，渐渐地，房间里只剩下熟睡的呼吸声。

再醒过来时，天已经蒙蒙亮了，病房里透露着微弱的光。

裴然睁开眼，先皱了皱眉，用手在眉心按了按，随后便发觉身上有些不对劲。

他低头一看，丁瑶趴在他身上，侧脸贴着他的小腹，眼眶微红。

"我以为我再也见不到你了。"她终于说出了醒过来的第一句话，脑袋在他怀里，整个人蜷缩成虾子的模样。

裴然低头凝视着她的脸，她抬抬头想亲他，他后撤一些，眯起眼道："不要像小狗一样，见到人就想咬。"

丁瑶露出遗憾的表情，手落在他胸前某个位置，他又皱起了眉。

"我们该起来了。"

他说完，掀开被子下了床，留下大面积的位置给她。

丁瑶眼睛完全无法从他身上移开，他拉开窗帘，屋子里明亮了一些，这才转过了头回到病床边，弯腰把躺着的丁瑶抱在怀里，她可以闻到他纤尘不染的白衬衣上干净的味道。

"你永远不会见不到我，就算是死，我也肯定努力比你晚死，这样你就不用眼睁睁地看着我离开你了。"裴然热切又低沉地说着甜蜜的情话，这情话听起来也着实另类了一些。

不过，丁瑶并不介意。

她凝视了他好一会儿，裴然别开头望向一边，下意识地去推眼镜，却发现配好的眼镜还没从万唐那儿拿来。

"我出去打个电话。"他尴尬得手不知道往哪里放，干脆找了一个理由去门外。

丁瑶穿着病号服下床走到房门前，透过玻璃窗看着外面站着的裴然。

太阳一点点升起来，他就站在窗前打电话，阳光投射进来，他整个人都在闪闪发光。

还能看见他真好。

当时被人打了后颈昏迷之后，再醒来就发现有戴着面具的女人在给她换衣服戴头饰，她一点挣扎的力气都没有，只能任人摆布，周围的一切景象都陌生得可怕。

当她半梦半醒地被人带到古墓里时，耳边回荡着那人的话："一会儿就好，睡过去，一点都不痛苦……到时候，你会成为最尊贵的人。"

最尊贵的人？最尊贵的死人还差不多。

裴然推门进来时，就看见丁瑶站在门边若有所思，脸色不太好看，不用想也知道她想起了之前发生的那些事。

他沉默了一会儿，拉着她走到沙发边坐下，给她倒了杯热水，摸了摸她的头，像在照顾女儿一样，真是让人不知道该悲还是该喜。

"别想那些事了，"裴然压低声音安抚她，"都过去了。"

丁瑶喝了一口水，大眼睛凝视着他："抓到人了吗？"

"还没行动，"裴然语调轻缓，神色平淡，"但已经可以确定是那些苗人做的，昨晚已经有证据可以证明是苗寨的人在古墓里袭击了……"

说到这儿他顿住了，话锋一转道："你不用操心这些事，以后我会对你寸步不离，什么事都不会再发生。"

丁瑶察觉到了他可疑的停顿，试探性地问："有人袭击了你？"

她连珠炮似的说："是你救我出来的？当时到底发生了什么事？"

裴然自然不会告诉她。

但当时还有另外一个人在场，那位可是很乐意将那个惊险的故事讲给她听。

"你不说就让我来吧。"袁城直接推门进来，提着一篮子水果，还有一个眼镜盒，"万唐和警察还有考古队的上山去了，我就替他跑一趟。"他把眼镜盒递给裴然，看着丁瑶欣慰地笑了，"你可算好了，你都不知道你昏迷不醒这段时间都发生了什么事。"

裴然戴上眼镜，盯着他说："闭上嘴。"

袁城恶劣地笑着说："凭什么啊？瑶瑶你说，你要不要听？"

丁瑶立刻毫不犹豫道："要。"

裴然欲阻拦，袁城却直接说："行了裴教授，你告诉她总好过她去问别人，她总归是要知道的，你以为你真能瞒得住？就算你不说，我们大家都不说，警察肯定会来找她做笔录，你觉得警察会替你隐瞒那些事吗？别担心，你现在都没事了，告诉她也没关系。"

"到底发生了什么事？"丁瑶皱眉追问。

裴然沉默片刻，放弃了阻拦。

袁城细细地将她昏迷不醒时发生的一切全都告诉了她，真的像讲故事一样，惊险刺激，险象环生。

丁瑶看上去还算平静，大概是最近受到的刺激太多，一时也不会有更加惊恐的表现了。

等袁城终于唾沫横飞地说完，自己给自己倒了杯水喝完之后，他就坐在那儿等待丁瑶的反应，但他发现丁瑶还是一言不发地坐在那儿，拧着眉，看看裴然看看他。

"喂，想什么呢？"袁城抬手在她眼前晃了晃，笑着说，"激动呢？感谢呢？崇拜呢？都去哪里了？"

丁瑶慢慢吐了口气，低声说："袁城，谢谢你，我们也没有太熟悉，但你可以为了救我做这么多，我实在……"

"得了得了，那么客气做什么？"袁城打断她的话，挑眉说，"你要是真觉得过意不去，以后跟我熟悉一点不就行了？裴教授你没意见吧？我这可是光明正大的。"

裴然没说什么，但他勾着嘴角，似乎心情不错。

其实，从丁瑶醒过来开始，他心情一直不错。那些苗人没有直接杀了她，大概是"祭祀新娘"这个身份十分特殊，那是要"嫁"给祖先的人，是长者、尊贵的人，所以不能被他们杀死，只能注射一种药物慢性死亡。这也给他们创造了营救的机会。

在基本安全之后，裴然了解了一些关于这方面的文化，也不知他是不是该生气丁瑶长得足够漂亮，所以才被选中。

不过，在这之中，他觉得，他们之间有一个人非常可疑……

敲门声响起，宋警官的声音传来，病房门的玻璃外站着几个穿制服的男人，这表明公安局的人知道丁瑶醒了，他们消息可真灵通。

袁城起身去开门，裴然望向丁瑶："你可以吗？他们应该会问你都发生了一些什么事。"

丁瑶点了点头，扯扯嘴角说："其实我记得的不多，也提供不了什么有价值的线索，只有……小樱很可疑。"

在她出事前几分钟，小樱说了句奇奇怪怪的话，让丁瑶别怪她。

这很难不让人怀疑她和这件事有关系。

"还有那个在丁瑶被人带走之后还出现在寨子里的假'丁瑶'，我觉得可能就是小樱。"袁城讲事实摆道理，"我当时故意表现得很不在意小樱的安危，她很生气，这简直太明显了。"

对于这个猜想，裴然虽然没说话，但点了一下头。

几人商量了一下，宋警官表示，可以从小樱入手，来揭开苗寨的秘密。

目前，古墓已经被警方封锁，考古工作暂停，只有专业挖掘墓室入口处的工作还在进行，大概再需要一到两天，就可以从正面入口进入墓室考察，到时候警方会跟着一起进去。

但是在那之前，他们得先找到小樱再说。

她已经失踪好几天了，无人问津。

她去了哪里？

到处都找不到小樱，她就好像人间蒸发了一样，消失得无影无踪。

所幸，还是有个好消息的。

主墓室入口处的石门已经移除，可以从正门进入墓室了。

这对他们来说是个振奋人心的消息，从盗洞下去，他们只看见两条墓道，还没有找到哪一条墓道的分支可以通向主墓室门，如今可以从正门进去，也许会有更大的发现。

这次进去，不但有考古队的人，还有公安局的人。

宋警官亲自带队出马，全副武装，他们跟在后面，让丁瑶一行人更有安全感了。毕竟他们这血肉之躯和冷兵器，怎么也无法跟公安局的装备相比。

其实原本丁瑶目前的状态不适合跟着一起下去的，但裴然实在不放心她一个人，与其让她待在医院，他宁可让她跟在身边。有时候最危险的地方，反而是最安全的。

"这里能进去吗？"宋警官询问裴然一行人。

裴然观察了一下，在石门之后，还有一扇敞开的木门，已经腐朽得看不清上面色彩鲜明的图案了，只能依稀从门的正中间看出一些奇特的文字。

李教授皱着眉说："这种文字……"

裴然上前几步，用手电筒照着上方，看了一会儿说："应该是苗文。"

李教授讶然："苗文？在这里发现了苗文？让我看看。"

真正的苗文李教授还是第一次见到，所以有些好奇与兴奋。

"小王，拍下来。"宋警官直接吩咐身后的民警照相。

裴然皱了皱眉，但最后还是没有阻止。

外面的人搬来了梯子，他将梯子放好，慢慢踏上去，近距离拍下了匾额上文字的照片，并仔细观察了一下，暂时也无法解读出来，只能继续前进。

一行人，总共算下来有十个，考古队进来了六个，其他四个是公安局的，十个人走在主墓道里有点挤，于是排成了好几排，裴然和几位教授走在最前面，公安局垫底，袁城和丁瑶走在中间。

越靠近里面，光线就越暗，进了门，走了大概五米，就出现分岔路，这次可悬了，三条路，都是一样的颜色，实在让人不知道该选择哪条路。

这种时候，大家就都看向了裴然，记得下来之前，他站在盗洞的位置用罗盘不知道在看什么，此时此刻，他又拿出了罗盘，低头凝视了一会儿，朝右边的墓道走了过去。

"这边通向白色墓道，先带宋警官去看看案发现场。你们封锁得比较及时，应该没有被破坏。"

这个破坏者，当然就是始作俑者，大家都在心里祈祷对方没有那么早的时间来破坏。

可真等公安局的诸位工作人员一脸惊奇地通过了满是珠宝的白色墓道后，在祭祀台上看见的，却是一番尘封好了的老画面。

所谓被打破的棺材，从丁瑶口中了解到的惊险的故事，全都没有痕迹，只有盖得很好的棺材，周围还埋着土。

李教授蹲在棺材边，捻起土摩挲了一下，抬头说："这是新埋的，有人下来过了。"

裴然盯着那副棺材："打开看看。"

"打开？"宋警官皱眉，"会有危险吧？"

裴然看向他说："你们不是在这儿吗？"

宋警官怔了怔，好像没有哪里不对，但又觉得没什么不对，于是……缄默了。

接下来，就是考古队员们开棺的程序了。

人多力量大，当初裴然和袁城开了那么久的棺材，这次没多久就打开了。

在李教授激动地要去挪开棺材盖的时候，裴然忽然拉住了他。

"先别过去。"

裴然将李教授拉到了棺材的另一边，从这边一点一点地拉下棺材盖，避免人站到另一边去被机关伤到，毕竟之前这里面射出了箭支。

只是，这次里面没有箭支，只看见了一个人。

一个衣着单薄，瑟瑟发抖，奄奄一息的女人。

"教授……"棺材里面，小樱慢慢朝裴然伸出手。

众人吃惊地看着她，她脸色苍白，身上有很多伤口，眼下青黑，看上去就好像要死了。

"快走……"她呢喃地说完这句话，身下躺着的木板突然弹起来。

众人下意识后撤，身后传来重物落地的响声。正前方被弹起来的小樱摔到地上，尹征上前扶住她，却没料到木板掉在地上之后，底部竟然跳出来一个人。看身形应该是个女生，遮着面纱，手里按着刀刃，开始袭击在场的所有人。

无数的头灯摇摇晃晃，光线忽明忽暗，宋警官拔出枪来，瞄准那个持刀作乱的蒙面人，大声说："放下武器，否则我开枪了！"

那人好像没听见一样继续着，直到她来到袁城面前。

"娜内？"袁城莫名地叫了这个名字。

那人愣了一下，诧异地看着他，眼眶发红。

宋警官趁她没有动作，和其他几个民警想要上前抓住她，但她迅速反应过来，开始袭击警察。

宋警官无奈之下举枪瞄准，再次警告无果后，扣下扳机。

枪声响起，黑色的娇小身影受伤倒地，警察立刻上前擒住她，扯掉了她的面巾，赫然就是他们一直在寻找的那个本该已经死了的娜内。

"还真是你？"袁城苦笑，看着娜内被警察控制，扫了裴然一眼，低声道，"你有料到会发生这种事吗？"

裴然没有言语，他目不转睛地看着娜内被抓起来，她显然不甘心就这么被带走。警察用枪抵着严厉要求她放下手里的刀刃，但她死死攥着就是不松开任凭男民警如何用力去扯。眼看着就要僵持不过，她竟反手欲将刀刃刺向自己。警察们惊恐地阻拦。这时门口处突然刮来了一阵风，几个和娜内相似打扮的人冲进来，对他们展开攻击、制造混乱。

警察们把配枪都掏了出来，警示性地开了枪，可并没有起到什么震慑的效果，最后只能转为实战。袭击他们的人将目标先定在了他们各自的照明工具上，不少人的照明工具都被破坏，所幸对方人不算多，警察们枪法身手都不错，很快控制了局面，有几个中枪倒地不知死活，大多数被生擒。

"抓了我们也没用，"其中一个男人阴狠狠地说，"你们出不去了。"说完大笑，其他人也跟着一起，声音在黑暗的古墓里显得十分吓人。

裴然上前一一扯掉了这些人的面巾，这下也不需要再查下去了，这些人全都是苗寨里的，甚至连年过半百的阿朵都在内，还需要其他证据来证明他们的恶行吗？

只是，他们也并没有说谎，他们是真的出不去了。

绑着人原路返回时，出口那扇本来打开着的木门被封死了，并不是门关上了，而是从上方刻字的地方掉落下来了石壁，如果直接爆破，很容易造成塌方，如果不爆破，一时半会儿又很难打开。

真是个棘手的问题。

宋警官拿出手机，本来开着门还有些信号，这下出口被封死彻底没信号了，手机除了照明没有任何其他用处了。

就在大家一筹莫展的时候，尹征忽然说："教授，小樱说她知道从哪里出去！"

被生擒的苗人听见这话，立刻瞪向小樱。阿朵愣了两秒后脸上突然浮现一抹诡异之色，嗤着笑看向小樱说道："就是这位小樱姑娘向我们族长引荐那位美丽的丁姑娘为祖先祭祀的，因为计划失败了才会遭受惩罚自己替补上，你们觉得这样一位曾出卖过你们的人还值得你们相信吗？！"

小樱慌乱地望向裴然，用颤抖的声音说道："教授，不是的不是的，你相信我，我不会拿大家尤其是你的生命安全开玩笑的。"

裴然看着小樱。

小樱瑟缩了一下别开头，将出口的位置指了出来。

这有些让人难以想象。

在白色墓道的祭祀台放置的棺材之下，竟然有一条通往外面的地道，看地道墙壁的痕迹，应该是随墓穴一起建的。

这样想来，墓主人从去世之前就在筹谋如何方便今后的子孙为他祭祀。

丁瑶走在裴然身后，不去看身后一直盯着她的小樱。她紧紧抓着裴然的手，显然有些紧张。毕竟那些曾经抓走她将她塞进棺材里的人就在后面，即便被警察抓着，也让人毛骨悚然。

裴然揽住她的肩膀，两人走在最前面，当光明来临，所有人走出地道时，才发现这地道竟然直通到半山腰。

难怪那些苗人进入墓室那么方便那么快速，原来都是因为这个。

丁瑶仰头看着白鹿山的山顶，那边打着红旗，是上方施工队在给他们讯号。她望向裴然，裴然没有说话，只是收紧了揽着她肩膀的手臂。

"还要继续这边的工作吗？"她侧脸询问裴然，回答她的却不是他。

警车在靠近山顶的位置，有几个人上去开车，留了几个人在原地看守那些嫌疑人。

听了丁瑶的话，阿朵意味深长地笑道："异想天开……异想天开……祖先会将厄运降临在你们身上，打搅祭祀的人是不会有好下场的……"

丁瑶看向阿朵，她的话刚说完没有多久，山上便传来轰隆的响声，山顶冒出烟尘，也不知是不是心理作用，丁瑶感觉地面都颤抖起来。

"哈哈哈哈！"阿朵发狂地大笑，其他人也是，他们挣扎着想要起来，但无法完成，他们开始不断地低念着什么，听不明白，应该是苗语。

宋警官皱眉望向裴然："他们在说什么？"

裴然面无表情道："苗语，他们把古墓炸了，引勾族长应该藏在墓室里，是他引爆的炸弹。"

"炸了？！"宋警官立刻拿出手机打电话，方才他已经叫了支援，等在山下的警察应该都已经上了山，这会儿恐怕都到了，对那里的情况应该更了解。

片刻，他黑着脸放下手机，忍着怒气道："这群王八蛋，真全给炸了！"

李教授露出心疼的表情："可惜了，那么多文物……"

接下来的事情还算顺利，这些人连同后来上山的警察抓捕的引勾族长全都被带回了警察局，可好景不长，很快就又传来了一个坏消息。

这些被关押在看守所的人，在警方提起公诉之前，全都撞墙自杀了。

撞墙自杀，连时间都一致，显然是行事之前他们就已经商量好了如果被抓怎么办。

真是宁可死，也不愿意让外界了解半分他们那血腥的"文化"。

"其实，大多数苗人没有这样的概念，"课堂上，裴然站在台阶上，台阶下面坐满了学生，以及考古队成员和宋警官，"他们安分守己，过着和汉人没有区别的生活，我们今天了解的这些只是极个别的群体。"

的确，汉人中也有许多恶人，他们迷信又狡诈，并不只是存在个别民族、个别地域，这一点需要明确：坏人是不分性别、民族和地域的。

这是裴然在金林市的最后一个行程，为金林大学考古系的学生们上一节课。

白鹿山上的古墓已经全部炸毁，再次发掘是非常精细的工作，在那之前还得等施工队来把整个墓给挖出来，这段时间就不需要他们在这儿了。而等真正挖出来，来的是哪一支考古队，也就无从知晓了，左右不会再是他们。

关于引勾家族的隐秘和故事，他们只能从残留在苗寨的点滴来了解，这是个精细活，有金林考古所的人专门负责，尽管他们想去了解，也无从插手。

第十三章

跟我结婚

离开金林的时候，丁瑶颇有些感慨，但说不出个所以然来。

从飞机的窗子朝外看，看着金林渐渐变得小而模糊，直到视线被云层填充，她才收回视线，看向坐在隔壁的裴然。

裴然倒是很平顺的样子，躺在那儿闭目养神，毛毯是自备的，因为不习惯使用飞机上的公共毛毯。

漂亮的双手合十握着放在身上，微微仰着下巴，整个人以一种优美的线条在睡梦中掌控着他人的视线，好看成这样，有时候真的挺招人烦的。

忽略四周探究的目光，丁瑶也戴上眼罩开始休息。她不知道的是，她做完这些之后，裴然就睁开了眼，侧头看着她，不知道在想些什么。

这次回去，他没有直接回家，而是和她一起回江城。其实"家"这个字对他来说，已经等同于不存在了。母亲去世，父亲常年不知在何处，家，对他来说是一个很遥远的地方。

现在对裴然而言，真是应了那句"我心安处即是家"。

还记得，他们离开江城时多少有些不愉快。这次回来，他想了解她那时到底发生了什么事，然后做她心目中最能依靠的那个人。

再次回到江城，丁瑶心中也多少有些惆怅。

出去这么久，江城也已经进入了冬季，到处都很冷，倒让人一时分不清到底身处何处。

下了飞机，两人手挽着手离开机场，拿车时，丁瑶忽然想起一个人。

"小樱现在怎么样了？"她好奇地问。

"留在了金林配合调查。"裴然打开车门上去说。

丁瑶跨上副驾驶又问："她会被判刑吗？"

裴然侧目睨着她："你希望她被判刑吗？"

丁瑶缄默，没说话。

"她触犯了法律，会是什么下场，法律会做出公正的判决。"裴然直接说道。

离开机场，裴然驱车的方向有点问题，不是她家的方向。

丁瑶思索片刻："你想和我同居？"

以裴然的性格，对这样的问话必然会置之不理或者恼怒地回一句"胡言乱语"。

但……

裴然很出乎意料地没有黑脸，轻声说："不止。"

不止？！

丁瑶睁大眼睛，眼里有点茫然的光，不止是同居吗？那还有什么？

裴然犹豫了一下，认真地说："我想和你结婚。"

丁瑶当时就没有了任何理智，难以置信地看着他。

她眼眶有些发热，心跳无法抑制地加快。

其实她不是没想过自己和裴然会有什么结果，但他太过优秀，她过去的经历又让她不敢期许未来会和他真的发展到什么地步。她只能走一步算一步，想着现在有的都是偷来的，将来没有了也不要怨恨，珍惜这些美好的回忆就够了。

她万万没想到，裴然会这么快提出跟她结婚。

有点僵硬和不知所措，丁瑶干脆别开头不看他，似不经意地说："哪里有你这样求婚的，一点都不浪漫，居然在出租车上。"

裴然很受教地说："那在哪儿比较好？求婚应该是什么样？"

他应该是真的没考虑过这些问题，因为他紧接着就说："我以前没想过，我觉得最后不是自己一个人过下去，就是随便相亲认识一个人，然后顺理成章地结婚生子。"

这话说得，还真是像他的生活风格。

如果最后无法遇见让他愿意付出的人，那么未来他大概就是单身考古一辈子，要么就是随便找一个女性相敬如宾地过完一生。

但现实是——

"不是我要提起她，但就算没有我，还有何莹，她会回来陪你，你不会孤孤单单一个人。"丁瑶握住他的手，望向车窗外，"幸好我来了，你不用吃回头草了，啊……让我想想，求婚当然要有花了，还要在一个很美的地方，让所有人见证我们的幸福。"

丁瑶说得漫不经心，望着外面的眼睛里有些憧憬，并没发现裴然的眼神也非常柔和。

"就算没有你，何莹回来，我也不会再同她在一起。"

过去的已经过去，伤害已然形成，不可能再变得和以前一样了。

人心就是这样。

两人就这么回了裴然在江城的住所，丁瑶第二天回社里报到、工作，一切都非常正常。直到三天后，她下班回家，刚到门口，正准备进去，身后就传来再熟悉不过的声音。

"姐！"

听到这声呼唤，丁瑶的头立刻就开始疼了。丁瑶停顿了一下，回头看去，一身单薄衣裳的丁月站在那儿，原本该出怀的她，肚子被外套遮盖着，看不出分毫孕妇的迹象。

丁月察觉到了她观察的视线，勾着嘴角走上前说："姐，你怎么回来也不跟家里说一声，还是你同事告诉我我才知道你回来了。"

"你怎么知道这个地方？"丁瑶没回答她的话，反问了她一个问题，语气有些尖锐。

丁月看着裴然名下的这座别墅，真是精致奢华，比容嘉勋的住处还要好，她姐姐一直这么有本事。

"我跟着你来的，"丁月也没撒谎，直接道，"你下班时我就在你们单位门口，一路跟着你回来的。"

丁瑶的脸色变得不太好看，过了半晌才说："没什么事就回去吧，我有些累了，先去休息了。"

这明显是送客的意思，可丁月却一步步跟了上来。

她有些激动地问："你不问问我怎么了吗？"

丁瑶不解地蹙眉看向她。

丁月握紧拳头说："你不是看见了吗？我的孩子没了！"

丁瑶诧异地说："没了？"居然真没了？刚才还在怀疑呢……

丁月怒极反笑："你人走了，可你的影响还是留在这儿，我真傻，以为容嘉勋会一心一意跟我过日子，可他脑子里心里全是你，居然还去帮你找你的亲生父母……姐，你真有本事。"

丁瑶愣了愣不言不语。

丁月继续说："他一点都不在乎我和我们的孩子，我摔倒了他也不紧张，他根本就不想要我，不想要我们的孩子！他巴不得我出事流产！"

丁瑶看了看表，疏离地说："时间不早了，你先回去吧，这些事跟我没关系，是你们家的事，以后不要再来找我了。"

她说完就走，丁月愤怒道："什么叫我们家的事？你不是爸爸的女儿吗？他们白养你这么大吗？"

丁瑶没有停留，开了铁艺门进了别墅，接着转身锁上，一系列动作行云流水，简直惹人恨到了极点。

丁月冷笑道："你别指望着过安生日子，反正现在容嘉勋闹着要和我离婚，我也没几天好几日子可过了。你也别想好好跟你的教授谈恋爱，我已经告诉容嘉勋你回来了，刚才也把你现在的住址发给他了，别谢我，既然我留不住，就还给你好了。"

她说完转身开车走了。丁瑶停住输入大门密码的手，脑子里已经完全不会想到容嘉勋，有的只是的确对她有养育之恩的丁父丁母。

至少她现在还姓丁，户口还和丁家人在一个本子上，那就无法完全和他们脱离关系。

这真是一件让人沮丧的事。

晚上裴然回来，发现丁瑶给他做了一大桌子的菜，色香味齐全，丰盛得堪比晚宴。

这得做多长时间？

走进餐厅时，他还愣了一下，抬眼看向站在椅子边等着替他拉椅子的丁瑶，迟疑片刻沉声问道："你做了什么对不起我的事吗？"

丁瑶蒙了一下说："怎么会？"

"那这是怎么回事？"他指着桌子上的菜以及穿得十分……诱惑的某人。

丁瑶看看自己身上的红裙子，大冬天的，也就在屋子里穿穿自己美一美，又没穿到外面，而且她这明显是想穿给他看啊，怎么这么迟钝地想歪了呢……

丁瑶有点无奈，拉开椅子说："别胡思乱想了裴教授，快来吃饭吧，一会儿都凉了。"

裴然慢慢走到她身边，又看了她一眼才坐下，当她递来筷子，他接过来之后，四平八稳地来了句："没毒吧？"

丁瑶："……没有。"

裴然这才开始吃饭。

他这是开了个玩笑？

丁瑶莞尔，站在他身后凝视着他，看得他吃个饭都心慌意乱。

"坐下来吃饭。"他不悦地吩咐。

丁瑶摇头说："我吃过了，你吃吧，我就在这儿陪着你。"

"……"这下轮到裴然无语了。

饭吃了一半，裴然实在受不了了，抬头看着手指在摆弄他头发的丁瑶，蹙眉问："到底怎么了？"

丁瑶歪歪头，妩媚的黑色长鬈发滑落到肩后，露出圆润漂亮的肩头。

她微微一笑，红唇轻抿，似乎有点不好意思地问："我有个朋友今天问我，除了买房，有什么办法可以名正言顺地要求分离出以前的户口？"

　　裴然的表情虽然没什么变化，但从他锐利的眼神就能看出来，他已经猜到她问这个的目的了。

　　"我朋友=我"系列。

　　"为什么要排除购房这个方式？"裴然靠在椅背上好整以暇地问。

　　丁瑶如实说："你不知道啊裴教授，现在江城的房价升得太快了，我那朋友现在全款买完房就只能去喝西北风了，她又不喜欢贷款背债的感觉，所以……"

　　裴然斜睨着她说："我倒是有个办法，可以不用花钱，也能名正言顺地分出来。"

　　"是吗？"丁瑶眼睛都亮了，"什么办法？"

　　裴然将手伸进西装里侧口袋，很快取出一个首饰盒，打开面向她说："跟我结婚。"

　　丁瑶的表情瞬间凝固："呃……"

　　"你到底出了什么事？和家里有关系？"

　　见她迟疑，他直接把戒指戴到了她的左手无名指上，动作相当自然，表情也非常平静。

　　都戴上了，也不能摘下去，况且她一点都不想摘掉。

　　丁瑶慢慢收回手，摩挲了一下戒指低声说："之前就想告诉你的，不过被打断了。"

　　裴然将她拉到自己面前，摆弄着她的手说："求婚以后补给你，戒指先戴着，说说什么事吧。"

　　丁瑶欲言又止了半天，才慢吞吞地说："我妹妹订婚那天，我听见她和我爸妈的谈话，我其实……不是他们亲生的。我妹妹大概是因为这些年爸妈什么好的都紧着我，所以她知道这件事之后心理不平衡，有怨恨，就……"

　　"抢你的男人。"裴然将她不太好启齿的话补充全了。

　　丁瑶又跟着补充说："应该是抢所有我拥有的东西。"

　　"放心，你现在拥有我，她抢不走。"

　　他随意地说完，端起水杯斯文儒雅地喝水，她这一腔柔情全被他挑了起来，简直恨不得现在就将他拆吞入腹……

"就这些？"他仍不知危险将近，还端着一副教授范儿问她问题。

丁瑶轻声细语地克制道："我今天回来在门口碰见我妹妹，她从我们社门口一路跟我到这里，她的孩子没了，跟她丈夫也不和睦……"

"你是不是想告诉我，"裴然拧起眉，"不但你妹妹知道我们家在哪里，那个容嘉勋也知道了。"

丁瑶露出释怀的表情："你真聪明。"

裴然面色不善，丁瑶的胳膊缓缓地环住了他的脖子，他推了推她说："去洗碗。"

丁瑶柔声说："吃饱了？"

裴然"嗯"了一声，没说别的。

丁瑶用撒娇的语气说："那你去洗碗好不好，你看我去了一趟金林，回来手的皮肤都不好了。"

她伸出一双手摆在他面前，他随意瞥了眼一声不吭地站起来。丁瑶注视着他收拾东西，系上围裙，穿着白衬衫黑西裤的背影真是让人食指大动。

她放轻脚步，慢慢走近厨房，悄悄地从后面抱住他的腰，手放在他的皮带上，欲行不轨。

裴然还带着水的手按住她的手。

"做什么。"

他的语气颇有些玩味。

丁瑶挣开他的束缚，直接解开了他的皮带。

"我还没吃饱。"

"……"

只是，她想吃的不是饭。

丁瑶想过接下来可能会遇见容嘉勋，但没想到会这么快。

其实她并不是在家门口碰到他，他也没有过去。

他们是在杂志社街角转弯的一间咖啡厅里遇见的。

这间咖啡厅是丁瑶每天必光顾的地方，从开始在《国家地理》杂志社上班就是这样，风雨无阻。

她非常喜欢喝这里的咖啡，和容嘉勋在一起的时候，他每天都会来这里帮她买。

这天外面下着雨夹雪，丁瑶穿着长到小腿的大衣，打着伞走进来，动作优雅地收着伞。

容嘉勋心目中的完美女人就是她这样的。

仪态好，妩媚的长鬈发，红唇浓妆时性感却不轻抚，素颜或淡妆时体面又温婉。这样的天气，她微颦着眉，嘴角苦笑，身穿宝蓝色的长大衣，收好了伞便轻声礼貌道："你好，帮我来杯咖啡，还是老样子。"

服务小姐应了声，等丁瑶收好了雨伞，挂在门口的架子上，抬头准备去给钱的时候，就看见容嘉勋坐在最里面的座位上，正凝眸注视着她，眼神怀念，还有点伤感。

他不知道什么时候留了胡子，下巴有淡淡的胡楂，看上去颇有男人味，也成熟了不少。

很尴尬的场面。

想过他会主动来找自己，但没料到会偶遇。

丁瑶站在原地停顿了许久，在咖啡做好之后没办法不过去时，她才抬脚走过去。

她的设想是，就装作互相不认识，给了钱拿东西走人，不过理想总是很难实现。

她要去交钱，路过容嘉勋身边就是必经之路，这一段其实很顺利的，他除了看着她，没有其他动作。倒是服务小姐，以前见过不少次他们来喝咖啡，记得他们是情侣，见他们这样疏离有些好奇。

"小姐不和您男朋友一起走吗？"她疑惑地问。

丁瑶特别平静随和地笑着说："他不是我男朋友，我们已经分手啦，谢谢你。"她拎着咖啡离开。

容嘉勋慢慢收回视线，看着她走出咖啡厅。

恰好这时，咖啡馆里响起音乐，歌词低沉地唱着：

你会不会忽然的出现，在街角的咖啡店……

来自陈奕迅的《好久不见》。

真的是好久不见了，这几个月，他都不知道是怎么熬过来的。

但总归是熬过来了。

时间一点点流逝，当歌道：

我多么想和你见一面，看看你最近改变，不再去说从前，只是寒暄，对你说一句，只是说句，好久不见……

这个时候，容嘉勋再也按捺不住自己的心，起身追了出去。

出了门，丁瑶松了口气，刚才她额头都出汗了，就担心容嘉勋开口打招呼，幸好他没有。

其实他这样很好，他本就不该是那么不潇洒的人，既然分开了，双方彼此以后怎么生活，就都别再关心了。

丁瑶拎着咖啡上了自己的车，正准备开车离开，有人敲响了她的车窗。

她侧头看去，有个陌生人在外面指着她的轮胎说着什么，她皱皱眉，打开门想一探究竟，发现只是轮胎上方车门边缘的地方被人划了几条道，她的车不算贵，修复一下也没多少钱。

"我看到一个小孩子从这边过去把你的车划了。"那个陌生男人说。

丁瑶笑着说："谢谢提醒，也没多少钱，孩子可能就是觉得好玩吧。"

她的话还没说完，面前的人忽然看向她身后，然后就倏地跑了。丁瑶茫然地回头看去，容嘉勋控制着一个男人，那男人一直在挣扎，手里拎着她的包。

被骗了。

声东击西，一个人来敲车窗吸引她的注意力，另一个人打开副驾驶的门偷东西。

这种电视上常会播出的骗局居然会发生在她身上，真让人意想不到。

当然，最让人意想不到的是，容嘉勋居然会出现在这里，还帮了她。

小偷最后被扭送到派出所，作为当事人，容嘉勋和丁瑶两人都被留下来做笔录。

"我说同志，你能专心一点吗？"警察不耐烦地看着一直分神去看丁瑶的容嘉勋，他也是因为容嘉勋看的次数太频繁了，问个话半天不回答有些心烦，这底下还有很多事儿呢。

容嘉勋没反驳，转回头快速做完了笔录，再回头时，发现丁瑶已经不见了。

"别找了，人已经走了。"警察同志无奈地叹了口气，摇了摇头整理笔录去了。

容嘉勋飞快地跑出派出所，在门口找到了正要离开的丁瑶。

"丁瑶！"

他说了今天遇见她后的第一句话。

丁瑶脚步停了一下，隔着几米远说："今天谢谢你。"

容嘉勋就停在离她几米远的地方，自嘲地笑了笑说："我能走近点跟你说几句话吗？"

丁瑶露出为难的表情。

"没什么别的事，就是想告诉你，你跟我还有丁月之间的误会。"他站在那儿，看上去狼狈落魄，"我从出生起到现在，就喜欢你这么一个人，我没有想对不起你。你就当了我一个心愿，让我把心里压着的话说完，好让我彻底死心。"

其实，在许久之前，丁瑶就已经给过他很多次做个彻底结束的机会，并已经付诸行动。

不过，看他现在的模样，似乎她不答应，就真的没办法彻底断了他的念想一样。

出于对裴然的尊重，也出于不希望发生什么意外，丁瑶谨慎地说："我得先打个电话问问我男朋友行不行。"

容嘉勋慢慢握住了拳，寒风中他只穿了件薄薄的西装外套，里面是单层的黑衬衣。

雪混着雨淋在他身上，他眼见着就要湿透了，却毫无遮挡的念头。

"好。"他轻轻应声，侧身挪到一边，十分绅士地给她腾出了打电话的私人空间。

他其实是位修养极好的人，他不管是学历还是事业、教养方面，都相当优秀。丁瑶当初并没有瞎眼，如果没有丁月的事，哪里还有现在这样的情况，哪里还有她与裴然的事……她甚至都不会遇见裴然。

丁瑶拿出手机，退开几步拨通了裴然的电话，他今天去了庄老家里，与几位专家碰面，不过他们那种老干部聚会的场景实在很闷，丁瑶望而却步，拒绝了他发出的邀请。

这会儿，裴然正跟几位老教授还有庄老一起喝茶，茶香弥漫的院子里，几位伯乐相谈甚欢，裴然心情相当愉悦。

在看见丁瑶来电话时，便更加愉悦了。

只是，这电话接通之后的内容就让他有点不甚高兴了。

"偶遇？"裴然重复了一遍这个词语，抬眼睨了睨正在交谈的其他人，轻声道，"你怎么想？"

丁瑶面对着车子摆弄手指，随意地说："我无所谓，看你。"

"是吗。"裴然语调拖得很长，给人漫不经心的感觉，耐人寻味。

"你帮我做个选择？"丁瑶问他。

裴然没有很快回话，过了许久才慢条斯理地说了个"好"字。

"你答应了？"

丁瑶多少还是有点惊讶，按她对他的了解，做出这个选择应该是非常难得的。

"我的确答应了，虽然我很不希望你这么做，"裴然端起茶杯抿了一口，低声说，"但我想起我们去金林之前你在机场对我说的那些话，并且，我非常相信……"

其实丁瑶已经不记得自己在机场说过什么了。

但他接下来要说的肯定是"我非常相信你"。

他可以如此信任她，她感到非常高兴。

只是，他接下来的话却并非如她所想。

他闲适地继续说："我非常相信自己的魅力，只要你眼光没问题，就知道该选择谁。"

丁瑶："……"

好吧。

挂断电话，丁瑶望向身后，容嘉勖已经彻底被雨淋透了。她思索片刻还是拉开了车门，提高音量道："上车说吧。"语毕，她收了伞，上车。

容嘉勖迟疑片刻，走过来上了副驾驶。

此时此刻，挂断电话的裴然其实也没那么放心。

"咳咳！"有人坐到了他身边，笑得邪气十足，手里夹着根烟，但一直没有点燃，看着是烟瘾犯了，又克制着自己不在这种雅致的场合抽烟，"怎么回事儿，接完电话就成这副面孔了，这是有情况啊。"

裴然转头看去，居然是袁城。

"你什么时候来的？"他眯起眼说。

袁城挑挑眉："我刚才来的啊，有一会儿了，你接电话太专心都没发现我。"

裴然别开头不理会他。

袁城又凑近一些，不死心地追问："是不是和丁瑶吵架了？"

裴然睨着他："你很希望我们吵架吗？"

袁城居然说："是啊，那样我就可以乘虚而入了！"

"……"光明正大的无赖真是让人无言以对。

丁瑶这边其实处理得也不是很好。

车子的空间不大，两人离得就近了些，她递了毛巾给容嘉勖擦拭身上的雨雪，他接过去道了谢，安静地收拾着自己，两人都没很快说话。

时间一点一滴过去，不见他开口，丁瑶就开始催促："抓紧时间吧，我还有其他事，不能久待。"

容嘉勖放下毛巾，头发半干，车里开了暖风，本来彻骨寒凉的身子开始渐渐变得温暖。

只有在她身边的时候，他才会有温暖的感觉。

"好。"他低低沉沉地应下来，靠到车椅背上，看着前方说，"我和丁月的事，我自己都没想到会发展到现在这样。你那时候突然回来，我真不知道该怎么办了。"

丁瑶不耐烦道："我不是要听你对于你出轨的解释。"

容嘉勋勾勾嘴角，笑得很苦涩："好……那我直说。"

他慢慢叠起毛巾，压抑道："我和丁月发生关系是因为我……喝醉了。"他仰起头，闭上眼，"打电话跟你说分开的前一天，她把我约到你家和你爸妈一起吃饭，灌了我很多酒，她开车送我回去，第二天早上醒过来……"

丁瑶立刻打断他："说重点。"

容嘉勋沉默片刻，说："重点就是，不管事情的原因是什么，错已酿成，照你的性子知道以后肯定是不会再和我在一起，我太了解你了，也正因为这样才会更绝望。"

丁瑶诧异地看向他。

容嘉勋继续说："我对丁月没有男女之情，可我和她的事，你迟早都会知道，与其让你伤心，不如我自己做个了断，至少对丁月负起责任。我没想过伤害你们姐妹其中任何一个，但好像总是事与愿违，最后还是把你们都伤害到了。我违背自己的心答应跟丁月在一起，可还是会忍不住地关心你、担心你、想见你、去找你……"

丁瑶皱起眉，她一直没说话，容嘉勋都不确定她是否还相信他。

他红着眼睛："瑶瑶，除了那次喝醉，我没有跟丁月发生过其他任何事。可是你那么宠她，一定不会原谅我。为了你妹妹的清白我想你也会把我让给她的吧……"他握紧拳头，笑得让人心酸，"你头也不回地走了，我知道，你是真的不要我了……"

丁瑶觉得心里有点难受，倒不是还喜欢容嘉勋，而是对于现实的残酷感到无奈。

丁月会灌容嘉勋酒的原因，她也能猜到，丁月可能真的很恨她，恨到不惜赔进自己的身体也要她痛苦。她这个姐姐当得，简直太失败了。

"我是真的爱你，也是真的以为我们会永远在一起。恋爱、结婚、生子、白头偕老，但我还是太天真了。今天说完这些话之后，我想以后我们怕是也没什么机会再见。丁月的孩子没了，你应该已经知道了，我母亲逼我和她离婚，我和她之间没有爱情，勉强在一起也只会互相伤害，所以如果我和她最后分开了，我希望你不要因此更加恨我。"容嘉勋自嘲地笑了笑，"我知道你不喜欢我纠缠你，我以后不会那么做了。"

丁瑶一直都没说话，此刻微微启唇，低声说："谢谢。"

"没什么好谢的，只希望能在你心中保留一些美好的印象。"容嘉勋曼声说，"我知道你不是叔叔阿姨的亲生女儿，我跟他们要了当年领养你的资料，想试试看能不能帮你找到亲生父母。我想你虽然不说，但肯定也希望知道他们是谁，为什么不要你。"他露出一个清朗的笑容，"如果我找得到，你再来见我一次吧，以朋友的身份！"

丁瑶张口，却没发出声音，露出一个难得的笑容看着他。眼神是他记忆中的样子，但他知道她的心已经彻底不在他身上了。

"我能最后抱你一下吗？"他鼓起勇气提出了这个要求，渴求的眼神，卑微得令人心酸。

丁瑶没有回答，只是看着他，他停顿片刻，倾身拥抱了她。

"你一定要幸福。"他微微后撤身子，英俊的脸上扯出难看的笑容。

"我就先走了。"他将毛巾还给她，"谢谢你的毛巾。"

丁瑶把伞给他："撑伞去拿车吧。"

容嘉勋低头看着那把伞，微微摇头说："不用了，否则我会控制不住自己去找你，毕竟我还有还伞这个理由，不是吗？"

丁瑶握着伞的手紧了紧。

容嘉勋失笑，打开车门下车，关门前深深地看了她一眼，彷佛要将她的模样刻在心底。"我舍不得你"这简单的五个字，却再也没有立场和机会说出口。

再见了，我的爱人，我曾那样爱你。

开车回去的路上，丁瑶心情有些复杂。

路过一家甜品店，她犹豫片刻，停车去买了甜品。

晚上裴然回来，就看见她坐在沙发上看电视剧，手里抱着甜得牙疼的令他无视直视的食物。

"你不减肥了？"他走过来，放下外套，盯着她问。

丁瑶看看自己手里的甜品，放下勺子说："吃点甜品有助于缓和心情。"

裴然随意地坐下，叠起双腿，一个漫不经心的动作就充满了美感，整个客厅的光芒仿佛都落在了他身上。

"你心情不好吗？"

他的眼神带着些探究，语调慢条斯理。裴然靠到沙发背上，放松身体，狭长的丹凤眼眯成好看的形状，纤尘不染的眼镜片上闪过薄薄的光。

"的确不好，"丁瑶坦然地承认，叹了口气，"我实在没想到，我从小一起长大的妹妹会那么恨我。"

是这样吗？

裴然慢慢站起身，在茶艺盘上开始沏茶，轻慢优雅的动作，说话也慢慢吞吞的，但不会让听他说话的人着急，反而感觉是一种享受。

"我简单分析一下，"他平静地说，"你父母的年龄偏高，你比你妹妹大三岁，他们可能是年轻时一直怀不上，所以才领养了你，但没想到后来居然怀上了。他们心里对你有愧，想要弥补你，所以对你会格外好一点，这是一种心理暗示。你妹妹对他们的差别对待本就有些不满，在某种情况下知道了这件事，更加不能释怀。再加上你什么都比她优秀，所以渐渐产生了畸形的攀比心理，对你这个姐姐也有了恨意。这在心理学上倒是可以解释得通。"

丁瑶没说话，但点了一下头，算是认同了他的分析。

"幼稚。人虽然成年了，心智却还没有。"裴然端起茶杯喝茶，语气冷冽了一些，"你们家本可以过得很幸福，但她不懂得知足。这世上有许多人过得不如你们，你们至少有父母陪伴，不愁吃穿。"

丁瑶有点尴尬地扯了扯嘴角："是我太惯着她了。"

裴然睨了她一眼，过了许久才说："我带你去见一个人。"

"见谁？"丁瑶疑惑道。

"我父亲。"

第十四章

雪山之巅"我爱你"

裴然的父亲裴烨是世界知名的考古学家,几乎从真正接触到考古开始就一直没有停止过。

如今,裴然已是而立之年,他父亲也年过六旬,却仍然居无定所。

这一次,他们就是要去找他。

才刚刚回家,还没站稳脚跟,他们就又上了飞机。

丁瑶看着手里的机票,窗外的云层很美,一片茫茫的白色,和他们即将到达的地方一样。

终年寒冬的奇妙城市云谷,在我国的最北方,下了飞机要倒好几趟车才能到,天气预报说那里最近一直在下大雪,积雪几乎可以没到膝盖,到处都是白茫茫的一片。

"我穿这些下飞机会不会很冷?"丁瑶收回看着窗外的视线,望向身边的男人。

裴然戴着眼镜目不转睛地盯着手里的书本,身上弥漫着浓浓的学者气息。

"不会。"他言简意赅。

"云谷好像很冷,"丁瑶不太相信,"而且还一直在下雪,我该穿双雪地靴来的。"

裴然抬眼睨了睨她:"那你还没下飞机就会被热死。"

"……"丁瑶一时不知该如何回应。

"下了飞机再换衣服就好，机场没有很冷。"

"……说得对。"

丁瑶尴尬地摸摸脸，耳根发红地继续看窗外的风景，百无聊赖下拿起了飞机上自带的Pad玩，上面有电影和科普纪录片，她翻看了一下，忽然看见了裴然父亲的名字。

侧脸打量了一下裴然，他没有理会她在做什么，于是她悄悄关小了音量，打开了名为"考古学家裴烨带领您走进敦煌"的视频。

视频刚刚开始播放，裴然忽然开口说："之前和你一起出来，都有很多人跟着。"他翻了一页书，"虽然这次出门距离上次太近，但这次是单独和你出来，竟然感觉不到累。"他望向她，低声问，"你呢？"

丁瑶吓得立刻把Pad给翻了过去，笑着说："我也不累。"

其实还得感谢裴然，要不是有他，庄老也不会这么痛快地批准她这么久的假期。

去承安时她已经透支了自己的年假，前两次和裴然出去是出公差，所以不用担心时间，但这次是休假，不用工作的同时也得注意最后期限的来临。

"你怎么一副鬼鬼祟祟的样子？"裴然凝视着她手里的Pad，"该不会在做什么对不起我的事吧？"

丁瑶赶紧否认："不是，我就是在想，我这次有十天的假期，我们见过你爸爸之后要怎么安排呢？"

裴然轻嗤一声："不用考虑这个，十天能找到他就不错了。"

事实上，裴然说的话很对。

裴烨不愧是裴然的父亲，在怪脾气方面比裴然有过之而无不及。

作为一个考古学家，他致力于走遍全球各种奇异的墓葬，这次来云谷，他们具体要去哪里找到他还是个未知数，只能到了之后找找看了。如果真找不到，就当作来旅游好了，抽个时间去滑雪，毕竟云谷有着得天独厚的自然条件。

飞机飞行了三个多小时才到达机场，下飞机时丁瑶还没太清醒，整个拿行李换衣服的过程都是迷迷糊糊地靠在裴然身上半闭着眼。

　　裴然揽着她慢慢走，周围不少人注视他们这对高颜值的情侣组合，眼神都是善意而羡慕的，这让人心情愉悦。

　　一直到到达裴然定的酒店，丁瑶才彻底醒过来。她抓着裴然的一只胳膊，看着他交押金和拿房卡，然后挽着他的手臂一起上楼，当然了，他们必然只开了一间房。

　　"我这样像不像你女儿？"丁瑶晃了晃他的胳膊，"一路都不说话，特别黏人。"

　　裴然微勾嘴角领着她上三楼，这里没有太好的酒店，但这间酒店还算有特色，欧式的装修，虽然只有三层，但是那种顶层有温泉的构造，在漫天大雪里泡温泉，颇有东方小瑞士的意思。

　　他们的房间在顶层。

　　整栋酒店禁止吸烟，这大概是最令裴然高兴的一件事。

　　进了屋，丁瑶就开始往下脱厚重的衣服，外面那么冷，酒店里面这么热，温差让人崩溃。

　　唉，明明是个怕冷的人，却在这种月份往更冷的地方跑，她也真是佩服自己。

　　裴然看着她一件件脱掉衣服，最后只剩下贴身的衬衫和长裤，在她望向他时果断转开视线，拿起手机，拨了一个电话。

　　他在租车，丁瑶从他与电话那头的人对话中了解到的。

　　"我们要自己开车去找你爸爸吗？"丁瑶在他挂了电话之后问道。

　　裴然点头说："是，你要去洗澡吗？"

　　"等一会儿再去。"丁瑶走过来很自然地跨坐在他双腿上，他这会儿正坐在椅子上，她这一上来他顿时没有任何做其他事情的心情了。

　　"下去。"他喝止道。

　　丁瑶直接说："我不下去，你看起来对云谷的地形很熟悉，之前来过吗？这样的天气开车不安全吧，进酒店的时候我看见周围马路上都是很厚的冰。"

　　裴然伸手掐住她的腰，她"呀"了一声，被挠得笑得不行，但就是不肯下去。

"来过一次，"裴然放弃了挠她痒，放低声音，"但是在好几年前，我那时刚参加工作，拧着一口气想找到我父亲。但云谷处于夏季，天气也不算暖和，后来开始下大雨，我和父亲在山上，我母亲放心不下我来找我，遇到了泥石流。"

他的话说到这儿就没有继续下去了，因为没必要了。

丁瑶多少有些印象，那一年云谷的泥石流灾害轰动全国，死亡人数很多，裴然的母亲，便在其中。

"我好像没有跟你讲过我的过去。"裴然缓缓抱住了丁瑶，下巴抵在她肩上，柔声说，"这里很温暖，窗外的景色也不错，我心情也还好，如果你不忙的话，我给你讲个故事吧。"

丁瑶抱紧他说："我不忙。"

裴然拍拍她的背，笑着说："怎么一副很难过的样子？"

丁瑶红着眼眶不说话，使劲往他怀里钻。

昏黄的灯光下，她微敞的衬衫领口露出些许白皙的锁骨，像萤火虫闪烁着微弱的光芒，他注视着她，她每一个细胞都美得让他着迷。

裴然轻抚着她的长发，拖长音调用讲故事的语气说："那时候我还很年轻，也很冲动……"

这样的夜晚，复古的玻璃窗外是一栋栋古老的建筑，房屋的顶上覆盖着厚厚的积雪，烟囱里冒出温暖的烟雾，万家灯火，他们身处其中，她耳边是他好听的声音，一点点带她走进他的过去。

直到这一刻，丁瑶才切身感觉到他们之间这段感情的真实与完整。他与她，相互之间毫无保留地在一起，彼此的现状有着或多或少的类似，或许这就是他们走在一起的缘分。

裴然说得很平静，看样子是已经彻底释怀了以前的事。但从他提到他父亲时的眼神来看，唯有此，他仍然无法彻底将自己解脱出来，但他已经不会因此难过。

其实有很多话裴然没有说出来过。他不是个善于言辞的人，更不好意思讲出那些直白的情话。

但不可否认的是，丁瑶之于他的意义和何莹完全不同。

尽管他曾经跟何莹在一起，但年少的感情多少有些莽撞与不成熟，更不像此刻这般刻骨铭心。

丁瑶就像他的太阳，晴朗的她推远了他所有的云，不管前路多么坎坷，他知道前面有她在等着，他便会一直走下去。

第二天一早丁瑶就起来了，裴然还在睡觉。

他昨晚睡得很晚，看了很久的书，睡着了还皱着眉头，心事重重的样子。

想来，与那位他印象中很伟大却很可恨的父亲站在同一片土地上，还是让人心情难耐的吧。

丁瑶轻手轻脚地起了床，去洗手间洗漱，拿起粉底的时候她停顿了一下，放弃了使用。

算了，这种天气，这种地方，出去就裹成球了，只能露出一双眼睛，化不化妆又有什么用呢？

护肤程序结束，丁瑶开门出去，这才发现，裴然已经醒了。

他坐在床边，双腿笔直修长，当然最重要的不是这个，最重要的是……他只穿着一件白衬衫和内裤，其他什么都没穿，衬衫还敞开着，真是……

"怎么也不拉上窗帘？"丁瑶肉疼地跑上去把窗帘拉上，屋子里一下子变得很黑暗，于是她又去开了灯。

裴然抬眼看了看她，他戴着眼镜，眼神迷离，嘴角扬着儒雅又有些坏的笑意，一个生活中和她印象里都那么禁欲而清矜的男人，摆出这样一副造型面对你，任谁也忍不住了。

丁瑶竖起双手摆出饿狼扑食的模样上前把他扑倒在床上。裴然轻松地翻身把她压在身下，抓起放在椅子上叠好的换洗衣物，挑眉说："我去洗漱。"

好吧……虽然心中充满遗憾。

两人下楼吃早餐时才七点钟，时间很早，租车行的人却已经到了。

"裴然！"

一个男人的声音，他穿着厚重的大衣，戴着帽子和墨镜，留着薄薄的胡子，大跨步走进餐厅。

丁瑶回眸看去，男人朝她一笑，问裴然："这就是你女朋友？"

裴然看到他竟然笑了一下，微微颔首说："是。"

那人走过来很不客气地直接坐下了，朝丁瑶点点头说："你好，我叫冯琛，裴然的哥们儿。"

丁瑶笑着点点头："你好，我叫丁瑶。"

冯琛笑道："早就听说过你了，你不知道吧，你可是我们云谷的传奇人物。"

丁瑶愣住，有些不解地看着他，裴然直接打断他说："钥匙呢？"

冯琛无奈地叹了口气，从口袋取出车钥匙递给他："这么多年不见，你还是那么直接。不过这样也很好，至少说明你走出来了。"

裴然拿了钥匙冷淡道："你今天话有点多了。"

冯琛不停点头："好好好，我不说了。"他看看表，"时间也不早了，我还有别的事，先走了。"他站起来，热络地和丁瑶道别，"回头你们忙完了过来找我，我请你们吃饭。虽然云谷远了点，但你们结婚的时候可一定要给我寄请帖，发顺丰到付就行了。"他眨了眨眼，笑眯眯地走了。

裴然看着他的背影平静道："不要听他乱说话。"

丁瑶认真地说："他说你会和我结婚，这也是乱说话吗？"

裴然一顿，板着脸说："这个当然是真话。"

丁瑶笑嘻嘻道："那我就开心了。"

她晃晃无名指上的戒指说："别忘了你还欠我一个求婚哦。"

裴然转开脸说："吃饱了吗？"

丁瑶点头。

裴然站起来，拉住她的手腕，轻声说："那出发了。"

外面是真的很冷，得有-20℃，丁瑶穿得很多，雪地靴这次是真派上用场了，就这样也还觉得不够保暖。她看看裴然，相对来说他穿得少很多，行动也更方便。

"你不冷吗？"上车之后她哈着白气问他。

裴然扯掉围巾，发动车子，冯琛已经提前热过了车，很容易发动，越野车底盘也高，走云谷这种崎岖不平的路方便。

"习惯了。"他随口说了一句，发动车子道，"坐稳，要走了。"

丁瑶立刻系上安全带，并且紧紧抓着它，全神贯注地看着前方。

裴然余光瞥见她的模样，失笑地摸了摸她的头，她吓了一跳说："你好好看路，一会儿到了随便给你摸，这路开车太危险了。"

裴然注视前方，面带笑意道："你在白鹿山第一次出事的那一晚我刚到，也是这种天气开车上山，我这不是还好好活着？"

丁瑶噎住，半晌才嘟嘟囔囔地说："那不一样。"

见她真的担心，裴然也没再说什么，专心致志地盯着前路。

不消片刻，丁瑶的手机响了起来，她拿起来一看，熟悉的号码，是丁月。

丁瑶直接拒接，把号码拉了黑名单，当作什么都没听见。

裴然也没过问，尽管他们是这样的关系，但双方仍然需要留有自己的空间。没有人可以名正言顺地霸占别人的自由，这是和睦相处的基础。

云谷这几天一直不断在下大雪，路上几乎看不到什么车，只有他们的车义无反顾地往山脚的方向开。

好在虽然非常危险，但他们平安无事地到达了山脚下，停车时也非常稳，没有朝前滑动多少。

丁瑶长长地舒了一口气，还没来得及说话，有人的手就放到了她脸上，捏了捏她最近因为吃得不错而有点发胖的脸颊。

"干什么？"丁瑶佯装生气地瞪着裴然。

裴然若无其事地收回手说："你之前说过，到了之后随便给我摸。"

"……"他说得好有道理，她竟无言以对。

"换上我给你准备的东西，下车。"裴然浅笑着说完，先一步下了车，到后备厢取装备。

云谷是终年寒冷的地方，这里的山基本和雪山无异，要登这座山就需要专业装备，像高山鞋、冰镐、冰爪、安全带等等。

这些东西除了手上直接拿着的，其他辅助装备都被裴然装进了大大的行囊里，他直接背在了背上，戴上帽子，朝同样已经准备好的丁瑶挥挥手，表示可以出发了。

丁瑶拿着冰镐走到裴然那边，两人一边朝山上走一边说："叔叔会在这里吗? 天气这么恶劣，他应该会休息吧? "

裴然一边观察周围环境一边说："别人肯定会休息，但他不会，我很了解他。"

丁瑶恍然，也对，做儿子的自然是最了解父亲的。这种天气还上山，裴烨还真是不负他考古界泰斗的美名。

"我们要往哪个方向走? 这里有什么奇特的古墓吗? "

走了一段路，丁瑶实在无法在这漫无边际的白色雪山上寻找方向，只好再次询问裴然。

裴然指了一个方向，大概在西北方位，因为拉上了衣领，她只能看见他的眼睛，不太能辨认出他的表情。

"这座山没有太高，中午之前我们可以到达山顶，跟我走，别怕。"

裴然安抚着丁瑶起伏的情绪，两人迎着风雪朝山顶前行，这在外人看来颇有些作死的行为，两人却不亦乐乎。

越靠近山顶，风雪就越大，丁瑶感觉额头的头发都已经结霜了，但她没有停留，裴然会预估一段时间让她休息，这一路虽然寒冷而艰辛，但她还不算太累。

只是，令人遗憾的是不管他们爬了多久的山，路上除了遇见一两栋空房子外，什么都没看见，更别说见到人了。

其实丁瑶心里已经不抱有希望了，他们今天肯定会失望而归，不过她没说出来，因为她能感觉到裴然的脚步非常坚定。

在临近山顶的地方，滑坡很多，丁瑶好几次都差点滑倒，幸好裴然拉住了她。也因此，后期几乎是裴然扶着她上去的。

云谷有很多座雪山，这座算最低的，没有多高，就像裴然预计的那样，不到中午，他们就爬到了山顶。

到了山顶，丁瑶并没发现什么传说中的奇特古墓，只有一片白茫茫的雪，以及不断混乱她视线的雪花。

"我怎么看不见古墓呀？"丁瑶不解地问。

裴然在山顶站定，指着前面说："稍微下去一点。"

丁瑶点点头，跟着他一起朝他指的方向往下走，他们这简直是在翻山越岭，不知道翻过这座山之后可以见到什么。

然而，在丁瑶思索山后有什么的时候，裴然忽然拉住了她。

丁瑶不解地看过去，裴然大声说："等我一下。"

丁瑶将冰镐固定在地面上点点头，然后就看见裴然拿着冰镐在一片白茫茫中努力前行，冰镐在他的操作之下在地面上一点点画出形状，倒也不是什么图案，更像是在写字。

丁瑶疑惑地凝视着他的身影，其实因为穿得太厚，不太能分辨出他平时的样子，但随着他离她的距离渐远，雪地里被他用冰镐画出来的文字渐多，她分辨出了他要写什么。

他已经写了两个字：我爱。

紧接着，他又努力完成了一个字：你。

很大面积的字，看不到边际的白色中，只有这三个字有起伏。

丁瑶目瞪口呆地愣在原地，她想过很多种可能，也许裴然会忘记求婚，也许他会在朋友面前向她求婚，或者其他种种。

可她万万没想到，他会在雪山之顶向她求婚。

裴然显然也有些累了，拄着冰镐在原地休息了一会儿，然后扯下蒙着半张脸的围巾和衣领，摘掉眼镜，直视着她的方向，深吸一口气大声说："丁瑶，我现在向你求婚，你愿意嫁给我吗？"

他说话的音量很大，声音在山谷中回荡。

那种震撼感，值得她一辈子去回忆。

有什么理由不同意呢？

丁瑶有些激动，这样与众不同的求婚真是让她无措又感动。

她双手放在两颊边，大声回应道："我愿意，我愿意！"

远远看来裴然应该是笑了，他快步回来，将她抱了起来，只是，两人有些乐极生悲，刚刚求婚成功的裴然和丁瑶因为动作过大，脚下没站稳，直接朝山的另一边倒去。

裴然匆忙中紧紧抱住了丁瑶，两人紧紧相拥着朝山下滚去。

山上的雪很厚，积累了很长时间，离地面有一定距离，从雪上滚下去倒不会有碰到什么石头的危险。只是这样直直地滚下去，两个人一会儿他在上面一会儿她在下面，雪钻进衣领里，让人感觉挺冷的。

但尽管冻得瑟瑟发抖，可裴然好像还是很高兴的样子，丁瑶也是。

丁瑶是觉得在裴然怀里，就算滚下山也不会有什么事；裴然则是因为刚刚求婚成功，又对雪山比较了解，所以一点都不担心。

于是，就保持着愉悦的心情，在滚下去时，他一边努力保护丁瑶，一边朗声笑着。

半晌，两人撞到一棵树的树干，滚动的趋势停止下来。

树是裴然撞上的，丁瑶撞在他身上，倒没什么感觉，只是他就惨了，她听见他闷哼了一声。

"你没事吧？"丁瑶紧张地爬起来，尽管浑身都不太自在，可还是努力去把裴然扶了起来。

"还能笑得出来，看来是没死。"

一个陌生人的声音响起，丁瑶迅速朝身后望去，一个满头白发穿着厚衣裳的老人站在一栋木屋子前面看着他们。原来他们已经到了一块平地，大概是半山腰的位置，这里有几棵树，因为有人清理，所以积雪被清除了一部分，屋子附近可以看见黑色的地面。

裴然也发现了这个陌生人，不过他看着对方的眼神可不像是在看陌生人。

他把丁瑶拉到了身后，挡在她面前说："好久不见。"

陌生的中年男人没有回话，直接转过身朝屋子里走，走到门口时顿了一下，望向他们说："进来吧。"

丁瑶从裴然身后冒出头，小声问："这是谁啊？你认识？怎么好像全世界都有你认识的人。"

裴然拉住她的手腕不让她乱跑，皱着眉说："那是我父亲。"

"……"

居然在这种地方、这种情况下遇见裴然的父亲裴老教授，真挺让人尴尬的。

丁瑶汗颜了几秒，问裴然："过去吗？"

裴然看了她一眼说："当然。"他直接拉着她朝那边走，毫不客气的样子，似乎对于这个几乎可以称之为陌生的父亲，他也没多少拘谨。

裴烨住的地方很简陋，但还算暖和，也不知是不是因为外面太冷的缘故。

他倒了热水给丁瑶还有裴然，坐在他们对面的木椅子上，抬了抬眼皮说："你怎么来了？"

裴然木着脸："法律规定我不能来这儿吗？"

丁瑶立刻戳了他一下，他皱皱眉，闭口不言。她赶紧说："叔叔您好，我叫丁瑶，是裴然的女朋友，他特意带我来见您的。"

裴烨闻言看向丁瑶，打量了一会儿说："你应该叫我伯父，我肯定比你父亲大。"

"……"说得对啊，叫错了！好像之前叫的一直都是错的。

丁瑶有些窘迫，好在裴然端起水杯给她，适当缓解她的不自在。

"喝热水。"他说。

丁瑶道了谢接过来，一边喝水一边观察他们父子的表情。他们俩谁也不说话，过了好一会儿，丁瑶的水都快喝完了，裴烨才先开口。

"你们这样上山很危险，我听说你在金林出了点事，虽然最后没事出来了，但不要因为这个就觉得自己无所不能。"

对于父亲的话，裴然没回应。

裴烨继续说："一会儿风雪小一点我送你们回去，不要再来这里了，危险。"

裴然拧起眉站起来说："不用你赶我们走了，人你已经见到了，我近期会结婚，你可以不用出席。"说罢他就站起来对丁瑶说，"我们走。"

两人刚出去走没几步，裴烨就追了出来。

"这大风大雪的，冲出去找死吗？老实待着，一会儿我和你们一起下去。"裴烨指了指屋子，"还愣着干什么？进去。"

裴然意外的表情转换成吃惊。

丁瑶赶紧拉着裴然进屋一起坐下，眨巴着大眼睛认真地说："一会儿和伯父一起下去，你多照顾一下他，我年纪轻，没事的。"

裴烨端着茶水出来恰好听见了丁瑶的"嘱咐"，倨傲地说："还是看好你自己，不要给我们拖后腿吧。"

裴然："我倒是难得赞同他的说法。"

闻此言，裴老教授哼了一声，转身去给他们加热茶，丁瑶上前帮忙，裴然在一旁注视着。

准备离开的时候，是裴然先走出去的，丁瑶和裴老教授在屋子里修整了一下才出去。

他们出去的时候，发现裴然不在门口，于是四处寻找，很快就在屋子的后方找到了他。

他可能是去观察地形，但大概也没想到自己会在这里见到什么。

一座有些年头的孤坟，坟前立着一块木头的碑，上面刻着几排字，现代中文，不用破译，但它的含义却让人心情复杂。

爱妻程静然之墓。

是裴然母亲的墓。

无法控制地，裴然的眼眶开始发热酸涩。当年母亲遭遇泥石流，尸体都没找到，虽然官方报道为失踪人士，可这么多年过去，早已经没可能还活着了。

裴烨望了他一会儿，低声说："有什么好看的，给你母亲立个衣冠冢，她在哪儿离开的，总该在哪儿有个归宿。我找了这么多年都找不到她的骸骨，总不能让她的灵魂也在外漂泊。"

裴然眨了眨眼，拉上面罩，上前鞠了一躬，随后头也不回地离开。

丁瑶没有很快追上去，她也上前朝墓碑深鞠一躬，随后才和裴烨一起离开。

裴烨看着她的背影，轻轻地舒了口气，眼神带着欣慰。

回程的路上，因为多了一位有经验的专家，要比来的时候轻松许多，也可能跟风雪小了有关系。

好不容易到了山脚下，丁瑶立刻钻进了车里，等着车子发动一会儿后小暖风吹起来，顿时如鱼得水。

裴老教授坐进车里，看着这车的内饰皱皱眉，似乎很嫌弃。

等裴然上了驾驶座，他不悦地说："这是冯琛那小子车队的车吧？你还和那小子有联系？"

裴然不吭声，丁瑶替他"嗯嗯嗯"。

裴烨不满地说："都跟你说了不要和他有过多联系，那小子不是正经人。"看来不管从事什么行业，多么德高望重，身为父亲，总是会忍不住想要教育儿子，干预儿子的人际交往。

不过也不知道为什么，虽然裴烨一路都在唠唠叨叨，没说什么好听话，可这一路他们竟然没吵起来，大概是和裴然一直保持沉默有关系。

不过虽然如此，却也一点都没有冷场，这也全靠丁瑶从中周旋。

他们回去的路上，竟然充满了"欢声笑语"，裴然的嘴角勾了勾，驾驶着越野车行驶在满是冰的路面上，竟也没有那么紧张了。

第十五章 ✦

守着衣冠冢的男人

因为租车行的车上都有GPS定位，所以丁瑶他们一回到酒店冯琛就得到了消息，马不停蹄地赶来要兑现自己的承诺——请吃饭。

可他怎么都没想到，住在深山老林里的裴老教授没在那儿继续钻研秘籍，反而跟着儿子下山了。这真是小龙女遇见了杨过，任盈盈遇见了令狐冲啊……

"你不想去可以在酒店休息。"这话是裴然对他父亲说的。

"我不去行吗？我得看着你，别被那小子带坏了。"

裴烨说这话时，丁瑶还不太理解他怎么不喜欢冯琛。

但等他们到了的时候，丁瑶可算知道为什么了。

她也不喜欢冯琛！

"琛哥！"

他们到馆子下了车，就有四五个漂亮姑娘从里面跑出来，围着冯琛转，那场面，真是跟皇帝到了后宫一样。

他象征性地推开那些姑娘："都是妹妹，妹妹！别误会啊嫂子。"

丁瑶慢吞吞地看了他一会儿，裴老教授一起进了饭馆，眼不见为净。

裴然冷冷地睨了他一眼也进了饭馆。

"这是我的固定包间，别人给多少钱都进不来的。"冯琛有些得意地坐到椅子上，一副土豪的样子拿了服务员手里的菜单说，"大家随便点，都算我账上！"

裴烨挑了挑眼皮，翻开菜单开始点菜，冯琛的脸直接黑了。

"裴叔叔，你说你这是何必呢？人类进化了几万年，难道就是来这个世界上吃素的？"

裴烨睨着他："小伙子，你该跟你爸爸学学，他虽然走了，你也不能就此堕落。"

提起冯琛的父亲，冯琛吊儿郎当的脸色忽然变得很难看，沉默了一会儿又笑着说："我还是去外面吃吧，你们先吃，我实在受不了不吃肉。"

说完就直接出去了，姑娘们都等在外面，本来迎上来要陪他一起吃饭，他皱着眉挥了挥手，姑娘们了然，各自退回去，让他一个人静一静。

饭店包间里，丁瑶对冯琛也有点好奇。

她疑惑地凑近裴然问："冯琛的父亲去世了？"

裴然点了一下头："和我妈一起走的。"

丁瑶瞬间瞪大了眼，裴然看了看父亲，压低声音说："冯琛的父亲在他很小的时候和他母亲离婚了。我们两家当时住得近，他父亲一直喜欢我母亲，我爸爸经常不在家，他父亲很照顾我母亲和我。"

"……"原来如此，难怪裴老教授那么看不上冯琛，原来是从父亲这一辈就有恩怨了。

冯琛的父亲是和裴然母亲一起走的，肯定也是因为泥石流遇害的。冯琛就此在云谷扎根，估计和裴老教授一样，也是一直在搜寻父亲的踪迹。

也许裴老教授改吃素，也是对逝者的一种祭奠吧。

吃完饭回酒店时，冯琛没出来送，他们独自离开，想来冯琛心里也不太舒服。

回到酒店房间，丁瑶洗了澡湿着头发，一脸好心情地哼着歌走出浴室。

裹着浴巾，肌肤如玉，唇红齿白，美人出浴的无限美好撞进裴然眼里，真是对他男人尊严的挑衅，要是这样还放过她，那明天他就可以去当和尚了。

正想走近丁瑶时，手机忽然响了起来，他从口袋拿出来，皱眉看了一眼，权衡半晌，还是接了。

"冯琛，你最好有急事找我。"他的语气冷得都掉冰碴了。

只是，虽然来电号码是冯琛的，打电话来的人却不是他，而是他手下的人。

"裴教授，琛哥出事儿了，和你们吃完饭回来喝了很多酒，一直说胡话，刚才还落下手机开着车上山去了，念叨着活要见人，死要见尸，一定要找到他父亲和你母亲。"

裴然和丁瑶一起出门准备去山上找冯琛的时候，裴烨也正好从房间里出来。他提着暖水瓶，站在门口看着他们说："这么晚了上哪儿去？"

丁瑶望向裴然，裴然皱着眉说："冯琛跑山上去了。"

裴烨语态随意地说："他不是经常往山上跑吗？还用你们去找？你们谁会比他更熟悉这些山。"

的确，从冯琛的父亲葬身于泥石流之后，他就一直住在这里，找了这么多年，也没有他父亲的一点消息，冯琛却是一直都不死心。

裴然沉默了一会儿，还是说出了他的担心。

"这次和以前不一样，他被你刺激了，电话没拿，也没带人，自己开着车就上去了。"

裴烨不由得皱起眉，裴然抬脚离开，丁瑶和裴烨道了别，紧随其后。

裴烨站在原地注视着他们的背影，在他们即将拐弯下楼时说："在楼下等一会儿。"

裴然回眸，回望父亲的眼里带着疑惑。

裴烨漠然道："我也去，你们一群小孩子，以为那山不高就不放在眼里，根本不知道那山有多危险，大晚上也敢上去，死在上面都没人知道。"

虽然嘴上说着苛责的话，但他还是转身回了房间准备工具。

丁瑶欣慰道："裴老教授就是刀子嘴豆腐心，你们父子俩这么多年也没办法和谐相处就是因为你们性格太像了。"

裴然低头看她："我和他性格像？我要真和他像就不会和你在一起了。"

丁瑶懵懵懂懂地跟着他上车，在等他父亲下来的时候，她还是忍不住问道："为什么你要是和你父亲性格像，就不会和我在一起了？"

裴然握着方向盘，目视前方沉默了好一会儿，才不疾不徐地说："他太容易沉浸在迷恋的东西里，不论是人还是事，基本上没有走出来的可能。"

"……"这么一说好像还真是。

他父亲那样的人，这辈子要么终生忙碌，要么终生孤独。

五六分钟后，裴烨下楼上了车。

"说走就走，什么都不准备，你们这些年轻人胆子真是太大了。"上了车，裴烨一边整理着工具，一边不自觉地念叨着。

裴然从后视镜给丁瑶使了个眼色，丁瑶立刻说："伯父您说得太对了，我们在后车座放了一些简单的工具，但根本没法和您的比，还是您专业。"

裴烨老神在在道："多年考古积累下来的经验，学着点吧。"

丁瑶深以为然，十分受教，裴烨这才脸色好一些。

他靠在椅背上安静了一会儿，似自语般说了一句："还去找什么呢，找不到反而更好，起码有个念想，真找到了，不管是活着还是死了，都不是什么好结果。"

裴然握着方向盘的手紧了紧，微蹙眉头将车子驶入隧道，天已经黑下来，车灯远远照着能看见一些雪山的轮廓，但还是不太清晰。

从冯琛手下给的讯息来看，车子就是朝这个方向去的。

路途行驶得越来越远，车子到达山脚下的时候，稍稍有些刹不住车。下车时，裴然将工具递给丁瑶，顺便帮她整理好衣服。

裴烨看在眼里，不由得感慨了一下："那么在意她，还带她一起来这么危险的地方？"

想起在金林的遭遇，裴然终于开了口。

"与其让她待在看上去很安全的地方，还不如留在我身边让我放心。"

裴烨微微皱眉，像有些不赞同，但紧接着裴然又说："如果你当年也像我这么做，我妈就不会……"说到这儿他一顿，抿了抿唇，话锋一转，"算了。"

他转身走在前面带路，丁瑶观察了一下裴老教授，他表情不太好看，但还是黑着脸跟上去了，她赶紧也跟上队伍。

在他们停车的地方不远处，他们发现了冯琛的车，他应该已经上去了一会儿，因为车顶落了不少雪。

随着夜幕加深，雪有越下越大的迹象，如果不快点找到冯琛，他一个人在山上，万一出点什么事，就算没摔死或者被狼叼走，也会冻死。

"我们要不要分头找找？"丁瑶建议道。

裴然看了看父亲，说："我没意见。"

裴烨晃了晃手里的灯："我当然也没意见，不过你能行吗？"

他望向丁瑶。

丁瑶正要回答，裴然就拉住了她的手腕说："我们分两路，你走一路，我和她走一路。"说罢，就拉着丁瑶朝反方向走去。

裴烨在原地站了一会儿，露出一个复杂的笑容，有点无奈，还夹杂着一些欣慰，还有一点别人看不懂的东西……好像是失落？

"这么晚了，雪山上这么危险，我们让伯父一个人走不太好吧？"丁瑶小声说道。

裴然目视前方寻找冯琛的足迹，语气平静地说："他这么多年来一个人出入危险境地的时候还少吗？我要是去担心这个早就累死了。"

"你不担心我担心，这样好了，你自己一个人，我去和伯父一起，有什么事电话联系。"丁瑶笑着说完，就转身去找裴烨了。

裴然看着她的背影，忽然不再前进，往来时的方向返回。

他们这一趟来得太鲁莽了，也许不该就这么贸然进去，至少不该全部进去。既然有丁瑶和裴烨在一起，以裴烨的经验，应该不会有事，他们可以做先行军，先去试试看能不能找到冯琛，至于他，得做一些更万全的准备，比如说，联系一下雪山救援人员，没有人比他们更专业。

裴然忙着找救援人员的时候，裴烨正一个人往山上走。

他呼吸有些不平稳，准备站下歇会儿，就听见身后传来脚步声，他回头瞧见丁瑶摇摇晃晃地追上来："伯父，裴然放心不下您一个人，非要我跟着您，我们一块儿找冯琛吧！"

裴烨轻哼一声："那小子才不会担心我，我看是你自作主张。"

丁瑶严肃地说："怎么会呢？我看起来像那种人吗？"

说到这儿她马上转移话题，好像生怕裴烨追问，哈着气说："好冷啊，伯父我们赶紧去找人吧。"

裴烨叹了口气，没再说话，继续前进。

裴老教授偶尔会停下来举目远望，用手计量什么，观察周围环境，怪高深的，丁瑶只能围观。

"走这边，"裴烨嘱咐了一声，"跟紧点，这边靠近一个十米高的悬崖，比较危险。"

丁瑶紧张地点头，亦步亦趋地跟在后面。随着海拔的升高，风雪越来越大，他们找了这么久，仍然一无所获。

即将到达山顶附近的崖边上，裴老教授特别叮嘱丁瑶要小心。

眼看着马上就要走过崖边，裴老教授在回头查看丁瑶时脚下被什么东西绊倒了，身子朝悬崖那边倒去，丁瑶迅速上前拉住，紧急中瞥见地面上放着一个已经灭掉的户外手电筒，就是它绊倒了裴老教授。

丁瑶想靠一己之力拉住裴老教授不让他掉下去非常吃力，直接后果就是，两人一起朝山崖下滚去。

不过还好有惊无险，这座山崖底下呈现一个低陷的状态，他们停在相对来说较平的这段地面上。丁瑶忍着疼站起来，发现他们面对着另外一个陡坡，下跌过程中还丢失了工具，他们几乎没办法爬上去。

算了，不管这些，得先看看裴老教授怎么样。

年纪到底是大了，这样摔下来，裴烨很久才缓过来。

他慢慢支撑着起来。

丁瑶赶紧跑过来扶他，他喘了口气说："谢了丫头。"

丁瑶忙说："您没事吧伯父？"

裴烨摇了摇头，无边无际的雪地反射的光芒让他们可以看清周围的景象，他站稳之后，眯着眼望向南边，丁瑶顺着看去，雪下似乎有个人。

"去看看是不是冯琛。"裴烨拍拍丁瑶的胳膊。

丁瑶点头，立刻跑过去看了看，用手拂开上面的雪，一个人的模样渐渐显现出来。

冯琛已经冻得够呛，昏迷不醒，身体僵硬。

丁瑶摘掉手套，颤着手递到鼻息下，还好，虽然很微弱，但他还有呼吸。

"伯父，是冯琛！"

裴烨平复了呼吸，走到冯琛身边查看了一下他的身体，松了口气说："还没死，你等我一下。"

他说完话就拿出了手机，可能是摔下来时碰到了哪里，已经自动关机了。开机后，还没来得及拨出电话，就先有人打了进来，一看来电显示，是裴然。

裴烨接了起来，裴然那边立刻道："怎么回事，电话半天都打不通，你们在哪里？"

裴烨站起来观察了一下方向，说："从你往回走的那里往山顶的方向去，朝南边有一个十米高的山崖，我们就在崖底，冯琛找着了，也在这儿，不过你得快点，再不来他可就没命了。"

听起来他似乎没说什么，但这句话的内涵已经变相告诉裴然：他们摔下悬崖了。

挂了电话，裴然看了一眼身后几个冯琛的兄弟还有救援人员说："他们在崖底。"

丁瑶这会儿处境有点难熬。

她蹲在一边不敢坐下，怕把屁股冻成冰块，裴烨挂着捡回来的冰镐在旁边站着，看她不断地哈气往脸上扑，看着看着就笑了。

丁瑶被他笑得怪尴尬的，勾着嘴角说："伯父您笑什么呀？我这不是太冷了嘛。"

裴烨带着回忆的味道说："当年你伯母追求我的时候，也是跟着我风里来雨里去。我们考古队不带她，她就悄悄在四周埋伏着。有一回也是去很冷的地方，她就跟你现在这样似的，蹲在我们考古队驻扎的地方周围，一边偷看我一边哈气取暖。"

丁瑶一怔，惊讶地看着他，似乎没料到他会主动在她这样一个还算是外人的人面前说起亡妻的事。

说完这些，他又有些感慨，低声道："一个女生最美好的年华就是那个时候了。一旦过了那个时候，恋爱、结婚、分开，三年、五年、十年，过了就变了。"他自嘲地勾起嘴角，"其实有时候觉得裴然那孩子说的也对，我该把他妈带在身边的，如果我像他对待你这样对待他母亲，也许现在的局面就会不一样了。"

丁瑶不知道该如何安慰这位年过半百的老人，他对于妻子的去世肯定抱有很深的遗憾与愧疚，还有思念。

"伯父，我相信如果伯母在天有灵一定不会怪您，她一定真心希望您好好过下去，希望您能幸福。"

他沉默地望向丁瑶，很久才徐徐地说："谢谢你。"

丁瑶展颜一笑，没有言语，适当地给他留出了缓和情绪的时间。

裴烨微微垂着眼，睨着一地的白雪，不断有雪花落在他身上，他轻轻拂去，那模样像极了在金林白鹿山上时的裴然。

等待是个漫长的过程，在丁瑶快要冻得手脚无法动弹的时候，裴然终于出现在了悬崖上。

许多灯光从上往下照进来，丁瑶看见了希望之光激动得挥舞着手臂跳起来大声喊："我在这儿！我们在这儿！救命！"

只是，她的呼救似乎没达到什么效果，因为风雪越来越大，再加上她体力透支得厉害，声音根本不够大，无法穿越这么远送到悬崖上方。那些灯光闪烁了一下，眼看着就要消失，丁瑶紧张地在四处寻找，想着找个什么办法让对方发现他们。

　　裴烨见此，也拿出手机准备再打个电话，可电话坏了，方才还能打开，这会儿又自动关机了，而且还打不开了。

　　丁瑶的手机肯定是坠落时丢了，不然下来这么长时间，她早就打电话了。

　　这可怎么办？

　　丁瑶后退好几米，在靠近另一座山的地面上找到一个雪包，她努力爬上去，用手团了一个雪球使劲往上面扔，一边扔一边继续呼救。最后觉得雪球太软了没什么力量，她干脆直接把身上有重量的任何东西往上扔，裴烨也送来了一些背包里可以暂时丢弃的东西，由丁瑶朝山顶上方扔，给裴然他们一些讯号。

　　终于，皇天不负有心人，山崖上的裴然一行人发现了这些动静以及丁瑶微弱的呼救声。

　　"丁瑶！"裴然拿着扩音器朝山崖下喊着丁瑶的名字，然后屏息静听，果然听见了她的回应。

　　"裴然！我在这儿！我在下面！"

　　"就是这里。"裴然第一时间就要下去，却被身后的救援人员拦住了。

　　"你在这儿等着，我们下去。"救援人员说，"我们是专业的，有设备，你下去我们还要再把你带上来，更加麻烦。"

　　裴然不是不明理的人，立刻退后给救援人员让出足够的救援空间。

　　崖底，丁瑶也听见了救援人员的回话。

　　"下面的人不要惊慌，我们现在马上实施救援，请你们保存体力，注意安全！"

　　听到这话，丁瑶可算是安心了，还好裴然机智地带了救援队及时赶来。

　　丁瑶想跳下雪包去照看一下冯琛，可下来时鞋底滑了一下，摔倒在了雪地上，还好这雪包也没多高，她躺在地上望着黑夜里的雪天，嘴角露出一个无奈的笑容，她发现自己越来越能苦中作乐了。

　　"躺在那儿傻笑什么？"裴烨走过来，伸出手准备扶她。

　　丁瑶很不好意思地慢慢爬起来，突然余光中似乎看见了什么东西。

　　"等一下伯父，"她跟裴烨打了个招呼，爬起来跑到了雪包底下，从一条缝隙处刨开厚厚的积雪，里面是坚硬的泥土，泥土中间有反光的铁片。

"这是什么？"她疑惑道。

裴烨看上去有点激动，他走上前用背包里的工具将硬土撬开，把上面发光的铁片一点点取下来，被雪包裹的土包渐渐露出原样，这是个表面凹凸不平的土包，坑坑洼洼，里面有不少石头和砖，还有枯木。

从裴烨撬开的土中，可以找到一些碎布，应该是衣物破碎后留下来的。

丁瑶望向裴烨手中的"铁片"，听见他说："应该是手机的一部分……"

丁瑶十分相信这位考古界泰斗的话，但还是有点遗憾，她原以为会是什么古董来着。

从裴烨的脸色看，他也不太高兴，不知道是不是和她有一样的遗憾。

在他们查看这些东西的时候，救援人员也下来了，丁瑶迎上去道谢。

"不用谢，这是我们应该做的。不过这样的天气还是不要上山了，就算你们再有经验也不行，一定要先打119！"救援人员一再嘱咐。

丁瑶连连应声，朝后张望了一下不见裴然，只好问救援人员："同志，怎么没看见我男朋友？"

救援人员："你是说裴教授？"

"对对对，就是他。"丁瑶着急地问，"他没来吗？我刚才还听见他的声音。"

"他在上面等着，我们几个下来救你们，这些设备我们比他用得更熟练。"对方如此解释。

这样的话丁瑶也就放心了，只要他没事就行。

转过头，丁瑶想叫裴烨一起离开，可对方却让人在土包边一点点发掘着里面的东西，她回头时发现地上已经不止有碎布了，还有……骸骨。

丁瑶到了嘴边的话又咽了回去。

裴烨主动转回头对救援人员说："同志，我想请你们帮个忙，我怀疑这里面可能掩埋着几年前云谷泥石流失踪者的骸骨。"

在救援人员的帮助下，裴烨加快了行动，其他救援人员已经将昏迷许久的冯琛带了上去，至于丁瑶和裴烨，还得等土包的事解决了才能离开。

"怎么只有他？"裴然扫了一眼被救援人员紧急送回去医治的冯琛问道。

"下面好像有点别的问题，似乎发现了什么东西，现在正在发掘。"

听了这话，裴然立刻要求也下去，虽然这好像有点添乱，但如果真是发现了什么古墓遗迹，那么有考古专家在场就再好不过了。

于是救援人员将裴然带了下去。丁瑶站在父亲身边，父亲正从一堆泥土中捡取一根根骸骨，似乎急切地想拼凑出它原有的模样。

裴然慢慢走过去，在快要到达时忽然停住了脚步，紧紧盯着裴烨用镊子夹起来的一样东西。

是一款沾满泥土的女式发卡，上面的水晶已经没有了光泽，颜色也已经不再鲜艳，但这个款式、这个材质，裴然一辈子都不会忘记。

"这是我妈最喜欢的发卡。"他屏息着，"她说，这是你送给她的第一份礼物，所以她一直都戴着，无论去哪里。"

丁瑶闻言瞬间愣住，虽然之前心里怀疑过这可能是裴然母亲的骸骨，可真等被证实了，她反而有些紧张与担忧。

亲手拼凑着亡妻的骸骨，将她曾经存在过的痕迹从大山和漫天大雪中一点点发掘出来，这世上还有比这个更让人崩溃的事吗？

裴烨的情绪显然有巨大的波动，他一直没说话，看着满地已经因为恶劣环境而被腐蚀破坏了的人骨，其实它们还不全，不够拼凑成一整个人的正常骨架，但从救援人员接下来挖出来的泥土里，已经没有这些东西了。

裴烨受到了很大打击。

也许，那些不见的骸骨，被生活在山里的动物叼走了，也许……

每一个也许，都像刀子一样割在他心上。

"……爸。"

裴然缓缓开口，这个称呼彻底打碎了裴烨最后的心理防线。他身体颤抖起来，无声而隐忍地哭泣着。"静然……"裴烨低低地念出亡妻的名字，倒在雪与那些骸骨中，凄然而绝望地颤声道，"……静然！！！！"

丁瑶红了眼眶，泪眼模糊中看见裴然蹲在一边，双手捂脸，没人能看清他的表情。

他的难过不会比裴烨少，程静然是因为担心他才来到云谷的，她出事和他有直接关系。

这么多年过去，虽然已经可以不再因为自责而惩罚自己，让离开人世的母亲担心，但此刻好不容易找到她的骸骨，却也凑不齐全无法安然入葬……

丁瑶担心地走到他身边抱住他，轻拍他的背哽咽着："裴然，你别这样，伯母肯定也不愿意看见你这样。"

裴然抑制不住地倒在丁瑶怀里，细微的抽泣声传来……

裴然，哭出来吧，积压了这些年的情绪总要经由泪水的蒸发慢慢地被治愈的。

程静然的骸骨被带了回来，尽管他们非常确定这具骸骨就是程静然的，但为了确保万无一失，公安机关还是要做DNA鉴定。

已经掩埋了这么多年的骸骨，遭到这么严重的破坏，也只能勉强尝试着从大腿骨中提起DNA试验。难度较大，时间需求也更长，但丁瑶的假期已经临近末尾，不能再在云谷久留了。

"我可以自己回去，你和伯父在这儿等结果，我可以的。"丁瑶如是说。

他们正在吃早饭，裴然和裴老教授都没什么胃口，这种情形丁瑶已经预料到了。发生那种事，他们父子还算是心理素质好的，如果换成丁瑶，别说是替妻子拼凑骸骨，即便想想自己的母亲一生为自己付出，最后却是那样死无全尸的下场，心里就无法忍受。

不过尽管如此，裴烨也不打算让裴然继续留在这里。

"裴然和你一起回去，我留在这儿就足够了。"他端起茶杯慢慢喝了一口，脸色苍白，看上去仿佛苍老了十岁，"从今往后，我会一直陪着她，永远不离开。"

听见曾经那么迷恋考古工作的父亲说出这种话，裴然也有些动容，但他也无法在这种时候离开，望向丁瑶时，脸色露出歉意。丁瑶顿时明白，咬咬牙心一横说："算了，我们都不走了，我去给庄老打个电话，再跟他申请几天假期。"

裴然表情空白了几秒，点头说："还是我来打吧，这件事是因我而起，我与庄老也算有些情分，他应该不会拒绝。"

丁瑶笑道："那敢情好，我正不知道该怎么开口呢，这件事我也不晓得你愿不愿意告诉其他人，还想着编个理由……"

裴然忽然握住了丁瑶的手，将她温暖的小手包裹在自己的大手中。

没过几天，冯琛醒了，他可能这辈子都没那么冷过，刚进医院时已经危在旦夕。

丁瑶和裴然一起去医院看他，进去的时候已经有许多莺莺燕燕围着病床坐下了，有端茶倒水的，有剥水果的，还有拿着平板电脑让他看电影的，那伺候得，可真叫一个体贴。

丁瑶脚步一顿，道："我还是在门口等着吧。"

裴然睨着冯琛，冯琛到了嘴边的水吐了出来，笑道："哎哟，救命恩人来了，快进来！"

见裴然和丁瑶不动，冯琛对身边的姑娘们说："大伙儿先在外面玩会儿，我和朋友说几句话，听话啊。"

姑娘们犹豫了一下，还是不情不愿地出去了。

"你要进去吗？"裴然问她。

丁瑶正要回答，一姑娘忽然拉住她说："裴教授先进去吧，我们和你女朋友聊聊。"

丁瑶诧异地看向她，要不是这些姑娘刚才还围着冯琛，她都要怀疑她们是不是对裴然有想法了。

裴然看了她们一圈，还是放她去了，自己单独进了病房。

说话的姑娘关上了门，拉着丁瑶坐到了病房门口的长椅上，笑着说："丁小姐别担心，我们没别的意思，就是想谢谢你。"

"谢我？"丁瑶指着自己。

另一个姑娘说："是啊，谢谢你救了琛哥。"

一开始说话的姑娘点了点头，她沉默了一会儿叹口气："丁小姐一定不明白为什么我们姐妹几个会对琛哥好。"

丁瑶确实不怎么理解，虽说冯琛长得不错，在云谷也还算小有名气，可也不至于这么多姑娘都跟着他吧，她还是不愿意相信姑娘们那么自甘堕落。

事实上，的确不是那样的。

"我们和琛哥一样都是孤儿。"那姑娘虽微笑着，但眼神却有些感伤，"云谷虽然旅游业还算发达，可我们这些人没什么才能，做不了导游，吃不了什么苦，也没钱去外面闯荡，如果不是琛哥一直接济我们，我们早就饿死了，要不然就是……"

误入歧途。

这么说来，冯琛还是做了件大好事。

"还有，丁小姐可能有些误会，我们和琛哥都是清清白白的，打心底里把他当成我们的哥哥。"另外一个很年轻的小姑娘有些无奈地笑着说，"就是琛哥总是吊儿郎当的，所以外面的人才总是误会他。"

"没错，他帮助了我们很多，我们是自愿留在这里照顾他、帮他看着车行的，他也会付我们薪水。还有一些年纪更小的弟弟妹妹，都还在念书，也是琛哥帮他们交的学费。"

这么说来，她还真的是误会冯琛了。

丁瑶再次走进病房时，对冯琛的印象已经黑转粉了，连眼神都有了点敬佩，冯琛还有点不适应。

"我说丁瑶，你是不是……在雪山上的事把你吓着了？"冯琛几乎有点无措，"我这不是还好好活着呢吗，你别在意啊，我还得多谢你呢！我都听裴老教授说了，要不是你一直守在我身边替我挡着风雪，我早就挂了。我说真的，什么时候你要是打算和裴然分手了，来找我，咱俩好。"

裴然差点没把冯琛从病床上推下去，冯琛手上的输液贴都差点走针了，哀号着说："哎哟你干吗啊，我就是开个玩笑，你至于吗？！"

裴然冷冰冰地盯着他，一点油盐不进的样子。

真的很难看见他吃醋的模样，裴教授吃起醋来果然也非同寻常，那眉梢眼角，清矜里带着些严厉，严厉中还透着一股威严。冯琛张张嘴，到了嘴边的油腔滑调变成了认真的致歉。

"好了好了，是我开玩笑开过了，你别往心里去。"他转开话题道，"我听说……你们找到阿姨的骸骨了。"

丁瑶本来还勾着的嘴角瞬间垂了下来，睨了一眼裴然，他倒是还算平静的样子。

"找到了，没发现叔叔的。"裴然说出了冯琛最想知道的事。

冯琛闻言愣了一下，喃喃自语："我说呢，裴老教授还不直接告诉我，让我问你们，这是怕打击我啊。"

丁瑶和裴然都没说话。

冯琛继续说："其实他真的多虑了，听见这个消息我反而比较高兴。因为我爸终于洗脱嫌疑了，你们不是只发现了阿姨吗，那说明我爸没和阿姨在一起。"他脑补说，"可能是我爸担心阿姨的安危，在后面跟着，然后一起出的事吧，所以没在一个位置上。"

丁瑶叹了口气，冯琛笑道："叹什么气，这是好事儿，我想通了，其实找不到也是好事儿，我还能留个念想，以为他还活着，不是吗？"他放低声音喃喃，"找到了也没那么好不是吗？你们看裴老教授，他可一点都不高兴。"

是啊，的确，虽然找到了程静然的骸骨，可裴烨是真的一点都不高兴，整天心事重重的，从雪山上下来之后就没有露出过任何笑容。

老一辈之间的纠葛，已经尘封了许多年，更不是他们这些年轻人能了解的，冯琛可以想得这么明白，这让丁瑶和裴然放心了许多。

几天之后，DNA的检验结果出来了，骸骨的确与裴然存在着亲子关系，应该就是程静然无疑了。

拿着结果从检验所出来时，裴然脸上带着释怀的表情，丁瑶晃了晃手里的文件袋，问裴然："为什么伯父一直在跟这件事，等结果真出来了却让我们来拿，自己不来了？"

裴然看了一眼文件袋，道："有很多事，可以参与过程，但不一定能接受结果。"

丁瑶似懂非懂，大概明白，也许不管鉴定结果是什么样，裴老教授都不太能接受吧。

　　如果结果显示那具骸骨不是程静然，那他们这一路算是白忙了，再加上那个发卡，肯定里面还有更大的谜团没解开；如果结果显示那具骸骨就是程静然，也是为她的去世与漂泊盖上了章，他心理上还是无法说服自己能够平静接受。

　　因为检验所在市区，回到雪山景区酒店有一段路程，雨雪天开车又快不起来，所以到达酒店时已经是傍晚了。

　　一进大堂，丁瑶就看见裴烨坐在沙发那里，紧紧盯着门口，瞧见他们就站了起来。

　　"结果拿来了？"他快速地问。

　　裴然点头，丁瑶把文件袋递给他。

　　裴烨沉默片刻，接过去说："你们去吃饭吧，晚饭不用等我了。"说罢，直接转身上楼。

　　裴然望着他的背影，丁瑶也看过去，她轻声说："既然伯父说不要等他，我们就别等了，他现在可能需要点时间独处。"

　　裴然没有反驳，和丁瑶一起去了餐厅，没吃几口就撂筷子了。

　　丁瑶皱眉看着他："你这样下去我也吃不下什么了。"于是放下了筷子。

　　裴然为难地凝视着丁瑶。

　　丁瑶毫不退缩地看回去，片刻之后，他妥协地拿起筷子："我吃。"

　　丁瑶松了口气，扬了扬嘴角说："这才对，身体是革命的本钱，你得先把身体搞好，才能完成你接下来的计划。"

　　"你知道我有计划？"裴然挑眉看她。

　　丁瑶一边吃饭一边说："我不知道你有什么计划，但我知道肯定有，这边的事情也快告一段落了，你应该会有下一步的打算才是。"

　　裴然动动嘴唇，想说什么，但还是没说出口。

　　他没告诉她的是，他的下一步计划就是，和她结婚。

　　三天后，裴然和丁瑶一起离开了云谷，裴老教授固执地要求留在那里，谁劝也不听。两个年轻人又不能也跟着在这儿耗费时光，毕竟他们还有很多其他事要做，只能先行离开。

飞机上，看着越来越遥远的雪之城，丁瑶低声问身边的裴然："你说，伯父还会离开云谷吗？"

裴然慢慢合上手里的书，透过眼镜片眺着越来越遥远的那座城，沉沉说道："我想有一天，会有事情让他愿意离开那里吧。"

丁瑶靠到窗户上望着裴然，问他："会是什么事呢？"

裴然挑起嘴角，抿唇笑了，笑得那么好看，就像窗外雪白的云层里慢慢出现的太阳。

"谁知道呢？"他轻声说着，再次打开书本。

也不知是不是随着飞机升得更高，外面投射进来的光芒有些刺眼了，从丁瑶的角度望着裴然，居然有些睁不开眼。

他真的很好。

她已经不会再怨念过去经历过的任何人和事。

谁的一生没有走过几步错路？如果错路的尽头是这样的他，那么只要最后走对了，前路即便布满荆棘，也没有所谓。

第十六章

我们

丁瑶正式回到杂志社开始上班时，已经快要春节了。

杂志社里也有了过年的气象，除了福字还有庄老亲手写的春联，以及正在赶制的《国家地理》杂志新年特别版，社里忙得热火朝天。

在外漂泊久了，忽然安安稳稳地坐在椅子上对着电脑办公，丁瑶反而有些不适应，这一上午如坐针毡。

小乔无奈地看着她说："大小姐，椅子上有虫子在咬你吗？"

丁瑶叹了口气说："不是，就是……"她也不知道该怎么说，干脆又闭上了嘴，专心写稿子。

中午的时候，袁城敲响了编辑部的门，大伙儿看过去，他特别扎眼地朝丁瑶招招手说："私聊短信你怎么都不回呢？出来一下，找你有点事。"

丁瑶看看同事们异样的眼神，顿时如临大敌，犹豫了半响，还是去了。

"干吗上班时间来找我啊？"丁瑶一出来就压低声音问他，虽然声音低，但配合上她皱着的眉头，总会让人不太舒服。

袁城苦笑道："刚从金林回来你就消失了，一走就是半个多月，我一直没见你，找你说几句话还不行吗？我们就算做不成情侣，做个好朋友还是可以的吧。"

丁瑶真的是第一次见到把撬人墙脚这种事做得像袁城这么大大方方毫不避

讳的，简直光明正大到让人无法拒绝他。

"你真的是……"丁瑶叉着腰反而笑了出来，有点无奈的样子。

袁城见她不生气了，表情也有些松动。

"你怎么样啊，最近好不好？晚上和裴然咱们三个一起吃顿饭？我怎么也算是你们俩的救命恩人，就这么断绝来往不太好吧？"袁城掰着手指头给她算。

其实虽然袁城想追求丁瑶，可就算是裴然其实也对他无法真正讨厌起来。他三观很端正，即便心里喜欢丁瑶，可他不会背地里耍阴谋诡计，也没有隐瞒自己的企图，十分承认裴然的地位。想一起玩或者走一走时，还会拉出裴然来一起，让他们没有嫌隙，这种情况颇有些"捡漏"的感觉，他们俩好好的，他不捣乱，他们俩分开了，那他就乘虚而入……

怎么说呢，有点讨厌，但也不算很讨厌吧。

接到袁城电话的时候，裴然就是这样的心情。

怎么说在金林两人也曾合力去救过丁瑶，如果不是袁城及时想到办法下了古墓，他可能就被娜内在黑暗里悄无声息地给杀了。

说到底，还算是有点交情。

于是裴然就答应了跟袁城吃这顿饭。

晚上下班的时候，裴然来接丁瑶。

丁瑶还没出来，他在门口却先看见了丁月。

知道他们姐妹之间的纠葛后，裴然对这个女孩没有什么好印象。

他几乎没有迟疑，下车来到她身边。

丁月发现他的时候吓了一跳，看清楚是他后皱眉面色不善道："你想做什么？"

裴然好整以暇地站在那儿："这个问题应该是我问你吧。"

丁月一副可笑的表情："我姐回来了，我来看看她不行吗？"

"如果你真是这个想法，我也不会站在这儿了。"裴然轻笑一声。

丁月沉默，半晌才说："我和容嘉勖离婚了。"

裴然面色不动，明显是对这个话题不感兴趣。

"你就一点都不担心吗？"

"担心什么？"

丁月匪夷所思："担心他们旧情复燃啊！你不知道容嘉勋有多喜欢她吗？我姐姐之前也是很爱他的。"

裴然轻嗤一声，淡漠地看着别处："你也说了那是以前。"

"你就这么自信？"丁月看上去有点无措。而事实上，她也知道裴然的确足够优秀，有自信的资本。

她颓丧地笑了笑，自嘲道："是啊，你们都是有谱儿的人，就我最没谱儿了。我都怀孕了，孩子也能没有；我都结婚了，丈夫也能离婚……"

"既然你能看清这些，为什么今天还要站在这儿？"裴然冷漠地说。

"因为我见不得她好。"丁月突然大声吼道，"你不知道这些年我的委屈，我受到的伤害，你们都只看得到姐姐的好，根本就看不到还有一个我！"

裴然眯起眼，淡淡地说："你知道你们最大的区别是什么吗？"

丁月蹙眉。

"丁瑶始终都视你为她妹妹，虽然你们没有血缘关系，你甚至还抢走了她曾经的男友，但她却没想过要来伤害你。"

裴然一副无奈的表情："放手吧，没人想要伤害你，是你自己不肯放过自己。"

丁月愕然地站在原地，瞪着眼前的人，裴然却并不介意。

"不过我还是要谢谢你，是你促成了我和她的缘分。"说完裴然扔下神色复杂的丁月，回到杂志社门口。

下班的人群陆陆续续走出来，丁瑶一眼就看见了裴然。

"你来啦！"她赶紧跑到他面前，替他拉紧围巾，"穿得这么少，不冷吗？"

他穿得的确挺少，有点要风度不要温度了，毛呢的黑色长大衣，里面是白衬衫，外面搭了件灰色的毛衣，系着领带，围着驼色的围巾，这样性冷淡的穿衣风格，真是与他带霜伴雪清矜贵气的外表无比符合。

裴然把围巾从她手里扯过来，睨了一眼停车的地方说："走吧。"

丁瑶应下来，抬脚朝那边走，刚走几步忽然回头想跟他说话，他赶紧走上前揽住她的肩膀，不让她回头，免得看见丁月，又惹她心烦。

丁瑶倒是对他今日忽然投怀送抱的行为给惊到了，嘴巴张成了"〇"形，诧异地说："难得啊，裴教授也是个会在路上和女孩子勾肩搭背的人？"

裴然一脸生无可恋地把她拉到车子边，打开副驾驶的门，手放在车门上方的顶端那儿，防止她撞到头，这样体贴绅士的行为，再加上那么英俊儒雅的脸庞，真是看得人羡慕又倾心。

"丁瑶命真好啊。"杂志社的同事看见不由得感慨。

丁月顺着看去，裴然将丁瑶送上车，上车之前还在她喋喋不休的脸蛋上亲了一下，这样甜蜜的场景，真是刺得她心疼。

可转念想想，那是她的姐姐，也没有错。

叫了二十几年的姐姐，虽说没有血缘关系，可哪里会没有一点感情的？

丁月仰起头，天空中飘过一幕幕往事。

小时候她很怕打雷下雨，每次遇上这样恶劣的天气她就会钻进姐姐的被窝，寻求安全感。丁瑶其实也没比她大几岁，可却会像个小大人一样安抚她。

爸爸每次出差带的礼物，丁瑶都会让她先挑，有时候碰上两个都喜欢的，丁瑶也会宠溺地让她都拿去。

丁月还是念小学的时候，丁瑶已经念初中了。爸爸因为姐姐学习好给她买新铅笔盒和书包，姐姐看她喜欢，就偷偷把铅笔盒还有书包放在了她的床边。

有一次，她考试没考好，老师找了家长，妈妈回来气得要打她，是丁瑶挡在她前面替她说了一箩筐的好话。可那时候的小孩子，心里有的只是攀比，妈妈虽然没打她，可嘴里却一直在念叨"看看你姐姐学习多好"之类的话，怎么会让孩子没有心理阴影呢？

丁瑶真的很优秀，生活、学习、工作，都没让爸妈操一点心，也从来不主动要求父母给她买什么东西。自从工作了开始赚钱后，还总是给她和爸妈买东西，这样的女儿，这样的姐姐，真的是无可挑剔。

丁月慢慢蹲了下来，捂住脸，无声地掉眼泪。

到底是为什么，他们的家变成了现在的样子？

还记得她让容嘉勋打电话和丁瑶说分手的那一天，晚上接到了星光模特经纪公司的电话，对方说，丁瑶介绍她过去面试……那时候，她也没有忘记她想做模特的梦想。

丁月心酸得厉害，擦着泪水，既委屈又有些后悔。可转念一想，又很生气姐姐这次是真的跟家里断绝来往了。

小时候不管她怎么任性怎么胡闹，姐姐不是都在她身边吗？

这次她怎么就真走了呢？

一直以来的委屈和病态的自卑如今都好像成了难过。

晚上和袁城吃饭的地方离杂志社不远，开车过一条街转个弯就到，不堵车的话十分钟都用不了。

他们到的时候，袁城已经先到了，坐在那儿开始点菜，桌上已经有一些凉菜。

"你们怎么才来？来，看看想吃点什么，今天我请客，给你们接风，随便点。"袁城热情地招呼他们坐下。

丁瑶和裴然一起坐在他对面。

他皱眉看着，嫌弃道："出双入对的，真烦人。"

裴然嘴角抽了一下："你可以不邀请我们。"

袁城直白道："谁想邀请你了，就是想请丁瑶，你只是赠品。"说着话，他把菜单递给裴然，"想吃什么，别客气。"

裴然直接把菜单给了丁瑶。

丁瑶白了他们一眼，点了几个菜把菜单还给了服务员。

服务员离开之后，他们三人便开始大眼瞪小眼，尤其是那两位男士。

丁瑶正要说什么，手机忽然响了，号码很熟悉，来自容嘉勋。

丁瑶没接起来，直接挂了，没多久一条短信进来了，她低头一看，还是容嘉勋，她本想忽略的，可内容让她无法忽视。

她直接把手机放到了裴然面前，道："他刚才给我打电话，我没接，然后就发了这条短信过来。"

裴然低头看了看内容，不用想都知道是谁发来的了，他蹙眉思索片刻，道："去回电话吧。"

袁城围观了一会儿忍不住问："谁啊？什么事？"

裴然瞪他："没你的事。"

"我当然知道没我的事了，不然干吗不告诉我呢？"袁城笑着说，"我就是好奇啊，到底怎么了？丁瑶现在和朋友联系还得经过你的审核吗？"

裴然冷笑道："别人可以不经过。"

"哦？"

"你必须经过。"他一字一顿地补充。

袁城一脸扫兴："你这人真没意思。"

"我不需要让你觉得我有意思。"裴然端起水杯慢条斯理地喝水。

门口，丁瑶给容嘉勋回了个电话，裴然从屋子里看出去，她举着电话，露出雪白的手腕，低头时脖颈线条非常漂亮，像修长美丽的白天鹅，尤其是那身材。因为刚才在饭店里，她脱掉了外套，这会儿就穿着里面的裙子，前凸后翘，清纯中带着风韵，特别有味道。

"得了，看什么呢？一会儿就回来了，还能跑了不成？"

袁城白了裴然一眼，也只有他现在还能这么平静的调侃。

事实上，他如果知道丁瑶是为了什么事去回电话，估计也没心情调侃。

容嘉勋发短信说他找到了丁瑶亲生父母的消息。

其实在这一点上，裴然做得不够好，他到现在还没抽出时间来为丁瑶做这件事，丁瑶也从来没有过这种要求或者行动，想来，她心中大概也是在意的，但不会在意到真的去付诸行动的程度。

那么，这个电话最后到底会有什么结果呢？

再次听见丁瑶的声音，对容嘉勋来说非常难得。

但他知道，她只对短信的内容感兴趣。

"我说之前你要有心理准备。"容嘉勋温声说。

丁瑶笑了笑道："我很早之前就做了心理准备，也没抱希望真的可以找到他们，但如果可以的话……知道一些消息也是好的。"

容嘉勋沉默片刻，道："瑶瑶，你也不要恨他们，他们早就过世了，我想，如果他们还在世，也不会让你流落在别人的家庭。"

"……你说什么？"丁瑶愣住了。

"我在丁叔叔那得到了一些关于收养你的资料，去查了那所福利院的档案，你的亲生父亲袁先生和妻子在你出生没多久就过世了，在那之后，你才被福利院收留。"

丁瑶不言不语，呼吸有些短促，心上像压了块大石头，在容嘉勋再次开口时才有了转机。

"但你应该还有亲人活着，"容嘉勋很快说，"我听福利院的老院长说，你还有个哥哥，那时候被你舅舅带走了，对方家里条件也不好，所以就只领养了一个。你那个哥哥，我查了一下，很巧，他和你在一个工作单位，姓袁，就是那个摄影师……"

丁瑶打完电话进来的时候表情有点奇怪，她全程看着袁城，搞得袁城都有点不自在了。

"喂，干吗，怎么回事，你老盯着我干什么，突然发现我的英俊了？"袁城语无伦次地说。

丁瑶倏地收回视线说："没有，没事儿。"

裴然注视着她坐下，问："怎么回事？"

丁瑶抿抿唇，又看了一眼袁城，道："回去再说吧。"

也好。

饭菜上来，三人一起吃饭，气氛微妙。

丁瑶几次欲言又止，袁城一直在观察现在的状况，不敢擅自动作。

终于，丁瑶忍了半天没忍住，旁敲侧击地说："袁摄影，我能问你几个问题吗？"

袁城一乐，松了口气说："我还以为你要跟我说什么呢，原来就是问几个问题啊？问吧，我一定知无不言，言无不尽。"

裴然不动声色地翻了个白眼，靠到椅背上淡淡地看着他们俩，似乎已经猜到了什么。

"我一直听说你是从国外回来的，但不晓得你是从哪里回来的？"

丁瑶先抛出了很平常的问题。

袁城端起水杯喝了一口道："加拿大啊，我很小的时候就在加拿大了。"

"是吗？"丁瑶微微蹙眉，"和爸爸妈妈吗？"

袁城停顿片刻，才微笑着说："我爸妈很早就去世了，我跟舅舅一起生活，如果没有舅舅，我想我现在大概在孤儿院吧，或者被谁领养回家，过着不一样的生活，这谁说得准呢？"

他似乎没什么所谓，随意的态度像在谈论别人的事。

"是吗？"丁瑶不自觉地双手交握，浅浅地笑着说，"这么说来，你现在孤孤单单一个人，一定很寂寞吧。"

袁城竖起一根手指说："也不是，我记得舅舅说过，我还有个妹妹，我舅舅家里也不算太富裕，只能收留一个孩子，所以就选了我。"他脸上出现了一些遗憾和惭愧，"我回国就是想试试看能不能找到我妹妹，不过时间过得太久了，以前的福利机构拆掉了，我什么线索也没找到。"

"那怎么都没听你提起过你有个妹妹？"丁瑶止不住地发问。

"你只在乎你的裴男友，哪有空跟我唠嗑啊，丁大美女。"

丁瑶注视了他好一会儿，才"哦"了一声，笑笑说："吃饭吧。"

袁城好奇地说："你干吗突然问我这个啊？难不成你发现我比裴教授更好了？"

裴然适时地端起杯子，朝袁城举起来，漫不经心道："喝一杯。"

袁城撇嘴："白水有什么好喝的，不如喝点酒？"

"要开车。"裴然直接拒绝。

吃完饭后已经是夜里八点钟了，三人站在饭店门口道别。

袁城伸了个懒腰说："那就各回各家吧，路上小心点。"

丁瑶点点头，嘱咐他说："你回去开车小心点，早点休息。"

袁城意外地说："哎呀，你居然关心我？我真是受宠若惊。"

丁瑶沉默了一会儿，忽然走到他面前说："你低头。"

袁城愣了愣："什么？"

"叫你低头就低头。"丁瑶催促道。

袁城看看裴然，裴然客气地抬抬手，示意他不用介意。

袁城皱皱眉，虽然心里疑惑，但还是低了头。

他刚低下头，就感觉额头一疼，茫然地抬起头说："你拔我头发干什么？"

丁瑶没给他看，直接把头发塞进了口袋，笑着敷衍说："没什么，白头发，你这么年轻怎么就有白头发了？未老先衰的迹象啊。"

被这么一说，袁城的注意力立刻被转移了，早就忘了追究她明明拔了好几根，强调道："我可是很年轻的，八块腹肌，身材高大，怎么可能有白头发？一定是你看错了，门口光线不好，是你的错觉。"

丁瑶努努嘴："可能是吧，时间不早了，我们都回家吧。"

裴然一直都没说话，这会儿才开了口，他牵起丁瑶的手，难得对袁城礼貌了一些，微微颔首，道了声："再见。"

袁城站在原地抄兜看着他们离开的背影，脸上原本的轻松模样渐渐敛起，取而代之的是一些难言的惆怅，还有一丝丝沮丧。

"唉，这天寒地冻的，有个知冷知热的人陪在身边，真让人羡慕。"

他喃喃地说了句，抬脚去取车，回家。

这个时候，丁瑶和裴然已经行驶在回家的路上了。

晚上八点左右，这条街上车不多，略显空旷。

丁瑶上了车就开始叹气，皱着眉似乎为难又心塞的样子。

裴然安静地开车，一言不发。

丁瑶半晌才转过头噘着嘴说："怎么不问我呢？"

裴然目视前方说："你想说的话自然会告诉我。"

"那我要是不说呢？你会怎么样？"丁瑶快快地问。

裴然随和地说："不怎么样。"

"哼！"丁瑶瞪他，"你一定是都猜到了，所以才不问的，假大方！"

被人揭穿之后，裴然也不见分毫惭愧，他直言道："我知道一个不错的检验所，明天带你去。"

"看看看，承认了吧。"丁瑶又哼了一声，从口袋取出一直捏着的那几根头发，从裴然车上的纸抽里拿了张卫生纸包起来。

裴然余光瞥了一眼，啧了一声说："你下手可真狠，做个DNA检验而已，拔那么多头发干什么？"

丁瑶一本正经："我当时不是有点紧张嘛，怕他躲开，一下手就拔多了。"

裴然勾起嘴角，似笑非笑的。

丁瑶继续问他："你说有间检验所不错，是哪里不错？"

她看上去非常慎重。

裴然将车子转弯，打开车库，将车停进去，慢条斯理道："那里的人嘴巴比较严。"

"……"这一点还真是非常重要。

车子的灯慢慢熄灭了，车库里一片黑暗，丁瑶本来打算开门下车，但她发现车门锁着。

"开锁呀，下车了。"

黑暗中，也不知裴然在做什么，就是不开锁，片刻之后，她发现有人倾身过来亲了一下她的脸，语气克制地说："怎么办呢，虽然知道袁城可能是你的哥哥，但还是不太能够接受你和他走得那么近啊。"

丁瑶失笑："裴教授什么时候变成大醋坛子了？"

裴然安静了好一会儿才慢慢说："你希望有一个什么样的婚礼？"

丁瑶一怔，愣愣地看向他，眼睛适应了黑暗之后，可以看到他模糊的轮廓。

须臾，她柔声说："我不想办婚礼。"

"为什么？"裴然的语气听得出显而易见的惊讶。

"对我来说，最好的婚礼就是我们两个人领证后一起去旅行，走遍每一个我们想去的地方，留下我们的影像，那些就算是婚纱照了。"

不得不说，虽然旅行结婚听起来有些简陋，并不传统，可她的想法与裴然不谋而合。

他们都不是喜欢热闹的人，如今又都没有双亲的陪伴和帮助，那又何必去举办毫无意义的婚礼呢？

结婚之后，在朋友圈子里发发喜糖，大家知道这件事就好了。

"那我们，明天就去领证吧。"

裴然在黑暗中轻轻开口，悦耳的声音说着让人心跳如雷的话，丁瑶紧张到几乎听不见自己说了什么。

但她知道，她说的一定是："好。"

结婚肯定有些手续需要办，户口本是必要的。

当丁父丁母打开门看见站在门外的丁瑶时，说不惊讶是假的。

他们本以为这辈子都见不到这个女儿了。

"瑶瑶？"丁母激动地说，"你回来了！快进来，快进来……"

她侧身让开路，丁父将丁瑶迎进来，二老好像对待尊贵的客人那样小心翼翼地招待她，反叫丁瑶感觉浑身都不自在。

"爸，妈，你们不用这样，以前的事都过去了，以后我们就不提了。"丁瑶坐到沙发上。

丁父丁母愣了一下，丁母小声问道："瑶瑶，你真不生气了？"

生气吗？也许有过吧，但更多的其实是不能接受事情的真相。

"没什么，都过去了。"她不愿透露心事，开门见山道，"我今天回来是想拿一下户口本。"

丁父皱眉："瑶瑶，你该不会是要……"

显然，丁父以为她要分户了。丁瑶适时地打断了他，笑着说："爸，你别乱想，我没想做什么，就是要结婚了，得用户口本去办结婚证。"

"结婚？！"丁母惊讶，"你要和谁结婚呀？对方是做什么的？多大了？

家世怎么样？"

"你们不是见过吗？就是丁月订婚的时候，和我一起去订婚典礼的那个人。"丁瑶耐心地解释，"他是北大考古队的，叫裴然，比我大几岁，我们今天准备去领证，他在楼下等我，妈你把户口本给我吧。"

话说到这里，显然是急着要走的。

也是，事到如今，他们对于这个女儿的事情已经无权干涉许多了。

为了丁月，他们已经伤害她太多了。

"好……"那天在订婚典礼，丁母也见到了裴然，是个不错的孩子，如果可以和他结婚，她也是放心的。

丁母转身去拿户口本，客厅只剩下丁父和丁瑶两个人。

丁瑶看了一圈，问道："丁月呢？不在家吗？"

丁父叹了口气说："自从没了孩子，和嘉勋离了婚，她就搬出去住了，已经很久没回家了，打电话也不接……这孩子，真是不让人省心。"

说曹操，曹操到。

丁瑶还没等到丁母把户口本拿来，却先等到了丁月。

门铃响的时候，她还以为是什么别的亲戚，可等丁月进来，两姐妹四目相对，却是无声的沉默。

"月月？"丁父有些惊讶，"你怎么回来了？"

丁月紧绷着脸："我不能回来吗？这不是我的家吗？"

"你这孩子，明知道我不是那个意思。"丁父有些生气，"这么多天不回家，也联系不上，你知不知道你妈多担心！"

丁月轻笑一声说了句："有你们整天念叨我姐那么担心吗？"

丁父一愣，拿着户口本出来的丁母听见，也愣住了。

两位老人面上有些不自在，丁母更脆弱，直接落了泪。

"我……"丁母长叹一口气，把户口本交给丁瑶，低声说了句，"瑶瑶，你先走吧。"

丁瑶始终没说话，她安静地收起户口本，起身说："那好，我先走了，用完之后我会送回来。"

说罢，她抬脚离开，路过丁月身边时，丁月叫住了她。

"姐。"

这声久违的称呼，让丁瑶有些错愕，她侧目看着那熟悉的脸庞，那是她曾经非常疼爱的妹妹。

丁月也望向了她，她看着姐姐眼睛里倒映出来的自己，感觉那么陌生。

"你要走了吗？"她干涩地问。

丁瑶点头。

她看看姐姐手里的户口本，低声说："你要和裴然结婚了？"

丁瑶继续点头。

"祝福你。"丁月抿了抿唇说。

丁瑶却掩饰不住地露出了些许惊讶的表情。

丁月自嘲地笑道："那么惊讶做什么？妹妹祝福姐姐，难道不是理所应当的吗？"

丁瑶无言以对，她看着眼前消瘦了许多的丁月，想起过去那个活泼可爱的妹妹，两姐妹相处的点点滴滴忽然涌现出来，让人红了眼眶。

"我做错了很多事，你却一直迁就我。"她语气有些颤抖，眼睛倔强地不肯看任何人，"既然你要结婚了，希望你以后顺顺利利，不再遇见我这样的人。"说完大步奔向了自己的房间，靠在门上捂嘴哭泣，泪流满面。

丁瑶回头注视着那扇门，心里说不出什么滋味。

她捏紧了手里的户口本，加重了说话的声音："月月，好好工作，虽然和容嘉勋分开了，但你还年轻，以后的路还很长，不要因为这件事就消沉。"

她叹了口气，迟疑片刻，继续说："以后有什么需要姐姐帮你的，就给我打电话吧。"说罢，她抬脚离开，关门时，对上丁父丁母殷切企盼的眼神。

"爸，妈，我和裴然打算旅行结婚，就不办酒席了，你们照顾好自己。"

丁母已经哭得泣不成声，她们姐妹能像现在这样，简直像在做梦一样。她不知道丁月是怎么想通的，但只要丁月想通了，丁瑶不再怪罪她，不再怪罪这个家，她就心满意足了。

"瑶瑶，你也照顾好自己，我们等你回来……"丁父哽咽着说，眼里满是不舍。

丁瑶笑了笑，慢慢关上门，随着门缝隙一点点缩小，彼此的画面渐渐消失，丁瑶感觉自己好像获得了新生。

她一步步走下楼，有些失神地上了车，目视前方，将户口本递给裴然。

裴然看她的模样有些不对，想问什么，但他也看见丁月回了家，其中会有什么事，也可以预料得到，于是便把询问咽了回去。

有时候，适当地沉默，也是一种爱。

去民政局办理结婚登记手续，拿到了两个红本本，两人在工作人员和其他路人甲乙丙丁的祝福与羡慕的眼光下走了出去。看着阳光明媚的大晴天，两人不约而同地都呼了一口气。

"想不到大名鼎鼎的裴教授，也会有那么紧张的时候。"丁瑶失笑，想着刚才拍结婚证照片时，裴然那一副木讷任摄影师摆弄的样子，轻声对他耳语，"裴教授今天竟然被人'训斥'了呢……"

裴然锐利的双眸盯了她一会儿，忽然就在人来人往的婚姻登记处搂住她吻着，丁瑶瞬间愣住了，无措地任由他亲吻着，引来过路人投来了炽热的目光。

裴然却已经无心在意那些。过了会儿，他放开丁瑶，握住她的手低声说："从今天开始，你就是我的女人了。"

丁瑶怔怔地望着他，清澈的眼睛里满是他高大的身影，这世上恐怕没有哪个男人能抗拒得了她这样的眼神。

"丁瑶。"

"嗯。"

他紧紧地握着她的手，眼神深邃而诚挚。

"我会用我所有的时间和生命……"他单手一扯，丁瑶便扑进了他的怀里，他在她耳边温柔地说，"永远爱你。"

丁瑶的眼泪蓄满了眼眶，动情回应："我也爱你，永远。"

从今往后，你和我成为"我们"，我们站在乌云的上面，阳光暖洋洋地笼罩着我们，我们一起看着这个美好的世界，注视着彼此，与最美好的那一个人一起幸福下去。

DNA检验结果在丁瑶和裴然准备出发去旅行之前出来了。

两人是一起去拿的，但裴然没进去，他拿着电话说："你先进去，我有点事，打个电话。"

丁瑶犹豫了一下，还是点了点头，进去了。

这个过程相对来说比较漫长，但裴然之后一直也没进去，因为他要打的这个电话，和今天的结果有着密切的关系。

在他们来之前，在检验所的朋友就告诉了裴然结果，他对一切已经十分清楚。

这一通电话，是打给袁城的。

袁城接到裴然的电话时还有些惊讶，虽然他们互留了联系方式，但他完全不认为这个号码会有打来的那一天，他设置的备注也是"永远不可能给我打电话的人"。

这有些稀奇，稀奇到袁城停止了手里的工作立刻出门去接电话。

"裴教授？"他接了电话就奇怪道，"你居然会给我打电话？"

裴然低沉地说："袁摄影，有些事我想和你说。"

袁城开着劣质的玩笑："不会是你忽然觉得，其实我和丁瑶更般配吧？"

裴然竟然跟着笑了笑，语气也意外的随和："我想，我知道你为什么喜欢丁瑶了。"

"……能有为什么？"袁城轻笑着说，"还不是和你一样！"

"不一样的，"裴然的声音有些沙哑，带着一丝果决的味道，"你现在能出来吗？我想丁瑶一会儿会很想见你。"

"她想见我？"袁城这次是真的有些诧异了，这超出了他对丁瑶个性的认知范围，他迟疑了一下说，"你们是不是吵架了？"

裴然淡淡地否认："没有。"

"那她怎么会……"

"有件事你可能不知道。"裴然慢慢地说，"丁瑶不是她父母的亲生女儿。"他丢出重磅炸弹，"而我们现在，似乎找到了你的妹妹。"

"……这两者之间有什么必然的联系吗？"袁城也不再开玩笑了，表情郑重了许多，捏着手机的手不自觉地收紧，路过的同事见到他这种模样，都以为看错了。

"你到了就知道了，地址我短信发给你。"

裴然显然言尽于此，说完就挂断了电话。

听着电话那头的忙音，袁城心乱如麻，丁瑶怎么和他妹妹扯上关系了？

匆忙之下，他也没请假，直接开车朝裴然发来的地址飞驰而去，他到达的时候，丁瑶恰好从检验所里出来。

"你忙什么了？"她疑惑地看着裴然，"半天都不进去。"

裴然注意到她的眼眶有些红，但现在情绪很平静，明显是已经调节好了情绪。

这样很好。

"我帮你叫了个人过来。"裴然说。

丁瑶不解道："叫了谁？"

裴然指着前面说："你看，他来了。"

丁瑶顺着他指的方向看去，袁城站在那儿，表情复杂地望着她。

丁瑶刚刚平复的心情又开始翻涌，她张张嘴，却发不出什么声音。

裴然轻声说："我觉得，你应该会想立刻见到他的。"

毕竟，他是你在这个世界上最亲的人了。

丁瑶有些哽咽，手里还拿着鉴定结果。

她吸了口气，一步步走下台阶，来到袁城面前，将鉴定结果递给他，有些语无伦次地说："那个，我上次拔了你的头发，去做了鉴定，这个是结果……"

她注视着他，等着他接过去，慌乱地补充说："我一个朋友……他从我的养父母那里问到了一点消息，通过关系找到了我当年住的那所福利院的院长，然后问到了一些消息，但也不确定，所以我才……"

丁瑶其实都没跟容嘉勋见面，对方也没有见面的意思。

事到如今，该说的都已经说过，他们能为彼此做的，也仅剩下这些。

袁城有些失神地把材料接过来，慢慢打开，一点点仔细地看完。

看到最后，他扯开嘴角露出一个僵硬的笑容，尴尬地说："呃，我说呢，我怎么一直都挺喜欢你的，原来……"

你是我的妹妹。

袁城不知道自己现在是该哭还是该笑。

这是在拍韩剧吗？他喜欢的人，居然是自己的妹妹。

他有些头疼地按了按突突直跳的额角，手里攥着那份检验结果，不知该继续说些什么。

两人就这么僵持着。

裴然站在后方，双手抄在长大衣的口袋里，安静地等待。

他总会挑选合适的位置安放自己，不打搅到别人。他的为人处世之道，几乎可以出一本书。

过了很久，在丁瑶都有些维持不下去这样的局面时，袁城才再次开口。他失笑，眼眶发红地说："那我以后，是不是可以光明正大地跟你联系，对你好了？"他望向裴然，提高音量道，"是不是？"

裴然没有迟疑，点了头。

袁城摸摸后脑勺，笑得有些没心没肺："其实我早就想叫你瑶瑶了，你别哭啊，这不是好事儿吗？你找到哥哥了，以后就不是孤零零一个人了，哥哥会对你好的。"

他越是这么说，丁瑶就越是哭得厉害。

最后没办法，袁城还是遵照心里的想法，伸出手抱住了她，眼泪也默默地落了下来。

"别哭了，我来晚了。"也来得太傻了。

不过还好，一切都还有得补救，从今往后，他们兄妹相认，所有的感情，都有了寄托的方向。

只是，袁城这心里头，还是有点不好受，这些痕迹，只能靠时间来抚平。

丁瑶和裴然一起上飞机，前往他们度蜜月的第一站威尼斯时，袁城过来送机。

他一路都喋喋不休地唠叨着："你们俩就算再有钱，也不能这么糟蹋啊，这车放在停车场，等你们回来都多少停车费了？我开车送你们来，回来再来接你们，这多好？真是有亲戚不会使啊，我这妹子傻就算了，怎么妹夫也跟着犯傻呢？"

裴然嘴角抽了一下，强忍着不做回应，丁瑶摸摸头，把脸塞进围巾里。

"威尼斯都快沉了，先去看看也是好的，不过国外很乱的，你们俩小心点，裴然你照顾好瑶瑶，她身体不好，旅游多注意休息，不要一整天的日程都是走走走吃吃吃。"

裴然"哦"了一声，算是应下了，心里却在想，我看起来是那种只会带着她走走走吃吃吃的人吗？

车子好不容易到了机场，丁瑶和裴然两个人逃命一样下了车，快速办了登机牌，准备过安检。

袁城在后面跟了一路，等他们过安检的时候，终于算是要和他们彻底分开了。

"我说的话虽然有点多了，但都是为你们好，都记着啊，别忘了，在那边有什么事随时联系我。"袁城苦口婆心。

"我知道了，哥你快回去吧，上次你没请假跑出来庄老就不高兴了。"丁瑶挥挥手和袁城告别。

袁城叹了口气，笑着朝他们挥手，目送他们过安检，然后身影消失在他眼前。

其实这样也很好不是吗？他圆了多年的心愿，找到了自己的妹妹，可以名正言顺地疼爱她、关心她……至于情人，天涯何处无芳草呢？

候机时，丁瑶慢慢抓住了身边男人的手，他正在看书，也没什么反应，只是反握住了她。

他的手干燥、温暖、修长、白皙，是一双很好看的手。

丁瑶睨着两人十指紧扣的手，柔声问他："你会有厌烦我的一天吗？"

裴然目不转睛地盯着书本，但他毫不犹豫地回答了她。

"不会。"

他回答得那么果断，几乎是下意识的，而人潜意识的答案，也是最真实最可靠的。

这是多么来之不易的结果啊。

"我也不会。"丁瑶抬起两人交握的手，亲了一下他的手背。他惊讶地转头看来，眼镜片后那双干净如水的眸子与她初见他时有了许多改变。

那时候，她觉得那是双有故事的眼睛，带着一些不该属于这个年纪的固执与沧桑。

但是现在，他的眼睛变得澄澈而深远，他的心态变了，一个人的眼神骗不了人。

仍然记得，那时候在承安，他在土坑里忙着工作，她被人挤到边缘，手里的矿泉水和相机全都砸了进去，砸坏了他塑的模型。他抬眼朝她望过来，那个时候，她根本不知道，他们的一生就这样拴在了一起。

谢谢，真的很谢谢他温暖着她的人生，更要谢谢的是一直以来，在他们感情的路上给予了支持和帮助的所有人。

谢谢你们，真心的感谢，你们也要幸福，好吗？

=The end=